Marianne Cedervall
Mord auf der Insel

PIPER

Zu diesem Buch

Es ist Herbst auf der schwedischen Insel Gotland. Die Bäume leuchten in den schönsten Farben und die goldenen Sonnenstrahlen wärmen die Bewohner des kleinen Dorfs Mullvald. Anki Karlsson, eine rüstige Dame in den besten Jahren, ist mit ihren beiden Pferden gerade erst hierher gezogen. Endlich hat sie einen Ort der Ruhe und des Friedens gefunden. Doch kaum hat sie ihr gemütliches Häuschen eingerichtet und die Bewohner des Ortes kennengelernt, da stört jemand die Idylle. In der Kirche wird randaliert, ein Pferd in Ankis Stall vergiftet, und dann liegt auch noch eine Leiche in ihrem Garten! Jemand scheint etwas gegen Ankis Anwesenheit in Mullvald zu haben – doch das lässt sich die resolute Dame nicht gefallen. Sie nimmt die Ermittlungen selbst in die Hand und stößt dabei auf ein dunkles Geheimnis, das die Dorfbewohner seit Jahrzehnten vertuschen …

Marianne Cedervall wurde 1949 auf Gotland geboren. Heute lebt sie in Västerås, im Südosten Schwedens, arbeitet als Rechtsberaterin und schreibt Romane und Krimis. »Mord auf der Insel« ist der erste Fall für Anki Karlsson und hat die schwedischen Bestsellerlisten im Sturm erobert.

Marianne Cedervall

MORD AUF DER INSEL

EIN GOTLAND-KRIMI

Übersetzung aus dem Schwedischen
von Ulrike Brauns

PIPER

Mehr über unsere Autoren und Bücher:
www.piper.de

Von Marianne Cedervall liegen im Piper Verlag vor:
Mord auf der Insel
Trüffeltod

MIX
Papier aus verantwortungsvollen Quellen
FSC® C083411

Ungekürzte Taschenbuchausgabe
ISBN 978-3-492-31179-3
1. Auflage Oktober 2017
2. Auflage November 2017

Titel der schwedischen Originalausgabe:
»Av Skuggor Märkt«, Lind & Co, Stockholm 2015

erschienen im Verlagsprogramm Pendo
Umschlaggestaltung: U1 berlin/Patrizia Di Stefano
Umschlagabbildung: Borut Trdina/Getty Images (Laub); Stephan Gabriel/
mauritius images/imageBROKER
Satz: Uhl + Massopust, Aalen
Gesetzt aus der Sabon
Druck und Bindung: CPI books GmbH, Leck
Printed in the EU

Für meine schöne und starke Enkelin Linnea

Prolog

Mullvald

Der Ausritt am Strand hatte ihr gutgetan. Der Ostersamstag war sonnig und ungewöhnlich warm gewesen, obwohl ein frischer Frühlingswind das Meer noch bis in den Nachmittag hinein aufwühlte.

Barbro mistete die Boxen aus und schaffte alles mit der Schubkarre fort. Dann versorgte sie Melody und Bravur mit der allabendlichen Portion Mineralfutter und je einer Gabel Heu.

Plötzlich flog die Stalltür quietschend auf. Der Wind hatte nicht nachgelassen und blies ein paar trockene Blätter herein. Erschrocken fuhr Barbro herum. Sie erwartete niemanden, schon gar nicht so spät am Ostersamstag. Sie griff nach dem Riegel außen an der Box und öffnete die Tür. In der Stallgasse stand ein unerwarteter Besucher und hielt eine Flasche in die Höhe.

»Hallo«, sagte Barbro verwundert. »Wieso bist du nicht zu Hause und isst Hering mit Ei?«

Der Besuch lachte und setzte sich auf einen Strohballen, der darauf wartete, in den Boxen verteilt zu werden. Für den Augenblick taugte er jedoch vortrefflich als Sitzgelegenheit.

»Frohe Ostern! Komm, setz dich zu mir«, sagte der Gast und klopfte neben sich auf den Ballen. »Ich wollte dir ein Gläschen spendieren. Es gibt doch nichts Besseres an so einem windigen Ostertag, meinst du nicht auch? Ein bisschen Wärme von innen kann gar nicht schaden.«

Barbro zögerte, denn es lag noch mindestens eine Stunde Stallarbeit vor ihr. Die vierbeinigen Freunde mussten gestriegelt werden. Bravur hatte sich ausgiebig auf der Koppel gewälzt, und Melody war staubig und verschwitzt vom Ausritt am Strand.

»Da hast du absolut recht, aber das muss noch warten. Mach es dir doch kurz gemütlich, dann striegle ich erst noch meine Schätzchen. Danach trinke ich gern ein Glas mit.«

Doch der unerwartete Gast blieb hartnäckig.

»Schon klar, dass du dich um deine Tiere kümmern musst, aber ein Schlückchen vorab kannst du dir sicher genehmigen.«

Barbro schaute von der Flasche zu den Pferden und zurück.

»Also gut, du hast gewonnen«, sagte sie und setzte sich auf den Strohballen. »Wieso nicht mal fünfe gerade sein lassen, es ist schließlich Wochenende.«

Der Gast lächelte zufrieden, holte zwei kleine Gläser aus der Manteltasche und füllte ein paar Fingerbreit Whisky hinein.

»Auf die alten Zeiten.«

»Die alten Zeiten?«, fragte Barbro. »Denkst du an etwas Bestimmtes?«

Ihr Besuch lachte.

»Ach was. Das war nur so dahergesagt. Auf irgendwas muss man schließlich anstoßen. Prost!«

Barbro behielt den Schluck Whisky einen Moment lang im Mund, wartete, bis sich der Geschmack am Gaumen entfaltete, und ließ ihn dann die Kehle hinuntergleiten. Eine behagliche Wärme breitete sich in ihrer Brust aus.

»Köstlich«, stellte sie fest. »Ein sehr guter Tropfen.«

Die Stalltür knarrte und öffnete sich ein Stück. Der Wind pfiff um die Ecken und durch die Ritzen.

»Was war das?« Barbro warf einen Blick zur Stalltür.

Sie kicherte nervös, also legte der Gast ihr beruhigend die Hand auf den Arm.

»Das war sicher nur der Wind. Ich glaube, ich habe die Tür

nicht richtig zugemacht. Versuch du es doch noch einmal, du kannst das besser als ich.«

Aus einem Glas wurden drei, während Barbro über dieses und jenes sprach. Über Pferde natürlich, aber auch über die Mitglieder der Gemeinde. Denn zu jedem einzelnen ließ sich etwas sagen. Gutes und weniger Gutes. So ein kleiner Schwatz im Stall war doch gar keine schlechte Idee.

»So, das reicht für heute«, sagte Barbro schlussendlich und stand auf. »Jetzt ist mir nämlich schon ein bisschen schummrig, dabei muss ich noch die Pferde striegeln, bevor ich es mir in der Sauna gemütlich machen kann.«

»Selbstverständlich«, erwiderte ihr Besuch. »Danke, dass du dir trotzdem Zeit für mich genommen hast. Pass auf dich auf, und hab noch ein schönes Wochenende.«

»Danke für den Whisky«, rief Barbro dem Besuch hinterher, der durch die Stalltür verschwand und erneut den Wind hereinließ.

Es war schon spät, und sie musste sich beeilen. Erneut klang es, als käme jemand in den Stall, aber sicher war es wieder nur der Wind, der mit der Tür spielte. Barbro ging hinüber, um sie richtig zu schließen, und kam auf dem Weg ins Stolpern.

»Reiß dich zusammen, Barbro«, murmelte sie.

Sie nahm den Eimer mit dem Putzzeug und öffnete Melodys Box. Es war sicher besser, mit der nervösen Stute anzufangen. Sie hatten heute gut zusammengearbeitet und das spielerische Wettrennen am Strand gewonnen. Bald würde Barbro sie zu einem richtigen Turnier anmelden können, wenigstens zu einem der lokalen auf dem Land. Sie streichelte der Stute über den Nasenrücken und legte ihr die Wange an den Kopf.

»Na, du«, sagte sie sanft. »Jetzt machen wir dich bettfertig.«

Melody riss den Kopf herum. Viel zu schnell. Weitete die Nüstern. Schnaubte. Witterte. Schnappte völlig unerwartet zu. Die Bisswunde am Finger brannte, und sofort strömte Blut über Barbros Handfläche.

Sie schrie auf. »Verdammt! Was soll das?«

Bestürzt starrte sie auf das hervorquellende Blut. Die Wunde schien tief zu sein. Mit der anderen Hand wühlte sie in ihrer Hosentasche und zog ein nicht gerade frisches Taschentuch hervor, das musste als behelfsmäßiger Druckverband reichen. Die Stute reagierte nicht auf die Frage, sondern presste sich mit ihrem ganzen Gewicht gegen ihre Besitzerin, drückte sie gegen die Stallwand. Barbro verpasste der Stute einen Klaps auf die Lende, damit sie Platz machte. Melody schien verrückt geworden zu sein.

»Beweg dich!«, stieß Barbro wütend hervor.

Auszuweichen war unmöglich, das Pferd presste sich unerbittlich gegen sie. Also änderte Barbro ihre Taktik und glitt an der Wand hinunter in die Hocke. Vielleicht konnte sie schnell unter dem Pferd hindurchkrabbeln und so unbeschadet zur Tür gelangen. Was zum Teufel war denn nur in Melody gefahren? So hatte sie sich noch nie aufgeführt.

Barbro war jetzt fast am Boden, spürte das Stroh an den Fingerspitzen. Der Druck der Stute ließ ein wenig nach, und das nutzte Barbro. So schnell wie möglich krabbelte sie zur Boxentür. Ihr Finger brannte, das Taschentuch war blutdurchtränkt. Bevor sie hier weitermachen konnte, musste sie die Wunde unbedingt reinigen und richtig verbinden. Aber erst einmal galt es, unbeschadet aus der Box und bis zum Verbandskasten zu kommen.

Als Barbro gerade nach der Kante der Boxentür griff, um sich daran hochzuziehen, traf sie ein Tritt im Rücken. Der Huf war hart. Barbro sackte zusammen, ihr ging die Luft aus, sie keuchte. Der nächste Tritt erwischte sie in der Seite, der Schmerz explodierte in ihrem Brustkorb. Sie versuchte aufzustehen. Verdammt, sie musste hier raus! Melody drehte durch. Barbro rief etwas Abwehrendes, doch das Pferd trat wieder nach ihr. Diesmal ins Gesicht. Barbro konnte die Hände nicht mehr rechtzeitig hochreißen, um sich zu schützen. Es krachte, als ihr Kiefer brach.

Zwei Jahre später

Mullvald

1

Freitag, 19. September

»Jetzt ist sie da.« Rigmor Blomberg stand an der Arbeitsfläche vor dem Fenster und strich sich die mehligen Finger an der Schürze ab. »Ich habe sie heute schon beim Einkaufen gesehen.«

Das Gemeindehaus lag auf einer kleinen Anhöhe, und von dort aus hatte man einen vortrefflichen Ausblick. Eine Kirche aus weißem Kalkstein dominierte das Bild. Auf dem Dach thronte statt pompöser Türme ein kleiner Dachreiter. Noch stand der Bergahorn an der Friedhofsmauer in vollem Kleid, ein paar Blätter hatten sich rot verfärbt, was nicht weiter verwunderte, schließlich war schon Ende September. Der Pfarrhof mit den gelb gestrichenen Steinen war einer der größten der Insel. Das direkt gegenüberliegende ehemalige Pfarrhaus war momentan der interessanteste Ort in Mullvald, und genau diesen hatte Rigmor jetzt im Blick. Das alte Pfarrhaus war ein sehr schönes Gebäude, der Garten hingegen sah mit dem ungemähten Rasen und den überwucherten Beeten geradezu entsetzlich aus.

Catharina Svensson, Pfarrerin der Gemeinde, löste sich von ihrer Kaffeetasse und den Notizen und stellte sich zu Rigmor. Sie kam gern auf eine Tasse ins Gemeindehaus, wenn gerade nicht viel los war. Es beruhigte sie, den Geräuschen der Haushälterin in der Küche zu lauschen, denn dabei ließ sich wunderbar über die nächste Sonntagspredigt nachdenken.

»Ja«, sagte sie und lehnte sich vor, »das sieht ganz danach aus. Eigentlich unglaublich, dass das Haus …«

»… überhaupt gekauft wurde?«, beendete Rigmor den Satz.

Ihre Vorgesetzte nickte.

»Ja. Tryggve hat sich nach dem tragischen Unfall kaum noch in die Nähe vom Haus gewagt, geschweige denn vom Stall. Das war wahrlich keine leichte Beerdigung«, seufzte sie. »Und ich war damals noch ganz neu.«

»Beerdigungen sind doch selten leicht«, wandte Rigmor ein. »Jedenfalls nicht, bevor sich hier alle zum Leichenschmaus einfinden und die Anspannung nachlässt. Dann kann es ja durchaus mal ganz nett werden.«

»Manch eine Beerdigung fällt aber schwerer als die andere, ganz besonders dann, wenn jemand vorzeitig aus dem Leben gerissen wird.«

Rigmor reagierte nicht darauf, sie war voll und ganz auf die ungewöhnliche Aussicht konzentriert, die sich ihr heute vor dem Küchenfenster des Gemeindezentrums bot. Sie schob erst die Packung Mehl und dann die Gardine ein Stück beiseite, um besser sehen zu können. Die Frau öffnete gerade den Kofferraum ihres glänzenden Autos und hob einen Koffer nach dem anderen heraus. Der Wagen machte einen teuren Eindruck, eine arme Kirchenmaus war sie wohl eher nicht. Als sie schlussendlich ein paar Einkaufstaschen heraushob, hätte Rigmor schwören können, es klirren zu hören.

Die Frau hielt inne, drehte sich um und sah zu ihnen hinauf. Sofort ließ Rigmor den Gardinenzipfel los, senkte hastig den Blick und zog ein kleines Rädchen durch den ausgerollten Teig. Feine, lange, gezackte Streifen entstanden, die sie neben sich auf einen Teller legte.

»Was machen Sie da eigentlich?«, fragte Catharina interessiert. »Und was ist das für ein Ding?«

Nachdem Rigmor den nächsten Streifen abgetrennt hatte, hielt sie der Pfarrerin das Werkzeug unter die Nase.

»Ein Teigrad«, sagte sie. »Sehr nützlich, wenn man Zuckerbrezeln oder Käsestangen backen möchte.«

»Käsestangen?«

»Na, diese schmalen, spröden Stangen mit zerlaufenem Käse und Salzkörnern. Die passen sehr gut zu der Suppe, die ich nächste Woche für den Frauenkreis koche. Die Frauen haben sich selbst gemachte Tomatensuppe gewünscht. Ein Hauch Italien auf gotländischem Boden. Oder lieber doch grüne Erbsen? Wenn man die mit Eisbergsalat mischt, wird das richtig lecker.«

»Pfiffig!«, sagte Catharina. »So ein Ding hab ich noch nie gesehen.«

Rigmor schnalzte mitleidig mit der Zunge.

»Sie sind einfach zu jung, Pfarrerin«, sagte sie. »Fragen Sie mal Ihre Großmutter oder Ihre Mutter. Die haben sicher beide genau so eins in der Schublade.«

Catharina lachte.

»Käsestangen und Tomatensuppe, das klingt auf jeden Fall super. Ich hoffe, es kommen auch diesmal wieder viele Frauen. Sehen Sie mal, jetzt geht sie durch den Garten!«

Catharina hatte recht, die Zugezogene machte eine Runde durch das wild wuchernde Grün. Das Gras war über den Sommer hochgeschossen, und viele der alten Blumenbeete waren nicht mehr zu erkennen. Seit geraumer Zeit gehörte das Pfarrhaus nicht mehr zur Kirche, sonst hätte der Hausmeister den Garten gepflegt. Die Erben hatten sich überhaupt nicht um den Nachlass gekümmert, man konnte nicht einmal mehr erkennen, wo der Eingang zur schattigen Laube war. Die hübsche kleine Frau hatte ein paar Tage intensiver Gartenarbeit vor sich. Aber sie würde vermutlich jemanden anheuern, der bereit war, diese Aufgabe für einen Pfifferling zu übernehmen, so machten die Stockholmer das für gewöhnlich. Wenn Rigmor sich recht erinnerte, säumten milchweiße Pfingstrosensträucher den Gartenweg. Direkt am Wohnhaus wuchsen Rosen, und die Frau des ehemaligen Pfarrers hatte behauptet, es handele sich um eine uralte gotländische Sorte, die sogenannte Bischöfin, die es definitiv wert war, gepflegt zu werden.

Die Frau erschien wieder vor dem Haus, stieg die zwei Stufen zur Veranda hoch und schloss die Tür auf.

»Soll ich sie zum Frauenkreis kommende Woche einladen?«, fragte Catharina und deutete mit dem Daumen Richtung Fenster. »Ich werde auf jeden Fall mal zu ihr gehen und sie hier willkommen heißen.«

»Das sollten Sie auf jeden Fall«, sagte Rigmor. »Sie ist schließlich Ihre direkte Nachbarin. Und vielleicht bald sogar Hasses?«, fügte sie hinzu und knuffte ihre Chefin in die Seite.

Mullvalds junge Pfarrerin errötete, als sie den Namen des Kantors hörte.

»Hasse ist ein sehr netter Mann und ein sehr angenehmer Kollege, aber wir sind nur Freunde, das wissen Sie doch.«

»Ja, ja«, erwiderte Rigmor, »aber das Fleisch ist schwach, selbst das einer Pfarrerin.«

Catharina starrte sie an.

»Ich werde die Neue fragen, ob sie morgen zum Gottesdienst kommen möchte«, fuhr Rigmor besänftigend fort.

»Gut«, antwortete Catharina, und sofort hellte sich ihre Miene wieder auf. »Ich hoffe sehr, dass sie auch wirklich auftaucht. Dann können wir alle sie kennenlernen.«

»Genau das war auch mein Hintergedanke. Außerdem sollte sie von alldem profitieren, was Sie in unserer Gemeinde bewegt haben.«

Vor gut zwei Jahren, als Catharina sich auf die Stelle beworben hatte, war im Kirchenrat heftig diskutiert worden. Der Hausmeister Ragnar Jakobsson, damals Mitglied des Kirchenrats, hatte seine Frau Britta über den Stand der Dinge auf dem Laufenden gehalten. Seine Gattin tratschte nur zu gerne alles weiter. Die Mehrheit des Kirchenrats teilte eine konservative Einstellung, ihr Kandidat war ein Mann in den Vierzigern, der sich von der katholischen Kirchentradition inspirieren ließ, beim Gottesdienst Weihrauch einsetzte und darum bat, mit »Vater« angesprochen zu werden, neben anderem Unsinn. Rigmor hatte sich über Brittas Schilderung fast totgelacht, weil dieser Mann einen so großen Eindruck auf die eher einfach gestrickten Mitglieder des Rates gemacht hatte.

Und dann tauchte die heitere, junge und hübsche Catharina auf, die ihn mit Leichtigkeit und ihren Qualifikationen schnurstracks ausbootete. Sie war klein und ähnelte eher einer Schülerin, aber der Schein trog. Wenn nötig, hatte sie Haare auf den Zähnen. Hasse Snygg, den es ein Jahr zuvor als Kantor nach Mullvald verschlagen hatte, lebte seither richtiggehend auf.

Alle aus dem Kirchenrat, die anfangs etwas gegen Catharina hatten, konnten sich im Nachhinein was schämen. Catharina erfreute sich großer Beliebtheit und lockte weit mehr Menschen in die Kirche als je ein Pfarrer vor ihr. Außerdem stieg die Zahl der Konfirmanden ständig, was für das Überleben der Gemeinde unerlässlich war. Man konnte durchaus sagen, dass sie die Kirche zu einem wertfreien Treffpunkt für alle Einwohner der Gemeinde gemacht hatte, jung wie alt. Eine Tatsache, mit der sich nicht viele brüsten konnten. Der Frauenkreis, den sie regelmäßig freitags veranstaltete, galt – wie der Name schon verriet – nur den Frauen. Für Männer gab es einen Kochkurs, der sich großer Beliebtheit erfreute, nicht nur bei den Singles der Gegend. Jeden Tag kam jemand her, um zu nähen, weben oder schreinern, und fast beiläufig gelang es der Pfarrerin so, die Einwohner Mullvalds auch sonntags in die Kirche zu locken. Nach und nach war die Kirche wieder der Mittelpunkt der Gemeinde geworden, der sie in jeder Gemeinde sein sollte.

Rigmor schaute wieder zum Fenster hinaus. Die Frau war auf der Veranda des Pfarrhauses stehen geblieben und drehte sich um. Sie schaute direkt zum Gemeindehaus hinauf. Dann hob sie die Hand und winkte.

Catharina fuhr herum und kicherte.

»Meine Güte, wie peinlich! Da stehen wir hier und glotzen. Geben Sie mir doch mal das Teigrad. Ich möchte lernen, mit diesem Ding umzugehen.«

2

Anki Karlsson schloss die Tür zu ihrem neuen Heim auf und ließ sie offen. Frische Luft konnte sicher nicht schaden, das Haus hatte lange leer gestanden und fühlte sich ein bisschen trostlos an. Anki blieb im Türrahmen stehen, drehte sich um und ließ den Blick den kleinen Hügel hinauf zum Pfarrhof schweifen.

Es war ein schönes und auffälliges Haus, fast ein kleines Schloss. Aus Stein gebaut, gelb-beige verputzt und mit braun gestrichenen Sprossenfenstern versehen. Das Haus hatte zwei Eingänge, und über einem ragte hoch ein Fachwerkturm auf. An der Wand stand in schönster Fraktur *Volksschule*. Die gesamte Bauweise trug die Handschrift des vorletzten Jahrhunderts, und es war sicher lange her, seit zum letzten Mal Kinder in der Pause um das Haus geflitzt waren. Die rot-gelbe Flagge der Schwedischen Kirche flatterte munter an einer Fahnenstange, und Anki vermutete, dass es sich um Mullvalds Gemeindehaus handelte.

Die Frauen, die oben am Fenster standen, waren verständlicherweise neugierig. Das Leben hier war weit weniger anonym als in Stockholm, sicher würde die eine oder andere Gardine zittern, wenn sie vorbeiritt oder -spazierte.

Anki wandte sich um und betrat ihr eigenes Haus. Sie ging von Zimmer zu Zimmer, zog die Rollos hoch und schaute sich in den leeren Räumen um. Wenigstens war die Heizung aufgedreht, dafür hatte der Makler gesorgt. Ihre Möbel waren vor ein paar Tagen hergebracht worden und standen aufgereiht in dem, was die Möbelpacker offenbar zum Wohnzimmer erkoren hatten. Sie in die unterschiedlichen Teile des Hauses zu verfrachten würde mühsam werden. Am liebsten wäre sie vor Ort gewesen, als der Umzugswagen ankam. Dann hätte sie den Möbelpackern zeigen können, wohin die Möbel gehörten. Aber sie hatte im Haus in Stockholm bleiben müssen, bis ihre Sachen abgeholt wurden. Außerdem musste danach noch das gesamte Haus geputzt werden, was sie mit ihren Freundinnen hinter sich brachte, bevor sie zum Abschied gemeinsam essen gingen. Lena, Gunilla und Ingegerd, allesamt Freundinnen aus Kindertagen, hatten das eine oder andere zu Ankis Abenteuer zu sagen. Würde sie wirklich allein klarkommen auf dem flachen Land, wenn der Winter erst hereinbrach und Schneestürme ums Haus wirbelten? Und wie sehr würde sie erst ihre gewohnten Ausflüge vermissen, ganz egal, ob es sich nun um Theaterbesuche, Weinproben oder Kunstausstellungen handelte? Anki brachten die Bedenken nicht aus der Ruhe.

»Wenn es mir zu eintönig und langweilig wird, gebe ich die Pferde in Pflege und nehme die nächste Fähre zurück zu euch«, hatte sie verkündet, und damit begnügten sich die Freundinnen.

Der Einrichtung des Hauses würde sie sich nach und nach widmen und um Hilfe bitten, falls das nötig wurde. Zunächst einmal musste sie das Schlafzimmer und die Küche einigermaßen herrichten. Sobald das erledigt war, wollte sie die Sauna anstellen, ein willkommener Bonus zum Haus. Eine eigene Sauna versprach Stunden wunderbarer Entspannung nach langen Ausritten im Wald oder entlang der Küste.

Es war wirklich ein ausgezeichnetes Haus, das sie da erstanden hatte. Nicht sonderlich schön oder äußerlich ansprechend, dafür aber funktional und außerdem ganz aus Holz. Alt war es, wie die meisten Häuser hier auf der Insel, aber der Vorbesitzer hatte sowohl Küche als auch Badezimmer renovieren lassen. Bei ihrem ersten Besuch hatte Anki keine fünf Minuten gebraucht, bis sie sich zu dem jungen Makler umgewandt, ihm fest in die Augen geschaut und »Danke, ich nehme es« gesagt hatte.

Schon beim Betreten war ihr klar gewesen, dass sie hier richtig war. Während der warmen Monate käme sie ohne Probleme zurecht, schließlich hatte sie es nicht weit bis zum Meer, und Reitwege gab es in Hülle und Fülle. Und die Wintermonate? Andere wohnten ja auch hier, da würde sie das auch meistern.

»Wollen Sie sich nicht erst noch richtig umsehen?«, hatte der Makler gefragt. »Sind Sie sich ganz sicher? Sie haben erst einen kleinen Teil gesehen.«

Eine Falte erschien zwischen seinen Brauen, sein Blick huschte nervös umher. So schnell hatte er vermutlich noch nie ein Geschäft abgeschlossen, was den jungen Mann zu verunsichern schien.

»Natürlich möchte ich mich noch weiter umsehen«, antwortete Anki. »Trotzdem nehme ich es, so einfach ist das.«

Und so war es dann auch. Das Treffen hatte im Frühling stattgefunden, nachdem Christer endlich für immer eingeschlafen war und Anki machen konnte, was sie wollte. Den Sommer nutzte sie dann, um den Haushalt in Stockholm aufzulösen und ihr ehemaliges Heim zu verkaufen. Ein paarmal reiste sie nach Gotland, nicht nur, um den Hauskauf abzuschließen, sondern auch, um sich nach passenden Pferden umzusehen. In ein paar Tagen würde sie zwei schöne Islandpferde in Empfang nehmen, ihre neuen Familienmitglieder.

Anki ging in die Küche, um die Einkaufstaschen auszupacken. Während sie die Sachen verstaute, ließ sie noch einmal ihren ersten Besuch in Mullvalds Lebensmittelladen Revue passieren.

Kaum hatte sie ihren Wagen vor dem Laden geparkt und die Autotür geöffnet, starrte sie in die dunklen Augen eines riesigen schwarzbraunen Hundes. Die Zunge hing ihm blutdürstig aus der Schnauze, und Sabberfäden hingen von seinen

Lefzen. Anki hatte nicht direkt Angst vor fremden Hunden, aber in jedem Fall Respekt, besonders wenn sie so groß waren. Bei diesem Exemplar handelte es sich um einen Rottweiler, eine Rasse, der sie nicht gerade traute. Außerdem trug sie eine weiße Jeans und einen nagelneuen Pullover. Das hätte ihr gerade noch gefehlt, dass dieses Riesenvieh sie vollsabberte.

»Hoppla«, sagte Anki. Vorsichtig schälte sie sich aus ihrem Auto und schaute, wer sich am anderen Ende der Leine befand.

Ihr Blick fiel auf einen grauhaarigen Mann, der nicht besonders groß und dazu vielleicht eine Ahnung zu rundlich um die Hüften war. Wettergegerbte Gesichtszüge, ernste stahlgraue Augen und nicht die Spur eines Lächelns. Er trug eine schicke Jeans und einen moosgrünen Pullover, unter dem ein weißer Hemdkragen hervorlugte, darüber ein Tweedjackett. Außerordentlich gepflegt, könnte man sagen, außerdem schien alles von hoher Qualität.

»Der tut nichts«, sagte der Mann tonlos.

Genau, das behaupteten sie alle, diese Hundehalter. Anki versuchte, ruhig zu bleiben.

»Schön. Dass er nichts tut, meine ich. Guten Tag, ich bin Anki Karlsson und gerade hergezogen.«

Sie streckte die Hand aus, und der Mann drückte sie fest, ließ sie aber gleich wieder los, als hätte er sich verbrannt.

»Tryggve Fridman. Sie sind nicht von Gotland, nicht wahr?«

»Nein«, lachte Anki. »Ist das ein Nachteil?«

Ihr Versuch zu scherzen ging nicht auf, der Mann reagierte nicht einmal.

»Und wie heißt der Hund?« Sie nickte in Richtung der Bestie.

Für Tryggve Fridman war die Unterhaltung jedoch offenbar beendet. Er zog den Hund heran, wandte sich von ihr ab und spazierte davon.

Einen Moment lang sah sie dem Paar noch hinterher, der eine zweibeinig, der andere vierbeinig, und wunderte sich darüber, dass manchen Menschen sozialer Kontakt so schwerfiel.

Dann schloss sie den Wagen ab und betrat den Laden. Trotz dieses Miesepeters empfand sie ein überschäumendes Gefühl der Freude, endlich hier zu sein. Nach all den Jahren, in denen sie sich um Christer kümmern und gleichzeitig ihrer Lehrtätigkeit nachgehen musste. Zehn Jahre ihres Lebens hatte es sie gekostet, bis er endlich entschlafen war und sie sich langsam wieder entspannen konnte. Wie passend, dass sein Tod mit ihrer Pensionierung zusammenfiel. Es war eine Befreiung auf allen Ebenen. Zwar wagte sie nicht, nach außen zuzugeben, wie es in ihr aussah, aber als Christer endlich seinen letzten Atemzug getan hatte, war sie von einem Gefühl der Erleichterung überwältigt worden.

Im Laden befanden sich eine ganze Menge Kunden, was an einem Freitagnachmittag nicht weiter erstaunlich war. Anki hielt einen Moment inne und überlegte, was sie eigentlich brauchte. Joghurt natürlich und Eier. Letztere konnte sie allerdings auch in einem der Hofläden in der Umgebung holen, auf dem Hinweg war ihr ein Schild aufgefallen, das frische Eier anpries. Kaffee war ein Muss, deshalb suchte sie als Erstes danach, und schon bald lag eine Packung in ihrem Korb. Was wollte sie heute zu Abend essen? Sie stöberte in der Tiefkühltruhe und stieß auf eine Reihe von Lammgerichten. Was bot sich besser an als erste Mahlzeit auf Gotland? Anki schob ein paar Beutel mit Lammblut beiseite und hob eine Packung Lammrücken heraus, begutachtete den Preis, legte sie wieder zurück und griff stattdessen zum Hackfleisch, das sowohl köstlich als auch leicht zuzubereiten war.

Dann suchte sie nach Pappbechern. Solange ihre Umzugskartons noch nicht ausgepackt waren, würde sie sich damit begnügen. In dem kleinen Regal mit Papierwaren, Messern, Käsehobeln und Mausefallen fiel ihr Blick auf ein paar hübsche blau-weiße Teetassen. Lustig, auf so etwas in einem einfachen Dorfladen zu stoßen. Wobei man in solchen Geschäften natürlich häufig auf Unerwartetes stieß, Dinge, die man einfach brauchte. Oder auch nicht. Die Teetassen waren richtig fein und aus Großbritannien, genau solche hatte Anki sich schon lange gewünscht. Und hier standen sie und warteten auf sie für nur 249 Kronen pro Stück. Ein ziemlich guter Preis, andernorts kosteten sie sicher das Doppelte, wenn nicht noch mehr. Sie nahm eine der Tassen aus dem Regal und strich nachdenklich mit dem Zeigefinger über die Glasur. Entschlossen legte sie dann beide Exemplare in den Einkaufskorb und gleich noch eine Spitztüte mit Schokolade aus der Region, die verlockenderweise direkt danebenstand.

An der Kasse wartete sie hinter einer Frau, deren Wagen übervoll war mit abgepacktem Mehl, Zucker und mehreren Päckchen Hefe und Butter.

»Oh, da will jemand backen«, sagte Anki.

Die Frau fuhr herum und musterte Anki, ehe sie das Wort ergriff.

»Ich bin die Haushälterin im Gemeindehaus«, erklärte sie, »da kommt manchmal einiges zusammen.«

»Verständlich.«

Die Frau legte ihre Waren aufs Band und wandte sich dann noch einmal an Anki.

»Ich heiße Rigmor Blomberg«, sagte sie, und der Anflug eines Lächelns umspielte ihren Mund. »Ich sollte Sie wohl willkommen heißen! Sie sind die Neue, nicht wahr?«

Ja, das stimmte, und Anki fühlte sich zum ersten Mal an diesem Tag angemessen behandelt. Rigmor bezahlte, füllte eine Tasche nach der anderen und stellte sie zurück in den Einkaufswagen.

»Kommen Sie doch am Sonntag zum Gottesdienst«, sagte sie auf dem Weg nach draußen.

»Zum Gottesdienst?«

Anki war seit einer Ewigkeit nicht mehr in der Kirche gewesen. Selbstverständlich zu Christers Beerdigung, das war aber die große Ausnahme gewesen. Ihre Sonntage widmete sie für gewöhnlich einem ausgedehnten Frühstück und dem Versuch, das Kreuzworträtsel aus der *Dagens Nyheter* zu lösen, was meist eine ganze Weile dauerte, bisweilen sogar den Rest der Woche.

»Da treffen sich alle«, erklärte Rigmor. »So mögen wir das in Mullvald. Es ist gesellig und lustig, und man erfährt auf jeden Fall den neusten Klatsch und Tratsch!«

Anki löste den Blick vom Küchenfenster und kehrte zurück ins Hier und Jetzt. Dann faltete sie die Einkaufstaschen ordentlich zusammen. Der kleine Dorfladen war recht gut sortiert. Sie hatte fast alles bekommen, was sie suchte. Nur die Weinflaschen stammten noch aus Stockholm, ein Abschiedsgeschenk ihrer Freundinnen. In Zukunft würde sie ein ganzes Stück fahren müssen, um eine gute Flasche Wein zu ergattern. Der kleine Dorfladen, in dem sie gerade gewesen war, bot wenigstens auch Postdienste an und verfügte über eine Verkaufslizenz für Alkohol, das war ihr gleich aufgefallen. Auch das war eine Umstellung für sie. In Stockholm musste sie einfach schnell in die U-Bahn nach Farsta oder Globen springen, um ihre Weinvorräte aufzustocken, hier fuhr sie für einen guten Tropfen etwa dreißig Kilometer, bis nach Visby, Hemse oder Slite.

Vorsichtig nahm sie die in Papier eingeschlagenen Tassen in die Hand und wickelte sie aus. Zwei blau-weiße Kleinodien aus Porzellan mit einem entzückenden Motiv: ein englisches Schloss und davor zwei Ritter.

Anki spülte die Tassen und trocknete sie sorgfältig ab, bevor sie einen Platz in einem der Küchenschränke für sie auswählte. Draußen schien die Nachmittagssonne, und ein paar gelbe Blätter segelten langsam zu Boden. Es war eine gute Idee gewesen, aufzubrechen und ein neues Leben zu beginnen.

3

Tryggve Fridman schenkte sich einen Whisky ein und stellte das Glas zu einem Wasserkännchen auf ein altes, schwarz lackiertes Tablett. Eiswürfel brauchte er keine, ein Schuss Wasser reichte aus, damit der edle Tropfen seinen Geschmack vollständig entfaltete. Er stellte die Flasche zurück in den Schrank, überlegte es sich aber sofort wieder anders und steckte sie in die Innentasche seines Jacketts.

Sein treuer Begleiter lag in seinem Korb und schlief. Kaum bemerkte der Hund, dass etwas im Gange war, öffnete er die Augen und streckte sich.

»Ja, Putte, du kannst schon mit nach draußen kommen, aber ins Gewächshaus lasse ich dich nicht, damit du es weißt! Du schmeißt mir mit deinem dicken Schwanz doch nur alle Kerzen um«, scherzte Tryggve und kraulte den Hund liebevoll hinter den Ohren.

»Früher war das besser, mein Freund, als man euch noch kupiert hat. Da konntet ihr sogar mit in den Porzellanladen kommen, ohne dass man eine Katastrophe befürchten musste.«

Putte legte den Kopf schief und betrachtete sein Herrchen mit ernstem Blick.

»Entschuldige, das war dumm von mir«, sagte Tryggve und schämte sich, obwohl nur der Hund ihn gehört hatte. »Seien wir mal lieber dankbar dafür, dass diese Zeiten vorbei sind.«

Putte wirkte jedoch nicht sonderlich nachtragend und folgte seinem Herrchen treu hinaus.

Das Gewächshaus war nicht gerade klein. Tryggve war durch eine Anzeige im Landmagazin darauf gestoßen. Die Firma hatte es dort als Orangerie angepriesen, ein besonders gewiefter Verkaufstrick. So klang es fast, als handele es sich um einen gläsernen Anbau für ein Gutshaus. Die Werbung verfehlte ihre Wirkung nicht, und so hatte Tryggve ein Gewächshaus gekauft, das groß genug war, um darin alles anzubauen, was er wollte, und dazu noch Platz für einen schönen Rattansessel bot. Das perfekte Exemplar hatte er bei Kuriåsa in Hemse gefunden und ihn sehr, sehr glücklich nach Hause gebracht. Hier würde er die Zeit verbringen, die ihm das Leben noch gönnte.

Tryggve stellte Tablett und Whiskyflasche ab und zündete die Kerzen, achtunddreißig an der Zahl, in den verschiedenen Kerzenleuchtern an. Er hatte sie erst kürzlich gezählt, und es dauerte eine Weile, bis sie alle brannten, aber es war die Mühe wert. Das Licht verbreitete eine beruhigende, warme Stimmung. Fast jeden Abend kam er hierher, es war bereits zur Gewohnheit geworden. Oft trat er dann in die hereinbrechende Nacht hinaus und betrachtete das Gewächshaus aus einiger Entfernung. Wie schön es war! Tryggve besaß einen flackernden Zufluchtsort inmitten des Herbstdunkels auf einer Insel in der Ostsee. Zauberhaft, wäre Barbros Wort dafür gewesen, wenn sie es je gesehen hätte. Wie aus einem Märchen.

Seit dem Sommer schlängelte sich eine Weinranke willig bis zur Decke des Gewächshauses hinauf, und jetzt hingen mehrere dicke Trauben daran. Es waren zu wenige, um daraus Wein zu machen, aber zum Essen und Genießen reichten sie allemal. Aufgereiht an einer der Langseiten standen Tomatenstauden und Paprikapflanzen, die zwar allmählich welkten, aber trotzdem noch Früchte trugen. Er pflückte zwei Tomaten und einige grüne Paprika, die er später zum Abendessen verarbeiten würde. Ein paar Weintrauben schnitt er auch noch ab. Sie waren klein, süß und lecker.

Tryggve setzte sich in den Rattansessel und träufelte vorsichtig Wasser in den Whisky. Dann betrachtete er das Foto einer Frau, das zwischen ein paar Schalen mit Fossilien stand, die er im Laufe des Jahres am Strand gefunden hatte.

»Prost«, flüsterte er. »Prost, meine Geliebte. Wo immer du jetzt bist.«

Seine Hand zitterte, und das ärgerte ihn. Schuld daran war nicht Barbro, es war der Gedanke an diese neue Frau. Solange Barbros Haus und Stall leer gestanden hatten, war Tryggve gut zurechtgekommen. Aber jetzt zog diese Fremde dort ein und fasste alles an.

Die Sonne versank im Westen, und der Himmel färbte sich orangerot. Von seinem Sessel aus genoss Tryggve einen unverschämt schönen Blick über das Meer, auch wenn auf dieser Seite der Insel der Sonnenaufgang das eigentliche Spektakel war. Oft war es ein atemberaubendes Schauspiel mit brennendem Himmel, manchmal auch eher zurückhaltend, wenn die Sonnenstrahlen sich erst allmählich den Weg durch die wogenden Nebelschwaden brachen.

Der Whisky wärmte den Brustkorb und vertrieb ein Stück weit die Sehnsucht nach Barbro und die Einsamkeit. Tryggve konnte nicht aufhören, an das heutige Treffen mit der Neuen zu denken. Es ärgerte ihn, dass sie ausgerechnet ihm vor dem Laden begegnet war. Sicher standen eine Menge Häuser und Höfe auf der Insel zum Verkauf, aber sie musste ja Barbros wählen, und Tryggve hatte es nicht verhindern können, so gern er es auch gewollt hatte. Ein von Barbros Kindern angeheuerter Makler betreute den Verkauf. Er selbst hatte kein Recht, sich einzumischen, Barbro und er waren nur Lebensgefährten gewesen, hatten nie zusammengewohnt.

Jetzt streifte diese neue Frau dort umher und besudelte, was in Frieden ruhen sollte. Angeblich wollte sie Pferde halten. In

Barbros Stall. Was hatte diese Person noch einmal gesagt? Wie hieß sie? Anki wusste er noch sicher, aber der Nachname? Irgendetwas mit -son. Karlsson? Tryggve lachte leise. Eine der Verdächtigen in dem letzten Mordfall, an dem er vor seiner Pensionierung gearbeitet hatte, hieß Anki. Alle waren davon überzeugt gewesen, dass sie ihre Mutter und ihren Vater auf dem heimischen Hof in Hejnum ermordet hatte, aber Beweise gab es dafür keine. Tryggve zweifelte damals an ihrer Schuld und verdächtigte Ankis Ehemann, einen feigen Hund, dem es wieder und wieder gelungen war, sich aus der Affäre zu ziehen. Und er hatte recht behalten, dem Halunken sogar schlussendlich ein Geständnis entlockt.

Tryggve lehnte sich zurück, das Rattan knirschte. Dann goss er sich Whisky nach. Er konnte nicht behaupten, dass ihm die Arbeit sehr fehlte. Es gefiel ihm, im Garten zu arbeiten, im Gewächshaus zu werkeln, lange Spaziergänge mit Putte zu unternehmen und den einen oder anderen guten Whisky zu trinken.

»Bisschen beduselt will man ja sein«, hatte sein Vater, Gott hab ihn selig, immer gesagt. »Aber, mein Sohn, nicht zu sehr.«

Nein, so viel, dass ihm davon schwindelig wurde, sollte es nicht werden. Tryggve trank nie große Mengen. Nicht einmal nach Barbros Tod hatte er das Bedürfnis gehabt, Trost in der Flasche zu suchen. Durch die Arbeit war er zu vielen Menschen begegnet, die sich mit der Trinkerei das Leben versaut hatten. Er würde diesen Weg nicht einschlagen.

Ein dumpfes, rhythmisches, nur zu bekanntes Klopfen drang von der Glastür zu ihm, und er stand auf und öffnete.

»Also gut, du große, hässliche Töle«, sagte er sanft, »dann komm rein. Aber leg dich gefälligst still hin und hör auf, mit dem Schwanz zu wedeln.«

Putte spazierte würdevoll herein und drehte sich ein paarmal um die eigene Achse, bevor er sich artig neben den Sessel seines Herrchens legte.

Eine ganze Weile blieb Tryggve so sitzen, den Hund zu

seinen Füßen. Er nippte am Whisky und ließ die Gedanken kommen und gehen, wie sie wollten. Am beharrlichsten kehrten sie zu Anki Karlsson zurück. Tryggve entschied, sich so gut es ging von ihr fernzuhalten. Er würde sich nicht bei ihr sehen lassen, keine alten Wunden aufreißen.

»Da sitzen wir hier wie zwei alte Opis, Putte«, murmelte er und schaute seinen Hund an, der beim Klang seines Namens die Ohren aufstellte.

Tryggve öffnete das nächstgelegene Fenster. Das Rauschen der Zwergkiefern mischte sich mit dem derzeit eher ruhigen Wellenschlag des Meers.

»So kann das gern bleiben, bis wir auf den Friedhof umziehen müssen. Du und ich, Putte. Ein paar Kreuzworträtsel und den einen oder anderen Whisky selbstverständlich. Mehr brauchen wir nicht. Ach doch, und ein paar Leckerli für dich.«

Putte spitzte wieder die Ohren und trottete dann zur Tür, die noch halb offen stand. Zwei sehr gepflegte Pferde marschierten in gemächlichem Tempo am Gewächshaus vorbei. Eigentlich nichts Besonderes, aber etwas an ihnen war trotzdem auffällig. Die beiden Reiterinnen saßen in sogenannten Damensatteln. Anfangs hatte Tryggve sich das nicht erklären können und deshalb bei der nächsten Gelegenheit – einem Spaziergang mit Putte – einfach bei der Besitzerin nachgefragt. Von ihr hatte er erfahren, dass sie eine exklusive Ausbildung für Frauen anbot, die das Reiten im Damensattel erlernen wollten. Agneta von Pers war eine enthusiastische Unternehmerin, der es gelungen war, sich in der Region zu etablieren und genau das zu machen, wofür ihr Herz schlug. Und dort bei den Pferden hatte er Barbro kennengelernt, die auf dem Hof arbeitete.

Tryggve schob die Tür des Gewächshauses weiter auf und hob das Glas.

»Ich wünsche einen schönen Ausritt, meine Damen!«, rief er angeheitert.

Agneta von Pers löste eine Hand von den Zügeln und grüßte.

»Prost, Tryggve. Hab einen schönen Freitagabend!«

»Was für eine tüchtige Frau«, murmelte er vor sich hin und kehrte an seinen Platz auf dem Rattansessel zurück.

4

Ein gutes Stück entfernt von Tryggve Fridman, am anderen Ende von Mullvald, war Britta Jakobsson gerade mit dem Kochen fertig und holte eine Form mit überbackener Faluwurst aus dem Ofen. Sie stellte den Auflauf neben den Topf mit den gekochten Kartoffeln und setzte sich zu ihrem Mann an den Tisch, der sich sogleich Essen auf den Teller schaufelte.

»Jetzt ist sie also da«, stellte sie fest, während sie eine dampfende Kartoffel schälte.

Ihr Mann, mit dem sie seit gefühlten hundert Jahren verheiratet war, schielte sie über die Brille hinweg an. Ein dichter Schmutzfilm lag auf den Gläsern, es grenzte an ein Wunder, dass er überhaupt noch etwas sehen konnte. Er war damit beschäftigt, die Wurst in kleine Stücke zu schneiden. Nicht mehr lange, dann würde er die Kartoffeln quetschen, das wusste sie. Ein bisschen Soße darüber und dann alles zu einem Brei vermanschen, den er sich mit der Gabel in den Mund schob, wie er es seit Kindertagen tat. Stil hatte Ragnar wirklich nicht, dafür aber wenigstens einen Halbtagsjob. Britta selbst lebte von ihrer Frührente, die sie dem Fakt verdankte, dass sie sich früh kaputtgeackert hatte. Als Kind hatte sie hier auf dem elterlichen Hof schwere Aufgaben übernehmen müssen, und dann hatte der Job als Krankenpflegerin das seine gefordert. Noch vor ihrem fünfzigsten Geburtstag hatte ihr Rücken aufgegeben.

»Wer? Wer ist da?«, grunzte Ragnar verwirrt, bevor die erste Ladung Brei in seinem Mund verschwand.

Sein Interesse war nicht gerade groß, das hörte sie wohl. Merkwürdig, denn für gewöhnlich war er äußerst neugierig. Verlor er seinen Schwung? Britta betrachtete sein fades, weißgelbliches Haar, das in seiner Jugend mal knallrot gewesen war. Seither wurde er allmählich kahl, was Ragnar zu kompensieren versuchte, indem er die verbliebenen Haare im Nacken zu einem dünnen Pferdeschwanz zusammenfasste. Dadurch machte er nicht nur einen nachlässigen und ungepflegten, sondern außerdem noch einen pathetischen Eindruck. Sein Gesicht war faltig und gebräunt, im Großen und Ganzen hatte er sein gesamtes Leben unter freiem Himmel gearbeitet.

»Du weißt schon, diese Stockholmerin, die das Haus gegenüber von der Kirche gekauft hat. Das alte Pfarrhaus. Pferde will sie sich wohl auch anschaffen. Erinnert dich das nicht an jemanden?«

Britta wollte die Kartoffel zerschneiden, rutschte aber ab, sodass das Gemüse vom Teller flutschte und auf der Tischdecke landete. Schnaubend reckte sie sich nach einem Stück Küchenkrepp.

»Aha, warst du bei ihr?«, wollte Ragnar wissen. »Setz doch schon mal Kaffee auf.«

»Nein, ich war nicht bei ihr«, antwortete sie scharf, »sondern im Laden. Sie hat mit Rigmor gesprochen. Im Übrigen auch mit Tryggve. Und stell dir mal vor, diese unverschämte Person hat die blauen Teetassen gekauft, die ich unbedingt haben wollte!«

Britta stand auf, spülte die Kaffeekanne aus und klapperte unnötig laut herum, als sie diese auf das Abtropfgitter stellte. Dann häufte sie Kaffeepulver in einen Filter und schaltete die Kaffemaschine an. Etwas zu heftig stellte sie eine Tasse mit

Sprung vor ihrem Mann auf den Tisch. Kurz darauf holte sie die Kanne, füllte Kaffee in die Tasse und stellte eine Packung Kekse auf den Tisch. Das musste als Nachtisch genügen. Bedauerlich, dass ihre Stimmung jetzt so im Keller war, schließlich hatte sie einen schönen Vormittag mit Solveig verbracht. Sie hatten zusammen im Handarbeitsraum des Gemeindehauses gesessen und mit ein paar letzten Handgriffen eine außerordentlich schöne Pferdedecke fertiggestellt. Eigentlich zu schön, fand Britta, fast glich sie einem priesterlichen Messgewand, ganz weiß mit aufgenähtem Silberband. Solveig hatte jedoch darauf beharrt. Ihre Chefin, Agneta von Pers, verdiente nur das Beste für ihr außerordentliches Pferd, deshalb blieb es dabei. Britta und Solveig waren sehr geschickte Näherinnen und saßen gern beisammen. Sie sprachen über alles Mögliche und waren über die Jahre richtig gute Freundinnen geworden, die einander vertrauten.

Ragnar lehnte sich zurück und wippte mit dem Küchenstuhl. Er verschränkte die Hände im Nacken und grinste sie amüsiert an. Durch die farblosen Wimpern hatte er große Ähnlichkeit mit einem alten Schwein. So eingebildet wie gerade sah er ziemlich oft aus, und Britta verabscheute diesen Anblick grenzenlos.

»Du bist doch nicht etwa eifersüchtig auf diese neue Frau, oder, Britta?«, fragte er.

Britta nahm sich zwei Kekse auf einmal, tunkte sie in den Kaffee und steckte sie sich schnell in den Mund, damit sie nicht vorher zerfielen.

»Eifersüchtig? Ich? Mein lieber Ragnar, du glaubst wirklich, dass alle Frauen was von dir wollen, aber da täuschst du dich gewaltig. Eine fesche Dame vom Festland sicher nicht, die wird nicht anbeißen.«

Er ließ die Hände in den Schoß sinken, sein Blick verdunkelte sich.

»Fesche Dame? Im Ernst? Sie muss doch eher robust und stabil sein, besonders wenn sie wirklich Pferde halten will.«

Britta schlürfte den letzten Schluck Kaffee, bevor sie aufstand, um sich selbst nachzuschenken.

»Nein, sie ist eher schmal«, sagte sie, »noch dazu war ihre Kleidung ziemlich schick. Die wird nicht lange bleiben.«

»Hm«, machte Ragnar.

»Was die sich einbilden, diese Stockholmer«, fuhr Britta fort. »Halten es für eine gute Idee, herzukommen und Bauer zu spielen, und dann wird es ihnen doch nur langweilig, und prompt verkaufen sie wieder alles und ziehen zurück in die Stadt. Zu den Theatern, Kinos und Restaurants. Auf dem Land pulsiert das Leben eben nicht, ganz egal, was die Politiker immer wieder behaupten.«

Ragnar stützte die Ellbogen auf den Tisch und sah sie forschend an.

»Was willst du damit sagen? Willst du in die Stadt ziehen?«

Sie fuhr sich mit der Hand durch die Haare. Zeit, mal wieder zum Friseur zu gehen.

»Keine Ahnung«, antwortete sie. »Vielleicht. So richtig aufregend ist es hier nicht gerade. Besonders jetzt nicht, wo der Winter vor der Tür steht.«

Ragnar leerte die Tasse und stand abrupt auf.

»Wenn du deine Stadtträume verwirklichen willst«, knurrte er, »dann ohne mich.«

Er steuerte die Diele an.

»Wo willst du hin?«

»Raus.«

»Aber es ist doch Freitagabend. Wieso bleibst du nicht zu Hause und trinkst ein Gläschen mit mir vor dem Fernseher?«

Ihr Mann gab keine Antwort. Er würde es wieder bei einer dieser Frauen aus dem Stall probieren, dachte sie. Er gab nie auf. Oder hatte er es auf die Neue abgesehen? Ragnar glaubte immer noch, dass er ein Adonis war, in Ewigkeit, Amen. Hielt sich für einen vor Testosteron strotzenden Zwanzigjährigen.

5

Samstag, 20. September

Nachdem Anki mit Mühe und Not das Sofa und ihren Lieblingssessel an ihre endgültigen Plätze bugsiert und ein paar Umzugskartons ausgepackt hatte, musste sie an die frische Luft. Ein Spaziergang würde ihr guttun, weshalb sie entschied, ihrer direkten Nachbarin einen Besuch abzustatten. Sie hatte schon herausgefunden, dass sie einen Reiterhof betrieb, ein guter Grund, sich vorzustellen und jemanden mit ähnlichen Vorlieben zu treffen.

Anki passierte das große Einfahrtstor. Eine schöne Lindenallee erstreckte sich bis zum Wohnhaus, die Blätter verfärbten sich im voranschreitenden Herbst schon ein wenig gelb. Die Fassade aus weißem Kalkstein leuchtete in der Herbstsonne, und eine breite Treppe führte hinauf zum Eingang. Auf beiden Seiten wurde das Hauptgebäude von Flügeln flankiert, sie wirkten ebenfalls bewohnt. Vor der Treppe befand sich ein Rosenrondell, und obwohl es schon Ende September war, blühten noch vereinzelte Rosen. Ein schwarzer Van stand nachlässig geparkt neben dem Rondell.

Links von dem prachtvollen Garten lagen die Wirtschaftshäuser. Wahrscheinlich hatten auf dem Hof einmal viele Tiere gelebt, schätzungsweise gab es außer Kuh- und Schweinestall, Hühnerhaus, Getreidespeicher und Scheunen alles, was zu einem größeren landwirtschaftlichen Betrieb gehörte. Viele der gotländischen Bauernhöfe wurden seit dem 17. und 18. Jahrhundert weitervererbt und so von vielen Generationen bewirtschaftet.

Sie lief die Allee entlang, der Kies knirschte unter ihren Schuhen. Ein paar Frauen standen vor den Stallungen zusammen, eine löste sich aus der Gruppe und kam auf Anki zu. Zwei aufgeregte Setter sprangen ihr um die Beine, ein rötlicher und ein weißer mit schwarzen Flecken. Neugierig schossen sie auf Anki zu, blieben aber nicht lange genug bei ihr, um sich streicheln zu lassen.

Anki musterte die Frau so unauffällig wie möglich. Sie wollte nicht unverschämt wirken. Sofort fiel ihr auf, dass die Reithose von hoher Qualität war und dass die Frau eine teure Perlenkette trug, die unter normalen Umständen fehl am Platze gewirkt hätte. Nicht jedoch bei dieser Dame.

»Agneta von Pers«, stellte sie sich vor und streckte eine Hand aus. »Willkommen in Mullvald. Sind Sie schon einigermaßen angekommen?«

Der Händedruck war fest, und die Frau schaute sie direkt und freundlich an, ihr Lächeln spiegelte sich jedoch nicht in ihren Augen.

»Einigermaßen, danke der Nachfrage«, antwortete sie. »Aber gerade dachte ich, es wäre eine gute Idee, das Auspacken ruhen zu lassen und mich stattdessen ein wenig mit der Umgebung vertraut zu machen.«

Agneta schaute zurück zu den Frauen.

»Passen Sie auf, vorhin ist eine neue Gruppe angekommen, die eine Weile hierbleiben, um das Reiten im Damensattel zu erlernen. Ich wollte sie gerade herumführen und ihnen den Hof zeigen. Kommen Sie gern mit, dann können wir uns im Anschluss vielleicht ein wenig unterhalten.«

»Damensattel? Das klingt ambitioniert. Geben Sie hauptsächlich solche Kurse? Ich warte gerade auf meine Islandpferde.«

»Aha, wollen Sie Reittouren anbieten?«, fragte sie und schaute Anki verdrossenen an. »Das wird ganz schön eng hier.«

Anki hob abwehrend die Hand.

»Nein, nein, die Pferde dienen allein mir und meinem Vergnügen.«

Agneta nickte, kommentierte Ankis Antwort aber nicht weiter. Jene nahm das Angebot dankend an und folgte ihr zu den wartenden Frauen.

Erster Halt war der Stall. Genüsslich sog sie den wohlbekannten, säuerlichen Geruch ein. Warme Pferdekörper, Heu, Stroh und Mist. Wie lange doch ihr letzter Besuch in einem Reitstall zurücklag. Sie rechnete nach. 1963 musste das gewesen sein. Als die Beatles mit *Please Please Me* um die Welt tourten.

Die Gruppe Neuankömmlinge blieb bei einer Box stehen, in der eine Angestellte Heu verteilte. Das eine oder andere leise, zufriedene Wiehern war zu hören, das Futter schien willkommen. Irgendwo scharrte ein Huf, andere Pferde, die ihre Ration schon bekommen hatten, zermalmten das Heu mit ihrem kräftigen Kiefer. Anki lauschte glücklich den Geräuschen, sie erfüllten sie mit Ruhe und Zufriedenheit. Schon bald würde ihr eigener Stall fertig sein, dann hatte sie das jeden Tag. Sie nickte der Frau in der Box zu.

»Hallo! Ich bin Anki.«

»Solveig.«

Die Frau lächelte ihr kurz, aber herzlich zu, bevor sie zur nächsten Box eilte.

Agneta von Pers führte die Frauen durch die Stallgasse und erzählte etwas zu jedem Pferd.

»Jede von Ihnen wird für die Zeit Ihres Aufenthalts für ein bestimmtes Pferd zuständig sein«, sagte sie. »Je schneller Sie das Pferd kennenlernen, desto besser, dann fällt das Training leichter. Suchen Sie sich eins aus und wenden Sie sich dann an Solveig.«

Sie deutete mit ihrer Gerte auf die Frau in der Box. Die Gerte war Anki noch gar nicht aufgefallen. Tatsächlich stolzierte Agneta herum wie ein Rittmeister alter Schule. Blitzblank geputzte Stiefel, Reithose und eine Gerte in der Hand.

Genau so hatten die Reitlehrer in den Sechzigern ausgesehen.

»Ich möchte das Pferd da«, vermeldete eine der Kursteilnehmerinnen. »Mein Gott, was für ein schönes Tier!«

Mit schnellen Schritten ging sie zu seiner Box und streckte die Hand aus, um dem neugierigen braunen Pferd übers Maul zu streicheln. Sein Kopf war außerordentlich wohlgeformt, und eine schmale Blesse zierte den Nasenrücken. Solveig, die etwas abseits stand und gerade Heu in eine grellblaue Ikeatasche packen wollte, erstarrte. Agneta knallte mit der Gerte gegen den Stiefel.

»Solveig!«, brüllte sie. »Hol sie da weg!«

Alle starrten Agneta an, deren Gesicht hochrot angelaufen war. Selbst die zwei aufgeregten Setter hielten mitten im Lauf inne, und einige Pferde rissen den Kopf hoch. Solveig erblasste, eilte zu der Frau, die sich dem Pferd genähert hatte, flüsterte ihr etwas zu und zog sie durch die Stallgasse hinaus.

»Hm, ja«, sagte Agneta und versteckte die Gerte wieder hinter dem Rücken, »das konnte sie ja nicht wissen, aber niemand darf Coin anfassen. Und damit meine ich wirklich niemand und niemals. Coin ist mein Schaupferd, und niemand außer mir reitet ihn. Jemals. Verstanden?«

Unweigerlich fühlte Anki sich an den Reitstall in Stockholm erinnert. Dass man ein ganz bestimmtes Pferd nicht anrühren durfte, weckte schlimme Erinnerungen. Agnetas Ausbruch stand ganz im Zeichen einer empfindlich strengen Hierarchie, die damals im Stall geherrscht hatte.

Die unbehagliche Stimmung, die nach dem unerwarteten Ausbruch aufgekommen war, legte sich jedoch schnell, als Agneta wieder lächelte. Sie entschuldigte sich ganz offiziell bei der Frau, die sich Coin so dreist genähert hatte, und drückte ihr versöhnlich die Hand. Danach war die Ordnung wiederhergestellt.

Anki wahrte einen angemessenen Abstand, als sie zu Coins Box trat. Er war wunderschön mit seinem braunen Fell und der schmalen, weißen Blesse. Anki stellte sich auf die Zehenspitzen und sah so, dass seine Hinterläufe weiße Socken aufwiesen. Wie ein Schatten glitt Agneta neben sie.

»Wir trinken jetzt Kaffee«, sagte sie. »Wenn Sie auch eine Tasse möchten, kommen Sie doch in den Garten. Noch kann man draußen sitzen.«

»Gern, danke«, antwortete Anki. »Hat Ihr Coin auch weiße Socken an den Vorderläufen? Das kann ich von hier nicht erkennen.«

Agneta von Pers' Augen glitzerten, als ihr Pferd zur Sprache kam.

»Nicht an beiden, nur rechts. Der linke Vorderlauf ist ganz braun. Warum fragen Sie?«

»Reine Neugierde.«

6

Agneta hatte Anki eine Öffnung in der Fichtenhecke gezeigt, eine Abkürzung zwischen Reiterhof und Kirche. Auf dem Weg zur Hecke passierte Anki einen Mann mit Helm und Visier, der das Gras aufseiten des Reiterhofs trimmte. Er winkte ihr zu. Madame von Pers verfügte offenbar über Hilfskräfte im Überfluss. Der Mann stellte den Trimmer ab, schob das Visier hoch und sah sie aus blassblauen, von hellen Wimpern gerahmten Augen an.

»Tagchen!«, sagte er. »Na, machen Sie einen kleinen Spaziergang?«

Er verzog den Mund zu einem Lächeln, das er selbst sicher für charmant hielt, Anki konnte jedoch nichts Ansprechendes an ihm finden. Eher im Gegenteil.

»Keineswegs«, antwortete sie und eilte an ihm vorbei, ohne sich vorzustellen. Sie hörte, wie er kurz darauf den Trimmer wieder startete.

Anki schaute den Hügel hinauf, auf dem das Gemeindehaus thronte. Er war nicht besonders hoch, trotzdem konnte man von dort oben gut beobachten, was vor der Kirche, auf dem Pfarrhof und auch unten im alten Pfarrhaus vor sich ging. Fast eine Adlerperspektive. Anki bog auf ihr Grundstück ein und überquerte den Platz vor dem ehemaligen Kuhstall, der zum Pferdestall umfunktioniert worden war. Natürlich war ihrer bedeutend kleiner als der von Agneta von Pers. Es gab nur zwei Boxen, die aber für ihre Bedürfnisse vollkommen ausreichten. Sie drehte den großen Schlüssel um, öffnete die Stalltür und atmete tief ein. Es roch nach wie vor wunderbar nach Pferd, obwohl die Boxen schon sehr lange leer standen. Der Makler hatte gesagt, dass seither zwei Jahre vergangen waren, und murmelnd hinzugefügt, mehr wisse er nicht.

Bevor sie hineinging, machte sie noch einen Umweg durch die Scheune. Hier verwahrte sie Heu und Sägespäne. Die Späne hatte sie sich von einem Sägewerk der Nachbargemeinde liefern lassen, und das Heu von einem Bauern aus dem gleichen Ort. Der Geruch katapultierte Anki zurück in die Sommer ihrer Kindheit mit den schaukelnden Heuwagen und den stechenden Halmen. Sicher stammte daher ihre Liebe zu Pferden. Ihr Großvater war Pferdewirt auf einem Gut gewesen und hatte sie bereits mit drei oder vier Jahren zum ersten Mal auf den breiten und zuverlässigen Rücken eines Ardenners gesetzt.

Kaum hatte Anki den Schalter betätigt, kniff sie auch schon zum Schutz vor dem unbarmherzig kalten Licht der Neonröhren die Augen zu. Aber es half nichts, schließlich wollte sie auch während der dunklen Winterabende etwas sehen. Staub hatte sich in den alten Spinnweben an den Lampen verfangen. So konnte das wirklich nicht bleiben, wenn ihre neuen Familienmitglieder kommende Woche einziehen sollten. Nicht nur die Beleuchtung musste gereinigt werden, sondern auch die Fensternischen, Boxen und der Boden. Hier warteten Aufgaben, für deren Bewältigung sie mindestens den restlichen Tag brauchen würde, wenn nicht sogar das ganze Wochenende. Ein verstaubtes Radio stand verloren im Regal, also stellte Anki ihren Lieblingssender P1 ein und machte sich an die Arbeit.

Als die Unterhaltungssendung von einem Forschungsbericht abgelöst wurde, schaute sie sich um. Sauber und aufgeräumt war es jetzt, außerdem hatte sie schwarze Namensschilder mit goldener Schrift über den Boxen angeschraubt. Alles war so einfach heutzutage. Im Internet war sie auf eine Seite gestoßen, auf der sie nur die Angaben über ihre Islandpferde eintippen musste, und schon lagen ein paar Tage später die fertigen Schilder in ihrem Briefkasten. Nun prangten die Namen in Schönschrift an den Boxen: Osk und Austri. Darüber hinaus, wie es sich gehörte, ihr Geburtsjahr, die Namen von Vater, Mutter und Großvater und zuletzt noch der Name der Besitzerin. Unvorstellbar, dass sie sich endlich Pferdebesitzerin nennen konnte.

Sie trat ein paar Schritte zurück und begutachtete die Schilder. Die Namen gefielen ihr: Osk bedeutete »Wunsch«, was sehr gut zu der kleinen Fuchsstute passte, und Austri bedeutete »der aus dem Osten kommt«. So hieß ihr schöner schwarzer Wallach mit der weißen Mähne und dem weißen Schweif, eine fantastische Färbung, die man nur bei Islandpferden fand.

Anki schraubte noch die beiden nagelneuen knallroten Sattel- und Trensenhalter aus Metall an. Der Akkuschrauber war, direkt nach dem Haus und den Pferden, eine ihrer besten Neuinvestitionen. Damit ging die Arbeit spielerisch leicht von der Hand. Anki hatte sich weit im Voraus im Internet über Pferdezubehör schlaugemacht. Dabei war ihr aufgefallen, dass sich seit ihren Kindertagen einiges im Pferdesport verändert hatte. Damals hängte man Trensen noch an einen einfachen Holzhaken, und ein Sattelhalter bestand aus einem Brett, das man mit einem breiten, meist selbst gebauten Winkel an der Wand befestigte. So hatte es auch funktioniert.

Sie verstaute Striegel und Hufkratzer, beide ebenfalls neu, in einer praktischen Kiste. Jetzt blieb nur noch ein Punkt auf ihrer Reinigungsliste übrig: der Wandschrank in der Sattelkammer. Wie alles andere starrte er nur so vor Schmutz, trotzdem konnte man den hellgrauen Anstrich noch erkennen. Ausgesprochen hässliche Rosenaufkleber zierten die Tür. Er wirkte antik, wie ein klassischer Schrank aus dem 18. Jahrhundert, der in Trödelsendungen mehrere Tausend Kronen brachte.

Dieser natürlich nicht, er war durch den Anstrich und die Rosenaufkleber – eine Todsünde, wenn man den Experten Glauben schenken durfte – völlig wertlos. Anki besah sich die Rosen näher. Konnte man die entfernen? Den Schrank aufmöbeln, sodass er wieder etwas wert war? Unwahrscheinlich. Aber bevor sie sich die Mühe machte, sollte sie vielleicht erst einmal jemanden um Rat fragen.

Der Schrank war unverschlossen, die Tür ließ sich leicht aufschieben. Darin lagen ein paar Gegenstände, aber es war zu dunkel, um zu erkennen, worum es sich handelte. Sie fuhr mit der Hand in die Jackentasche, zog ihr Handy heraus und startete die Taschenlampen-App. Grelles Licht glitt über die kleinen Fächer. In einem lag eine Papiertüte, die über die Jahre spröde geworden war. Vorsichtig öffnete Anki sie und hoffte inständig, dass sich darin keine tote Maus verbarg. Sie fand eine alte Medizinflasche mit Gummikappe und Pipette. So eine hatte sie zuletzt als Kind gesehen, als sie Augentropfen brauchte. Die Flasche enthielt eine Flüssigkeit, aber die Schrift des Etiketts war restlos verblasst. Nur Gott wusste, was das für ein Mittel war. Sie beschloss, es in der Apotheke abzugeben, dann war sie auf der sicheren Seite.

Da lag aber noch etwas anderes. Anki streckte die Hand aus und zog zwei identische Gegenstände hervor. Das Metall war schwarz angelaufen, vielleicht handelte es sich um echtes Silber? Ihr wurde ganz flau vor Aufregung. Sie wollte ihre Fundstücke später näher untersuchen, sie polieren und nach einer Kennzeichnung suchen. Soweit sie das jetzt schon beurteilen konnte, waren beide Teile mit Edelsteinen besetzt. Anki spuckte auf einen der Steine und rieb dann mit dem Hemdsärmel darüber, schon schimmerte es türkis unter dem Schmutz. Wenn sie erst ordentlich geputzt waren, sahen sie bestimmt prachtvoll aus.

7

Sonntag, 21. September

Als Anki durch das Kirchenportal trat, stand er da, der mürrische Kerl, den sie erst gestern vor dem Dorfladen getroffen hatte. Heute war er fein zurechtgemacht, trug einen dunklen Anzug mit weißem Hemd und schlichtem Schlips. Er trat sehr elegant in seiner Rolle als Küster auf, die er offenbar gerade erfüllte.

»Willkommen«, sagte er nicht gerade herzlich und drückte ihr ein Gesangsbuch in die Hand.

»Danke«, erwiderte sie knapp und ging lächelnd weiter.

Der Ort war so klein, dass man sich unweigerlich dann und wann über den Weg laufen würde, da sprach nichts dagegen, ein wenig nachbarschaftliche Freundlichkeit an den Tag zu legen.

Anki hob den Riegel an der Innenseite des Türchens zur Kirchenbank und schob sich hinein. Sie wählte einen Platz im hinteren Teil, von dem aus sie gut überblicken konnte, wer die Kirche betrat. Einige wenige kannte sie schon. Rigmor war eine davon, die Haushälterin des Gemeindehauses, die sie im Dorfladen begrüßt hatte. Sie nickte Anki freundlich zu und setzte sich in eine der vorderen Bänke zu Agneta von Pers und den Teilnehmerinnen ihres Reitkurses. Auch Solveig war unter ihnen. Anki wollte versuchen, nach dem Gottesdienst mit ihnen ins Gespräch zu kommen, und hören, wie zufrieden sie mit dem Kurs waren. Reiten im Damensattel klang interessant, und Anki gefiel die Vorstellung, mit dieser Truppe näher in Kontakt zu kommen.

Die Kirche unterschied sich von denen, die Anki bisher besucht hatte. Sie war aus Stein gebaut, und das Altarhaus glich einer Grotte. In der Broschüre über Mullvalds Kirche, die sie am Eingang mitgenommen hatte, erfuhr sie, dass es sich um eine Apsis handelte. In der Mitte hing ein Kruzifix mit dem leidenden Christus. Der Künstler hatte ihm Strümpfe an die Füße gemalt, ein umsichtiger Kniff. Anki würde auch ungern ohne dicke Socken im Grab liegen. Alberner Gedanke, aber so war es nun mal.

Rundherum hingen große Gemälde an den Wänden. Wunderbar, dass sie seit dem Mittelalter erhalten waren. Die konnte Anki ihren kulturell interessierten Freundinnen zeigen, wenn sie zu Besuch kamen.

Da sie gerade in einer Kirche saß, kam sie sogar ins Grübeln, ob es möglicherweise an ein göttliches Wunder grenzte, dass sie sich ihren Lebenstraum hatte erfüllen können. Dieser Schritt war nicht gerade klein. Zudem konnte sie nicht behaupten, dass ihre Kinder sie unterstützten. Das eine oder andere aufmuntende Wort von Jocke oder Jenny hätte ihr die Entscheidung ein wenig erleichtert, aber darauf hatte sie vergeblich gewartet.

»Bist du noch ganz dicht?«, war es Jenny rausgerutscht, als ihr Anki die Neuigkeiten von Umzug, Haus und Pferden unterbreitet hatte. »In deinem Alter? Mama, hast du darüber auch wirklich gründlich nachgedacht?«

Anki hatte zu einer Verteidigung angesetzt, doch darüber regte Jenny sich nur noch mehr auf, deshalb gab sie auf und ließ die Tochter weiternörgeln.

»Aber du bist dir schon darüber im Klaren, wie weit du dann von deinen Enkeln weg sein wirst, oder?«

»Ja, bin ich«, antwortete sie, »aber ich hoffe sehr, dass

Elvin und Molly mich besuchen. Dann bringe ich ihnen das Reiten bei.«

Jenny schnaubte.

»Bedeutet es dir denn gar nichts, in unserer Nähe zu sein und Kontakt zu deinen Enkeln zu halten? Und damit meine ich nicht mal nur meine Kinder, auch Maja braucht ihre Großmutter, selbst wenn sie schon siebzehn ist.«

Eigentlich wollte Jenny damit wohl sagen, dass sie auch weiterhin unbegrenzt über die Dienste ihrer Mutter als Babysitterin verfügen wollte, doch Anki hütete sich davor, das auszusprechen. Liebend gern hätte sie darauf hingewiesen, dass sie zehn Jahre lang die Privatkrankenschwester für Jennys und Jockes Vater gewesen war und in dieser Zeit auf fast alles hatte verzichten müssen, was ihr Spaß machte. Und seien es nur ein paar lustige, ungezwungene Stunden mit den Enkeln, statt sie ausschließlich während der Pflichtbesuche zu Gesicht zu bekommen. Christers Starre hatte sich dann unvermeidlich auf die Kinder übertragen. Und es wäre eine willkommene Abwechslung gewesen, wenn Jocke oder Jenny mal bei dem Vater geblieben wären, damit Anki etwas Schönes mit den Kindern hätte unternehmen können.

Jockes Reaktion auf ihren Umzug fiel auch nur unwesentlich freudiger aus. Er versuchte, besonders sachkundig aufzutreten, als es darum ging, welches Haus sie gekauft hatte. Natürlich wusste sie, dass sie ein ziemliches Risiko eingegangen war, deshalb brachte sie in gewisser Hinsicht sogar Verständnis für seine Sorgen auf.

Als der Kantor ein paar kraftvolle Akkorde auf der Orgel anstimmte, kamen ihre Gedanken abrupt zu einem Ende. Anki warf einen Blick zur Liedtafel, blätterte an die entsprechende Stelle des Gesangbuchs und sang so gut es ging mit. Hinter sich hörte sie eine schöne Männerstimme: »Morgenglanz der Ewigkeit, Licht vom unerschaffnen Lichte, schick uns diese Morgenzeit deine Strahlen zu Gesichte, und vertreib durch deine Macht unsre Nacht…« Sein Tenor half ihr, einigermaßen die richtigen Töne zu treffen. Als sie aufstanden, um dem Evangelium zu lauschen, wandte sie diskret den Kopf und blickte in ein Paar ernste, stahlgraue Augen. Unwillkürlich lächelte sie. Er schon wieder! Mürrisch war er, aber singen konnte er, fast gottgleich.

Nach dem Gottesdienst fing Rigmor Anki ab und hakte sich bei ihr unter.

»Sie gehen nicht nach Hause, bevor Sie einen Kaffee getrunken und Waffelröllchen gegessen haben«, sagte sie bestimmt. »Und eine Gotlandbrezel rutscht sicher einfach hinterher. Das hier sind übrigens Britta und Ragnar, sie wohnen am südlichen Ende Mullvalds in Udden, also nicht gerade um die Ecke. Ragnar erledigt einen Teil der eher praktischen Aufgaben in der Gemeinde.«

Wenn Anki sich nicht irrte, war das der Mann, der gestern mit dem Trimmer den Rasen der Nachbarin bearbeitet hatte.

»Hausmeister«, korrigierte er Rigmor. »Ich bin Hausmeister der Kirche.«

Anki begrüßte das Paar, das im gleichen Alter war wie sie, vielleicht noch etwas älter. Vermutlich waren sie beide schon jenseits der siebzig. Die Frau sah eher durchschnittlich aus, und Anki war sich sicher, dass sie Britta nicht wiedererkennen würde, sollte sie ihr zufällig in Visby auf der Straße begegnen. Ein Durchschnittsmensch mit ungeschminkten Augen und ergrautem Haar. An den Mann würde sie sich jedoch problemlos erinnern. Das Haar war hell, fast gelblich. Über die Jahre hatte seine Stirn sich verlängert, was er durch einen kurzen, dünnen Pferdeschwanz zu kompensieren versuchte. Das Wolfsgrinsen entblößte schlechte Zähne, und er stellte sich eine Spur zu nah zu Anki. Diese wich ein paar Schritte zurück, womit sie sich einen zornigen Blick der Ehefrau einhandelte.

»Nun möchte ich aber die versprochenen Waffelröllchen

probieren«, sagte Anki ruhig. »Und ich habe große Lust auf einen Kaffee.«

Sie folgte den anderen den Hügel hinauf, wo das Kirchencafé lockte.

Als sie den Raum betrat, schaute sie sich unsicher um. Wohin sollte sie sich setzen? Die Pferdemenschen vom Nachbarhof waren nicht zu sehen, und die Haushälterin rumorte in der Küche. Das Paar, das ihr in der Kirche vorgestellt worden war, würde sie nur zu gern meiden. Genauso den griesgrämigen Küster. Die Pfarrerin bemerkte ihr Zögern und winkte sie heran.

»Kommen Sie, setzen Sie sich zu uns«, sagte sie. »Gerade sind wir nur zu zweit, da haben auch Sie noch Platz. Ich bin Catharina Svensson, und das ist unser Kantor Hasse Snygg.«

Anki setzte sich zu der jungen, netten Pfarrerin und ihrem Kollegen. Beide waren aufgeschlossen und fröhlich. Man musste nicht gerade hellseherisch veranlagt sein, um zu erkennen, wie verliebt der Kantor in die Pfarrerin war. Dazu reichte schon ein bisschen Lebenserfahrung. Anki beobachtete, wie er Catharina den Teller mit dem Gebäck oder das Milchkännchen reichte. Er konnte den Blick einfach nicht von ihr abwenden.

Zwei ältere Damen gesellten sich zu ihnen, setzten sich zu Catharina und dankten ihr für die heutige Predigt. Als die Pfarrerin eifrig den mürrischen Küster heranwinkte, war Anki erleichtert, dass am Tisch kein Platz mehr frei war.

Nach einer Weile angenehmer Plauderei erhob Anki sich, um nach Hause zu gehen. Schon war er wieder an ihrer Seite, dieser Ragnar mit seinen weißen Wimpern und dem dünnen Pferdeschwanz.

»Gehen Sie etwa schon?«, fragte er leise und kam ihr wieder zu nah. Bevor sie wusste, wie es überhaupt passieren konnte, hatten seine Hände ihre Brust gestreift.

Anki wandte das Gesicht ab, damit sein Atem sie nicht traf,

riss ihre Jacke von der Stuhllehne und verließ eilig das Gemeindehaus. Ihr fiel nicht mal etwas Passendes ein, womit sie ihn hätte zurechtweisen können. »Schmierfink«, kam ihr erst in den Sinn, als es schon zu spät war.

»Vor dem würde ich mich an Ihrer Stelle in Acht nehmen«, sagte jemand neben ihr und nickte zur Tür des Gemeindehauses. »Er greift zu, sobald sich die Möglichkeit bietet.«

Sie blieb stehen und schaute den Mann erstaunt an. Es war Mister Mürrisch höchstpersönlich. Der Küster. Wie hieß er noch gleich? Tryggve?

»Woher wollen Sie das wissen?«, fragte sie. »An Ihnen hat er sich ja wohl kaum vergriffen.«

»Nein, aber ich kannte eine, die seine Bekanntschaft gemacht hat«, erwiderte Tryggve, drehte sich auf dem Absatz um und ging davon.

8

Solveig Sjödahl wollte nicht länger im Gemeindehaus bei all den redseligen Menschen bleiben. Sie trank ihren Kaffee aus, ging zurück in die Kirche und setzte sich in eine der vorderen Bänke. Für die Kursteilnehmerinnen und Agneta stand eine Ausfahrt nach Bunge auf dem Plan, weshalb Solveig ein paar Stunden für sich hatte. Sie musste Mut schöpfen, aufhören, so feige zu sein, damit sie endlich loswurde, was sie sonst in den Wahnsinn trieb. Natürlich war Solveig an Agnetas Stimmungsschwankungen gewöhnt, aber als sie die Kursteilnehmerin angebrüllt hatte, war sie eindeutig zu weit gegangen.

Als Barbro noch lebte, war alles leichter gewesen. Obwohl Barbro nicht auf dem Hof wohnte, hatten sie einander stützen können, wodurch Agnetas Launen wesentlich besser zu ertragen waren.

Solveig betrachtete den Altaraufsatz vorn in der Apsis, ein schlichtes, hölzernes Retabel, sehr hübsch und in den Farben Ocker, Grün, Rot und Gold gehalten. Nicht wie der überladene Barockstil in den anderen Kirchen der Insel. An der linken Seite der Apsis stand, was vom alten Marienaltar noch übrig war. Ein Überbleibsel des Katholizismus. Erst vor einem halben Jahr hatte ein Künstler der Kirche eine Marienskulptur gestiftet. Sie sah so schön, so friedlich aus. Solveig versuchte,

Halt bei der Mutter Jesu zu finden. Sie musste es einfach wagen und endlich den Mund aufmachen.

Die Tür zur Kirche öffnete sich, Catharina kam herein und lief in ihrem Talar, der am Rücken elegant plissiert war, den Mittelgang entlang. Weil Solveig eine begabte Näherin war, fielen ihr solche Details auf. Die Pferdedecke, an der Britta und sie arbeiteten, war sehr anspruchsvoll, trotzdem würde sie diese Herausforderung bewältigen. Das war das Mindeste, was Solveig für Barbro tun konnte, die Idee zu der Decke stammte nämlich noch von ihr. Sobald die Decke fertig war, wollte Solveig sich an Priesterinnengewändern versuchen und sie übers Internet verkaufen. Natürlich war Solveig froh darum, bei Agneta wohnen und arbeiten zu dürfen, aber ihre Härte war bisweilen unerträglich. Nie wusste man, wann oder warum Agneta überkochen würde.

»Solveig?«, fragte Catharina. »Wieso sitzen Sie denn hier so allein?«

Solveig führte ein Taschentuch zur Wange, über die sich eine Träne hinabstahl.

»Stimmt irgendetwas nicht? Kann ich Ihnen helfen?«

Catharina öffnete die kleine Tür zur Bank, trat hinein und setzte sich neben Solveig.

»Wenn Sie etwas loswerden möchten, höre ich Ihnen sehr gerne zu.« Sie warf einen Blick auf die Armbanduhr. »Ich habe noch ein bisschen Zeit, bevor ich aufbrechen muss, um in Kajpe Kviar den Gottesdienst zu halten.«

Solveig holte einmal tief Luft, um sich zu sammeln. Dann noch einmal.

»Es geht um … Barbro«, stammelte sie. »Es fällt mir nicht leicht …«

Sie konnte die Tränen nicht mehr zurückhalten.

»Ich bin zur Verschwiegenheit verpflichtet, das wissen Sie«, sagte Catharina und legte Solveig leicht die Hand auf den Arm. »Fangen Sie einfach an, für gewöhnlich wird es nach ein paar Worten leichter. Trauern Sie noch wegen Barbro? Ihr Tod ist …«

»… zwei Jahre und fünf Monate her«, beendete Solveig den Satz und wischte sich erneut mit dem Taschentuch über die Wangen. »Und nein, ich trauere nicht mehr, auch wenn sie mir natürlich sehr fehlt.«

»Das ist nicht weiter verwunderlich«, sagte Catharina. »Wenn ich den Erzählungen Glauben schenken darf, waren Sie beide fast unzertrennlich.«

Solveig rang sich trotz der Tränen ein Lächeln ab. Dann nahm sie noch mal Anlauf.

»Mich beschäftigt gar nicht so sehr, dass, sondern wie sie gestorben ist.«

Verwundert schaute Catharina sie an. »Wurde sie nicht von ihrem Pferd zu Tode getrampelt? Das ergab die Obduktion, oder nicht? Sehr, sehr tragisch, das muss ich schon sagen. Solche Todesfälle begegnen einem eher selten.«

War das ein Geräusch? Im hinteren Teil der Kirche? Schritte auf dem Steinboden. Hastig wandte Solveig sich um. Catharina legte ihr erneut beruhigend die Hand auf den Arm.

»Hier ist niemand außer uns«, sagte sie beschwichtigend. »Außer vielleicht die eine oder andere Kirchenmaus. Bitte, erzählen Sie doch weiter.«

Solveig richtete sich auf. Die Tränen waren zwar versiegt, trotzdem kamen ihr die Worte nicht leicht über die Lippen.

»Ich habe etwas gesehen«, sagte sie. »An dem Abend. Sie wurde nicht einfach nur zu Tode getrampelt. Catharina, ich weiß …«

Ein dumpfes Poltern unterbrach sie. Das Echo wurde vom Gewölbe der mittelalterlichen Kirche zurückgeworfen. Plötzlich tauchte Ragnar hinter ihnen auf, ein blödes Grinsen auf dem Gesicht.

»Verzeihung«, sagt er unnötig laut und hob entschuldigend die Hände. »Ich wollte nur die Gesangbücher zurück ins

Regal stellen, aber ich habe wohl zu viele auf einmal genommen. Sie sind mir aus der Hand gefallen, wie ungeschickt.«

»Ein andermal«, murmelte Solveig und schob sich an Catharina vorbei aus der Kirchenbank.

9

Die Dämmerung setzte ein, und es wurde viel zu schnell dunkel an diesem ersten Sonntag auf Gotland. Anki saß in ihrem geliebten alten Ohrensessel, in dem sie über die Jahre viele Stunden damit zugebracht hatte, Aufsätze zu korrigieren und rote Häkchen an die Ränder von Grammatiktests zu setzen. Selbstverständlich hatte sie auch eine Menge guter Romane darin verschlungen. Derzeit las sie jedoch erst einmal alle Bücher über Islandpferde, die sie in die Finger bekam. Die Erfahrungen aus Kindheit und Jugend konnte ihr zwar niemand nehmen, aber vieles hatte sie dennoch vergessen. Die Romane mussten also vorläufig warten.

Anki machte es sich bequem und zog die Beine unter sich. Sie war dankbar, dass ihr Körper noch immer mitspielte. Dann legte sie das Buch beiseite und schaltete die Stehlampe aus. Es war so friedlich, einfach nur in die Dämmerung hinauszuschauen und die Gedanken kommen und gehen zu lassen.

Besonders viel Zeit hatte sie bisher noch nicht in die Einrichtung ihres neuen Heims investiert, stattdessen hatte sie viele nette Menschen kennengelernt. Und leider auch einige weniger nette. Den Küster zum Beispiel, wie hieß er noch gleich? Wieso fiel es ihr so schwer, seinen Namen zu behalten? Tryggve? Ja, das musste es sein. Wenn sich herausstellte, dass Anki ihm tagtäglich über den Weg lief, dann musste sich etwas an seiner Stimmung ändern. Anki war hergekommen, um *la dolce vita* zu leben. Durch die Natur reiten, gut essen, lachen und glücklich sein. Zehn lange Jahre als Christers Krankenschwester waren genug. Großherzig hatte sie nach dem Gottesdienst eine Kerze für ihn angezündet und dann noch einen Moment am Grabfeld verweilt, das wegen Mullvalds Nähe zum Meer in der Form eines Bootes angelegt war.

Gewiss, sie waren über viele Jahre verheiratet gewesen, aber einen Großteil der Ehe hatte er anderen Frauen gewidmet. Christers und Ankis Gefühle für einander waren vor langer Zeit erloschen. Zuletzt hatten sie sich in getrennten Teilen des Hauses aufgehalten und sich nur noch gesehen, wenn es wirklich nötig war. Eine eigenartige Alternative zur Scheidung, könnte man meinen, doch für sie funktionierte es. In den Augen der Kinder verhielt Anki sich ihrem Vater gegenüber kalt, aber sie wussten natürlich auch kaum etwas über seine amourösen Eskapaden. Dann erkrankte Christer an Parkinson, und Anki empfand es als ihre Pflicht, sich um ihn zu kümmern. Denn kaum war die Krankheit ausgebrochen, musste sich der Boden aufgetan und auf mysteriöse Weise all seine Liebhaberinnen verschluckt haben. Es war ihr nie schwergefallen, ihre Namen herauszufinden, Christer ging sehr fahrlässig mit seinem Handy um. Als die Krankheit schließlich vollends von ihm Besitz ergriffen hatte, erzählte sie ihm alles, was sie wusste. Zu den Mahlzeiten, wenn sie ihn fütterte, ging sie ins Detail. An seinen Augen erkannte sie, dass er sehr wohl verstand, was sie sagte, aber er war unfähig, zu antworten oder sich zu verteidigen. Das war ihre Rache gewesen.

In zwei Tagen würden ihre Islandpferde ankommen, dann ging es richtig los. Ihre Tage würden geprägt sein von Stallarbeit, aber auch von langen Ausritten durch Mullvalds malerische Natur. Anki hatte sich eine detaillierte Karte gekauft und festgestellt, dass es eine Menge hervorragender Reitwege gab. Osk und Austri würden ihre ständigen Begleiter werden, und viel Zeit für anderes bliebe gar nicht übrig, schließlich musste sie beide Tiere ausreichend bewegen. In den Ratgebern war sie auf etwas gestoßen, das sie gern üben wollte, nämlich ein Handpferd mitzuführen. Die Isländer ritten für gewöhnlich auf einem Pferd, führten aber ein oder sogar zwei Pferde am Zügel mit. Wenn Anki das gelang, könnte sie den Zeitaufwand für beide Pferde halbieren und sie und die Tiere hätten ungleich mehr Spaß.

Sie stand auf, schaltete das Licht ein, ging in die Küche und stellte den Wasserkocher an. Eine Tasse Tee war genau das Richtige, so kurz vorm Schlafengehen. Etwas Beruhigendes aus einer der neuen blau-weißen Tassen. Eigentlich sollte sie noch wenigstens einen Umzugskarton auspacken, aber das musste warten, sie hatte schließlich noch das ganze Leben vor sich. Ihr ganzes neues Leben.

In ihrem neuen Wohnzimmer stand ein funktionstüchtiger Kachelofen, in dem Anki ein Birkenholzfeuer entfachte, während der Tee zog. Diese Nacht würde sie, wie schon die vorangegangene, hier auf dem Sofa verbringen. Ihr Bett lehnte nach wie vor an der Wand. Sie war noch nicht dazu gekommen, die Füße zu montieren. Morgen wollte sie außer dem Schlafzimmer endlich auch den Rest des Hauses einrichten.

Anki trat ans Fenster und schaute hinaus. Ein beschaulicher kleiner Ort! Und direkt neben einem gut geführten Reiterhof zu wohnen war gewiss kein Nachteil. Agneta von Pers war eine schicke Frau, wenngleich offenbar sehr launisch. Ziemlich heftig, sich einer neuen Kursteilnehmerin gegnüber so aufbrausend zu verhalten. Dumm noch dazu. Die Frau hätte wutentbrannt ihre Sachen packen und abreisen können, nur um dann böswillige Kommentare auf Facebook zu verbreiten. Heutzutage war es leicht, mit etwas an die Öffentlichkeit zu gehen. Konnte Agneta von Pers sich das wirklich leisten? Immerhin hatte sie sich schnell wieder beruhigt und um Entschuldigung gebeten, ihr war sicher bewusst, wie wichtig das fürs Geschäft war.

Zwischen Ankis Haus und dem Friedhof lagen nicht mal hundert Meter. Jetzt, nach Einbruch der Dunkelheit, erhellten nur ein paar hübsche Straßenlaternen am Eingangstor zum Friedhof die Kirche. Verschwenderische Scheinwerfer suchte man vergeblich. Vermutlich war das Budget der Gemeinde arg begrenzt. Vier stattliche Ahornbäume standen unmittelbar vor der Friedhofsmauer. Anki war aufgefallen, dass sich bisher nur vereinzelte Blätter rot verfärbt hatten, aber es hingen bereits dicke geflügelte Ahornfrüchte daran.

Wie schön es gewesen war, beim Gottesdienst und dem anschließenden Kirchencafé. Und wie interessant und ungewöhnlich, dass sich fast alle Einwohner des Ortes in der Kirche versammelten, wenn man bedachte, dass andernorts eher das genaue Gegenteil der Fall war. Vermutlich ging das auf die heitere Pfarrerin zurück. Catharina Svensson stattete sicher jedem Gemeindemitglied einen Besuch ab, ganz egal, ob man nun gläubig war oder nicht.

Anki blinzelte und schaute aufmerksam zur Kirche. Hatte sich da draußen etwas bewegt? Sie löschte das Licht und drückte die Nase gegen das Fenster. Das Kirchenportal stand halb offen. Oder irrte sie sich? Nein, das war keine Einbildung. Selbst im schummrigen Dämmerlicht konnte Anki erkennen, wie das Portal weit geöffnet und wieder geschlossen wurde. Ein Schatten glitt an der Kirchenmauer entlang und verschwand um die Ecke. Schlich da jemand unbefugt herum? Oder war es die Pfarrerin? Schnell ließ Anki das Rollo herunter und setzte sich in den Sessel. Etwas entfernt wurde ein Auto gestartet. Das Feuer knisterte. Mit leicht zitternden Händen hob sie die Teetasse zum Mund.

Als es kurz darauf laut an der Haustür klopfte, fuhr Anki so heftig zusammen, dass sie sich den Tee auf den Schoß kippte. Das jedenfalls war ganz sicher keine Einbildung, es stand eindeutig jemand vor ihrer Tür. Wer in Gottes Namen klopfte zu dieser späten Stunde bei ihr an? Dann fasste sie Mut, schließlich war es noch gar nicht so spät, gerade mal Viertel nach sieben. Um diese Uhrzeit durfte man durchaus noch bei Fremden klopfen. Es war nur Anki, das feige kleine Mädchen aus der Stadt, das darüber zu Tode erschrak. Entschlossen stand sie auf, ging zur Tür und öffnete.

»Guten Abend«, sagte der Mann auf der Veranda.

Ach, wie dumm von ihr! Natürlich war es der Hausmeister, der da um die Kirche geschlichen war. Er hatte jedes Recht, sich dort aufzuhalten. Und Anki stand da, mit aufgestellten Haaren und dem Herz in der Hose. Da war wohl ihre Fantasie mit ihr durchgegangen.

»Hallo«, sagte Anki vorsichtig und wich einen Schritt zurück. »Kann ich Ihnen helfen?«, fragte sie möglichst gefasst.

Es war nicht gerade angenehm, diesen schleimigen Kerl um diese Uhrzeit auf ihrer Veranda anzutreffen.

»Wollte mich nur erkundigen, wie es Ihnen geht. Haben Sie sich schon eingerichtet?« Seine Stimme war klebrig wie Sirup.

»Natürlich. Wieso fragen Sie?«

Sie würde ihm nicht das geringste bisschen entgegenkommen. Er machte einen Schritt auf sie zu, als wäre es sonnenklar, dass sie ihn hereinbitten würde. Anki wich keinen Millimeter beiseite, sonst kam er über kurz oder lang noch ins Haus, und das galt es unter allen Umständen zu vermeiden.

»Melden Sie sich, wenn Sie Hilfe brauchen.« Er grinste dumm. »Ich stehe Ihnen gern jederzeit zu Diensten. Wie ich gehört habe, bekommen Sie Pferde. Das ist viel Arbeit für eine alleinstehende Frau.«

Sein Atem war alles andere als frisch. Ekelerregend. »Nehmen Sie sich vor ihm in Acht«, hatte Tryggve gesagt, und Anki war ganz seiner Meinung. Sie würde alles tun, diesen Kerl auf Abstand zu halten. Ob er es wirklich wagte, über sie herzufallen? Wenn er auf jüngere Frauen stand, war er bei ihr definitiv an der falschen Adresse. Davon abgesehen wagte es dieser Schmierfink bestimmt nicht. Die soziale Kontrolle funktionierte in einem so kleinen Ort doch sicher bestens. Anki musste aufhören, ihn insgeheim bei diesem Spitznamen zu nennen, sonst würde sie sich eines schönen Tages noch in aller Öffentlichkeit verhaspeln und laut »Schmierfink« sagen, und das nähme kein gutes Ende. Ragnar hieß er. Ragnar Jakobsson, das musste sie sich dringend einprägen.

Er streckte den Arm aus und griff nach ihrer Hand, was sie nur widerwillig geschehen ließ.

»Dann noch einen schönen Abend. Aber, wie gesagt, melden Sie sich gern bei Bedarf.«

Mit dem Zeigefinger kitzelte er ihre Handfläche, und Anki hätte fast losgeprustet. Guter Gott, was für ein unglaublich lächerlicher Mensch! Sie wusste nur zu gut, was dieses Zeichen bedeutete. Oder besser gesagt: was es einmal bedeutet *hatte*. In ihrer Jugend war es das Obszönste gewesen, was man machen konnte. Geradezu versaut. Offenbar hatte Ragnar sich seit der Mittelstufe kaum weiterentwickelt. Anki riss sich los.

»Fahren Sie zu Ihrer Frau!«, sagte sie bestimmt. »Ich brauche keine Hilfe, ich komme sehr gut allein klar.«

»Das werden wir noch sehen«, erwiderte er und verließ grinsend ihre Veranda.

10

Montag, 22. September

Das Wochenende war vorüber, und eine aufregende Woche lag vor ihr. Es war kurz nach acht, als Anki das Rollo hochzog. Wie gut, dass sie schon so früh in die Gänge kam, so konnte sie noch ein paar Kisten auspacken und die letzten Vorbereitungen im Stall treffen.

Augenscheinlich waren außer ihr auch schon andere auf den Beinen. Vor der Kirche stand Rigmor und sprach mit der Pfarrerin. Catharina trug Jeans, eine Kapuzenjacke und darunter ein Hemd mit Kollar. Beide gestikulierten wild und liefen auf und ab.

Anki zog sich die Jacke an und nahm zur Sicherheit ihre rote Baskenmütze mit, denn der Wind hatte über Nacht aufgefrischt. Das war der Nachteil, wenn man auf einer Insel wohnte. Es war oft windig, nicht gerade Ankis Lieblingswetter.

Schnell schloss sie ab und eilte los, zog die Baskenmütze noch tiefer ins Gesicht und holte ein Paar farblich passende Handschuhe aus den Jackentaschen. Der Wind blies aus nördlicher Richtung und ähnelte nicht im Geringsten dem behaglichen Westwind. In ihrer Wetter-App stand allerdings, dass die starke Brise zum Abend hin nachlassen würde.

Zur Kirche war es nicht weit, und so bemerkten die beiden sie gleich. Rigmor hob verhalten die Hand, während Catharina sie heranwinkte.

»Guten Morgen«, grüßte Anki und betrat den Friedhof. »Sie Kirchenmenschen sind ganz schöne Frühaufsteher, das muss ich Ihnen lassen.«

»Guten Morgen«, grüßte Rigmor zurück. »Wir fangen für gewöhnlich um diese Uhrzeit mit der Arbeit an, so früh ist das gar nicht. Und dass es ein besonders guter Morgen ist, kann ich nicht behaupten ... Nicht nach diesem Vorfall ...«

Sie deutete zum Kirchenportal.

»Wie gut, dass Sie gekommen sind«, sagte Catharina. »Wir wollen Sie natürlich nicht unnötig belasten, aber wenn Sie schon mal so nah wohnen ...«

Die beiden sprachen in Rätseln. Anki begriff rein gar nichts.

»Was ist denn los?«, fragte sie. »Ist etwas passiert?«

»Da war jemand in der Kirche. Vergangene Nacht«, erklärte Catharina und bekam rote Flecken am Hals. »Sie haben nicht zufällig etwas Auffälliges gesehen oder gehört?«

Die Haushälterin öffnete den Mund, bevor Anki etwas erwidern konnte.

»Vandalen«, sagte sie bestimmt. »Gottverdammt schlimm sieht es da drin aus. Entschuldigen Sie den Ausdruck, Frau Pastorin.«

»Vandalen?«, entfuhr es Anki. Sie hörte wohl nicht recht. »Hier in Mullvald?«

War wirklich etwas vorgefallen, während sie seelenruhig auf ihrem Sofa gelegen und geschlafen hatte? Was war mit dem Schatten, den sie gestern Abend gesehen hatte? Aber das war doch sicher der Hausmeister gewesen? Er hatte schließlich direkt danach an ihrer Tür geklopft.

»Oder Satanisten«, sagte Rigmor freiheraus.

»Rigmor!«, herrschte Catharina sie an. »Das können wir doch jetzt noch gar nicht sagen. Es könnten genauso gut ein paar Jugendliche gewesen sein, die sich ausgetobt haben.«

Statt darauf zu reagieren, ging Rigmor zum Kirchenportal und öffnete die Tür.

»Unsere neue Nachbarin kann sich doch auf jeden Fall einmal umsehen, damit sie versteht, wovon wir überhaupt sprechen.«

Die Pfarrerin nickte.

»In Ordnung, aber passen Sie auf. Wir müssen die Polizei verständigen und sollten keine Spuren verwischen, behalten Sie das im Hinterkopf. Das ist doch alles sehr merkwürdig.«

Rigmor winkte Anki in die Kirche. Sie blieben gleich wieder stehen, in unmittelbarer Nähe des Taufbeckens.

»Sehen Sie sich das an!«, sagte sie. »Jemand hat die Spendenkiste aufgebrochen. Keine einzige Krone ist mehr da.«

Anki ging ein paar Schritte näher heran. Die halbe Kassette, aus Holz gefertigt, lag auf dem Boden. Der Kerzenständer direkt daneben war voll vom Wachs ausgebrannter Kerzen, die Schachtel, in der sonst die neuen Kerzen bereitlagen, leer.

»Sehen Sie?«, flüsterte Rigmor. »Satanisten. Davon bin ich fest überzeugt, egal was die Pfarrerin sagt. Kommen Sie, das war noch nicht alles.«

Sie liefen durch den Mittelgang zum Altar.

»Hier! Abscheulich, nicht wahr?«

Das Altartuch war heruntergerissen worden und lag zusammengeknüllt am Boden. Anki beugte sich über das Altarmäuerchen, um das Tuch näher zu begutachten, ohne es zu berühren. Es war im Waffelmuster gewebt, ein schwerer Stoff mit weißen Stickereien, eingefasst mit einer etwa zehn Zentimeter breiten Kante aus Baumwollspitze, vor langer Zeit von behutsamen und liebevollen Fingern gefertigt. Nun war das ehemals reinweiße Tuch rot befleckt, höchstwahrscheinlich handelte es sich um Blut. Anki schaute sich weiter um und bemerkte auf dem Steinboden dunkle Pfützen, die sich bis zum Mittelgang erstreckten. Sie richtete sich auf und wich zurück.

»Wir sollten nicht hier drin sein«, sagte sie. »Wir könnten wichtige Spuren vernichten, da hat Frau Svensson ganz recht. Kommen Sie, wir gehen.«

»Schauen Sie sich vorher bloß noch das hier an«, sagte Rigmor und deutete auf den kleinen Marienaltar. Jemand hatte die einfache und stilvolle Holzskulptur beschädigt. Erst gestern hatte Anki sie noch bewundert. Die Figur lag auf dem Gesicht, die Arme abgebrochen daneben.

»Traurig, nicht wahr?«

Anki konnte nur zustimmen. Sie suchte mit dem Blick die Kirche ab, um ja nichts zu übersehen und sich alles genau einzuprägen. Vielleicht konnte sie noch behilflich sein. Natürlich würde die Polizei eine Anzeige aufnehmen, aber Anki bezweifelte, dass sie viel Zeit und Arbeitskraft investieren würden, um das Ganze genauer zu untersuchen.

»Wie haben Sie das bemerkt?«, fragte Anki, als sie wieder bei der Pfarrerin vor der Kirche standen.

Catharina hatte gerade das Telefonat mit der Polizei beendet und schob ihr Handy in die Hosentasche.

»Rigmor hat die Kirche so vorgefunden«, erklärte sie. »Sie war heute als Erste vor Ort und hat mich sofort verständigt. Ich bin dann direkt hergekommen.«

»Was wollten Sie denn so früh am Morgen in der Kirche?«, fragte Anki.

Nicht, dass es sie irgendetwas anging, die Frage war ihr einfach entwischt. Rigmor starrte sie bloß an.

»Ich habe gestern meine Brille samt Etui in der Kirchenbank liegen lassen. Sehr ärgerlich, weil ich ohne sie kaum ein Rezept entziffern kann. Nachdem ich mehr schlecht als recht den Weg nach Hause gefunden hatte, ist mir eingefallen, dass ich sie wohl in der Kirche vergessen haben muss. Und so war es.«

Sie schob die Hand in ihre Umhängetasche und zog das Brillenetui hervor.

»Und dann bot sich mir dieses gruselige Bild«, fuhr sie fort. »Sie können sich ja vorstellen, wie das für mich war. Bei Gott, das ganze Blut, wie grauenvoll. Wie soll ich hier je wieder allein putzen?«

Anki suchte mit gesenktem Blick den Boden vor dem Kirchenportal ab. Nichts Auffälliges, soweit sie das beurteilen konnte. Weder verbargen sich Zigarettenkippen noch andere verräterische Spuren im Kies. Zumindest keine, die sie mit bloßem Auge erkennen konnte. Die abscheulichen Blutflecke beschränkten sich auf das Innere der Kirche.

Sie wandte sich an Catharina. »Was hat die Polizei gesagt?«

»Sie schicken jemanden her, der sich umsieht. Vermutlich kommt dann auch gleich jemand von der Zeitung.«

Klar, dachte Anki. Das würde für ein paar saftige Schlagzeilen in den beiden Lokalzeitungen sorgen. Ein blutiges Altartuch in einer mittelalterlichen Kirche war ein gefundenes Fressen.

Die Pfarrerin seufzte. »Wir sollten trotzdem versuchen zu arbeiten, Rigmor. Schließen Sie die Kirche ab, dann nehmen wir den Schlüssel erst einmal mit.«

Anki, die sich schon zum Gehen gewandt hatte, blieb wie angewurzelt stehen.

»Erst einmal?«, fragte sie. »Wo liegt der Schlüssel denn sonst?«

»Auf dem kleinen Vorsprung oberhalb des Portals«, erklärte Rigmor. »So ist das schon immer. Und in den Sommermonaten schließen wir nie ab, dann steckt der Schlüssel direkt im Schloss.«

»Dann kann das also buchstäblich jeder gewesen sein? Offenbar ist es keine große Kunst, sich Zugang zur Kirche zu verschaffen.«

»Bisher ist es immer gut gegangen«, sagte Catharina. »Die meisten Kirchen auf Gotland stehen durchgängig offen. Die Wertgegenstände sind natürlich nicht frei zugänglich. Das Kirchensilber kann man ja schlecht offen herumstehen lassen.«

»Irgendjemand will uns schaden«, sagte Rigmor leise. »Das muss jemand von außerhalb gewesen sein. Kein Bewohner Mullvalds würde so etwas machen.«

Catharina schüttelte bekümmert den Kopf.

»So etwas habe ich noch nie erlebt«, sagte sie. »Ich muss den Bischof verständigen. Nicht, dass es auf der Insel zu weiteren Vorfällen kommt.«

11

Anki machte einen Abstecher in den Stall. Ihre Gedanken drehten sich um die Verwüstungen in der Kirche. Was war da wohl vorgefallen? Sie holte den Besen hinter der Tür hervor und fegte geistesabwesend den Boden.

Vielleicht hatte sich jemand Zugang zur Kirche verschafft, sich verletzt und mit dem Altartuch den Blutfluss stoppen wollen. Allerdings war da nichts, woran man sich derart verletzen konnte. Nicht mal ein zerschlagenes Fenster. Eigentlich wirkte es geradezu, als wäre jemand hineinmarschiert und hätte mutwillig alles zerstört, was ihm in die Quere kam. Oder es hatte wirklich jemand irgendein sonderbares, gruseliges Ritual durchgeführt.

Anki stellte den Besen beiseite und inspizierte die Sattelkammer. Noch hingen nur zwei nagelneue Halfter mit Führstricken an ihren Haken. Sattel und Trensen kamen mit den Pferden, sie hatte Glück gehabt und die Ausrüstung gleich mitkaufen können.

Das war sehr viel Blut gewesen in der Kirche. Wenn einer der Ortsansässigen sich verletzt hatte, würde es schwer sein, das zu verbergen, zumindest, wenn die Verletzung an den Händen oder im Gesicht war. Anki ging zur Tür und sah zur Kirche hinauf. Vor dem Gebäude stand ein Streifenwagen, das Kirchenportal stand sperrangelweit offen. Sofort setzte Anki sich in Bewegung. Am Friedhofstor stieß sie fast mit einem uniformierten Polizisten zusammen.

»Sie können hier gerade nicht weiter, dieser Bereich ist abgesperrt.«

Sofort kam ihr Catharina zu Hilfe.

»Das ist Anki Karlsson, sie wohnt direkt gegenüber«, erklärte sie und deutete auf das ehemalige Pfarrhaus. »Sie war mit uns in der Kirche und hat die Verwüstung bereits gesehen. Das ist Anders Klintvall von der städtischen Polizei.«

»Sie wohnen also in der Nähe?«, fragte der Beamte.

»Genau gegenüber, wie die Pfarrerin schon sagte«, wiederholte Anki ungeduldig.

»Waren Sie gestern Abend und gestern Nacht daheim?«

»Ja.«

»Haben Sie in der Zeit etwas Ungewöhnliches gesehen oder gehört?«

Anki zögerte einen Augenblick, bevor sie antwortete.

»Also, ich weiß nicht, ob das relevant ist, aber gestern Abend habe ich an der Kirchenmauer eine dunkle Gestalt gesehen. Das war um Viertel nach sieben, wenn ich mich recht erinnere.«

»Eine dunkle Gestalt?«

Die Augen des Polizisten glänzten vor Interesse.

»Nach Einbruch der Dunkelheit und im Zwielicht der Straßenlaternen sehen Menschen in der Regel so aus«, erklärte Anki. »Zumindest von meinem Fenster aus. Das war mir ziemlich unheimlich, das muss ich zugeben, aber kurz darauf klopfte es an meiner Tür, und da zählte ich dann eins und eins zusammen.«

»Wer war es?«, fragte Catharina, wofür sie einen strengen Blick vom Polizisten erntete.

»Ich stelle hier die Fragen«, sagte er. »Also, wer hat Ihnen einen Besuch abgestattet?«

»Ragnar, der Hausmeister der Kirche.«

»Aber was wollte er denn?«, wunderte sich Catharina.

Mit dieser Frage fing sie sich einen weiteren Seitenblick von Anders Klintvall ein.

»Er wollte wissen, ob ich Hilfe brauche. Ich bin gerade erst hergezogen, er nahm an, dass ich ein zusätzliches Paar Hände brauchen könnte, aber …«

»Haben Sie ihn hereingelassen?«

Anki machte eine abwehrende Geste.

»Niemals! Wenn ich ganz ehrlich sein darf, ich kann ihn nicht sonderlich leiden. Er ist … wie soll ich das sagen … er ist mir ein bisschen zu aufdringlich.«

»Aber Sie sind sich sicher, dass Ragnar in der Kirche war?«, fragte Klintvall.

Anki zuckte mit den Schultern.

»Sicher kann ich natürlich nicht sein. Ich bin einfach davon ausgegangen, weil er einen guten Grund hat, dort ein und aus zu gehen. Und wenige Minuten später bei mir auf der Matte stand.«

Klintvall kritzelte Notizen in seinen Block.

»Wer macht denn so etwas? Noch dazu in einem Gotteshaus?«

Anders Klintvall bedachte sie mit einem müden Blick.

»Es gibt so viele Verrückte. Natürlich kann auch etwas Rituelles dahinterstecken, wie Frau Blomberg vermutet.« Er nickte Richtung Gemeindehaus, wo Rigmor stand.

»Aber?«

»Es kann genauso gut ein simpler Jungenstreich gewesen sein«, erklärte er. »Ein paar Jugendliche mit Hummeln im Hintern, die mal was Spannendes erleben wollten. Jetzt hocken sie irgendwo und verstecken sich. Sobald die Zeitungen groß und breit darüber berichtet haben, werden sie sich wahrscheinlich stellen.«

»Sie meinen, dass sie es dann nicht mehr für sich behalten können?«

Der Polizist nickte.

»Sie dürfen sich dann sehr gern an mich wenden«, bot Catharina an. »Ich spreche gern mit ihnen. Ein jeder hat das Recht auf Vergebung.«

Anders Klintvall schaute die Pfarrerin eine ganze Weile lang an, bevor er endlich begriff, was sie meinte.

»Ja, klar«, sagte er dann. »Natürlich.«

Dann rief er nach seiner Kollegin, die sich offenbar noch in der Kirche aufhielt. Durch das Portal trat eine Frau mit blondem Pferdeschwanz.

»Ich bin gerade fertig mit der Untersuchung des Tatorts«, sagte sie.

Dann wandte sie sich an Anki.

»Hallo, Camilla Persson.«

Sie sah sehr nett aus, dachte Anki. Und sie hatte den Anstand, sich vorzustellen.

»Dann haben wir hier so weit alles und können fahren«, sagte Klintvall. Sie machten sich schon auf den Weg zum Streifenwagen, da fasste sich Anki ein Herz.

»Das Blut.«

»Was ist damit?«

Es war Camilla Persson, die nachfragte.

»Das muss nicht zwangsläufig Menschenblut sein, oder?«

»Wir lassen es untersuchen. Mehr können wir im Moment leider nicht tun. Wenn wir keine übereinstimmende DNA finden, wird es schwer, den Täter zu identifizieren.«

»Glauben Sie mir«, sagte Klintvall, »die verantwortlichen Jungs werden schon bald aus ihren Löchern kriechen.«

12

Auf dem Reiterhof hatte Solveigs Wecker zur gewohnten Zeit geklingelt, ein neuer Tag, eine neue Arbeitswoche brach an. Die Nacht war nicht ihre beste gewesen. Sie hatte sich im Bett gedreht und gewendet, ohne einschlafen zu können. Grübeleien hatten die Müdigkeit vertrieben, und der Wecker zeigte halb fünf, als sie zum letzten Mal einen Blick darauf geworfen hatte. Danach war sie anscheinend doch noch eingeschlafen, fühlte sich aber alles andere als fit, als es Zeit zum Aufstehen war.

Um trotzdem irgendwie wach zu werden, sprang sie kurz unter die Dusche und ließ sich kühles Wasser über das Gesicht laufen. Richtig zu duschen lohnte sich erst am Abend, wenn ihre Arbeit im Stall erledigt war. Nach einem langen Arbeitstag gönnte sie sich für gewöhnlich ein warmes Wannenbad, um den müden Körper zu entspannen. Ihre Zeit als junges Pferdemädchen war schon lange vorbei.

Da sie unter dem kühlen Wasserstrahl zu zittern begann, verließ sie die Badewanne so schnell, wie sie hineingeklettert war. Zumindest war sie jetzt ein bisschen munterer.

Während die zwei Frühstückseier kochten, zog sie ihre Stallhose, ein T-Shirt und ein Hemd an. Nach der Fütterung wollte Agneta mit dem Kurs auf den Reitplatz. Dass die Teilnehmerinnen ihre Pferde selbst striegelten, verschaffte Solveig etwas Zeit für sich. Sie würde heute ein paar Stunden freinehmen.

Als sie von Box zu Box ging, um jedes Pferd mit einer Portion Heu zu versorgen, dachte sie darüber nach, wie sie das Gespräch gestalten sollte. Wort für Wort. Satz für Satz. Sie musste die Sache angehen. Die Entscheidung war in der Nacht gefallen. Sie wollte aufschreiben, was sie wusste, und alles in einen Umschlag stecken.

Solveig hatte sich auf ihr Rad geschwungen, fuhr durch den Ort und bog auf einen der kleineren Wege ab, der nach ein paar Kilometern direkt zum abgeschiedenen Hof der Jakobssons führte. Solveig besuchte Britta oft, denn nach Barbros Tod waren sie Freundinnen geworden. Solveig konnte mit ihr über fast alles sprechen.

Da Britta sehr gut über sämtliche Geschehnisse der Region informiert war, verbrachten sie meist mehrere hochamüsante Stunden miteinander und erzählten sich bei ein paar Tassen Kaffee von den neusten Heldentaten der Einheimischen. Es fühlte sich gut an, eine solche Freundin zu haben, deshalb radelte Solveig gern ab und zu bis zu ihr hinaus. Am liebsten, wenn sie wusste, dass Ragnar nicht zu Hause war. Manchmal lungerte er bei ihr im Stall herum. Genau genommen konnte Solveig absolut nicht verstehen, was Britta an ihm fand. Aber die beiden waren bereits seit Jugendtagen ein Paar, vermutlich verschloss Britta einfach die Augen vor seinen Unzulänglichkeiten.

»Hallo, Solveig!«, rief die Freundin schon aus dem Garten, als Solveig vom Fahrrad sprang und es gegen den Zaun lehnte. »Meine Güte, wie schnell du immer bist!«

Solveig war ziemlich außer Atem und setzte sich zu Britta, die gerade Preiselbeeren säuberte, an den Gartentisch. Sie schüttelte sie in einem Sieb, sodass alles, was nicht Beere war, auf den Boden fiel. Als der meiste Dreck weg war, pulte sie die Reste von Hand heraus.

Es war ein warmer Herbsttag, man konnte wunderbar nur mit Strickjacke draußen sitzen und arbeiten.

»Hast du die selbst gepflückt?«, fragte Solveig und steckte sich ein paar Beeren in den Mund.

Britta lachte auf.

»Hier in unseren Wäldern? Ein paar würde man schon finden, aber nein, die hab ich von dem Mann gekauft, der für gewöhnlich vor dem Dorfladen steht. Das sind sehr gute Beeren aus Dalarna, Blau- und Preiselbeeren.«

»Ist auch viel bequemer, als selbst durch den Wald zu kriechen«, erwiderte Solveig. »Mit dem Säubern hat man trotzdem noch genug zu tun.«

Also half sie mit. Es redete sich gleich viel leichter, wenn man zusammen arbeitete, und genau das brauchte sie jetzt. Sie schöpfte gerade Mut, als Britta ihr zuvorkam.

»Ist die Polizei noch in der Kirche?«

Solveig starrte sie verständnislos an.

»Die Polizei? In der Kirche?«

»Hast du noch nichts davon gehört? Du wohnst doch direkt gegenüber.«

Solveig schüttelte den grauen Schopf.

»Ich weiß von nichts. Was ist denn passiert?«

Britta ließ das Sieb sinken und schaute Solveig ernst an.

»Stell dir mal vor, da haben letzte Nacht ein paar Satanisten gewütet!«

»Wie bitte? Ist das wahr?«

Sie warf eine Handvoll Beeren in den Topf auf dem Tisch.

»Jawohl«, antwortete Britta im Brustton der Überzeugung. »Vielleicht waren es auch Vandalen. Die ganze Kirche ist blutverschmiert und das Altartuch blutgetränkt. Ragnar hat vorhin angerufen und mir alles erzählt.«

»Das ist ja unglaublich! Und grauenhaft! Das weiße Tuch mit der Spitze? Das ist doch mindestens hundert Jahre alt!«

Britta nickte.

»Ja, genau das! Das können nur Satanisten gewesen sein. Kein Mensch, der noch ganz bei Sinnen ist, würde auf die Idee kommen, so mit Blut herumzusauen. Die reinste Vampirparty. Möchtest du eigentlich einen Kaffee?«

Dankend lehnte Solveig ab. Sie konnte verstehen, dass ihre Freundin liebend gern weiter über das Blut in der Kirche sprechen wollte, aber sie musste jetzt einfach tun, was sie sich vorgenommen hatte. Es konnte nicht länger warten, das musste Britta einfach akzeptieren. »Satanisten oder nicht, ich muss unbedingt mit dir reden. Kannst du etwas für dich behalten?«

Britta legte die Hände auf das Sieb und schaute Solveig in die Augen.

»Das weißt du doch«, sagte sie. »Was du mir erzählst, bleibt unter uns. Gibt es etwa spannende Neuigkeiten?«

»Eher das Gegenteil. Ich muss das aber unbedingt loswerden, damit ich wieder schlafen kann.«

»Meine liebe Solveig, ich bin ganz Ohr. Erzähl.«

Solveig holte einmal tief Luft, lehnte sich im Gartenstuhl zurück und fing endlich an zu erzählen.

Ein paar Stunden später stand Britta in der Küche, knotete die letzte Tüte mit Preiselbeeren zu und legte sie in das Tiefkühlfach. Wenn das, was Solveig ihr erzählt hatte, der Wahrheit entsprach, dann war es sehr ernst. Solveig hatte ihr zusätzlich einen verschlossenen Umschlag gegeben und das Versprechen abgenommen, diesen weiterzuleiten, sollte ihr etwas zustoßen.

Sie musterte den Umschlag auf dem Küchentisch. Am liebsten würde sie ihn verbrennen. Oder aber ein gutes Versteck für ihn finden. Ein sehr gutes. Sie riss noch einen Gefrierbeutel von der Rolle und rieb einen Moment mit Daumen und Zeigefinger an der Öffnung, bis das Plastik sich teilte. Kaum hatte sie den Umschlag in den Beutel gesteckt, klapperte die Türklinke. Britta fuhr herum, als hätte sie jemand mit der Hand in der Keksdose erwischt. Ragnar schaute sie groß an. Er sah müde aus, was nicht weiter verwunderte, wenn man bedachte, was am Morgen in der Kirche vorgefallen war.

»Hallo«, murmelte er. »Es riecht nach Preiselbeermarmelade.«

»Ja, frisch gekocht, dazu gibt es Pfannkuchen, aber du kannst dich ruhig noch eine halbe Stunde ausruhen.«

»Was hast du da?«, fragte er.

»Nichts Besonderes«, antwortete Britta. »Das hat Solveig mir gegeben. Leg dich doch kurz hin, bevor es Essen gibt.«

Ragnar ging ins Wohnzimmer und machte es sich auf dem Sofa bequem. Als er außer Sichtweite war, öffnete Britta das Tiefkühlfach, hob einen der Preiselbeerbeutel an und schob den Umschlag darunter.

13

Dienstag, 23. September

Anki setzte sich auf die Tribüne in Agneta von Pers Reithalle. Tief atmete sie den wohlbekannten Geruch von frischen Sägespänen, Lederzeug und verschwitzen Pferdekörpern ein. Dieser Geruch löste in ihr das Gleiche aus, was Lena, Ingegerd oder Gunilla empfanden, wenn sie bei einer ihrer Weinproben einen richtig guten Rotwein vor der Nase hatten.

Agneta von Pers war mit Coin in der Mitte der Reithalle und rief den Kursteilnehmerinnen Anweisungen zu. Allesamt ritten sie auf Damensatteln, beide Beine sicher um die Hörner des Sattels gelegt. Heute lernten sie die anderen Gangarten. Selbst würde Anki das niemals wagen. Zum einen erschienen ihr die Pferde zu groß, von dort oben war es viel zu weit bis zum Boden. Zum anderen sprach diese Art von Pferdesport sie nicht an. Ihr gefiel es, durch Wald und Flur zu streifen, wo sie mit einem kleinen, robusten Pferd arbeiten konnte, nichts weiter als ein schönes Naturerlebnis mit einem vierbeinigen Freund. Aber sie musste gestehen, dass es interessant war, den Frauen zuzusehen. Sie hatte sich vorbereitet, indem sie am Vorabend »Reiten im Damensattel« gegoogelt hatte. Dabei war sie auf eine Menge unerhört schöner Bilder von Reiterinnen mit langen, wallenden Röcken gestoßen. Sie sahen wirklich genau wie früher aus, als es für Frauen noch keine Alternative gegeben hatte.

Agneta von Pers trieb ihre Schützlinge ohne Unterlass an. Sie ritten im Schritt durch die Halle und übten Wendungen, die Anki noch aus ihren eigenen Reitschulzeiten kannte.

Die Frauen wirkten schon sehr sicher, obwohl sie erst seit vorgestern in diesen ungewöhnlichen Sätteln saßen. Schritt meisterten sie alle ohne Weiteres. Anki schätzte die Frauen auf dreißig bis vierzig Jahre, jedenfalls wesentlich jünger als die Reitlehrerin. Knackig war sie zweifelsohne noch, aber ein paar verräterische Details zeugten dennoch davon, dass sie ungefähr so alt sein musste wie Anki. Egal wie sehr man im Gesicht mit Botox trickste und liftete, die Hände verrieten, was sie schon alles erlebt hatten, da bildete auch Agneta keine Ausnahme. Das waren keine Mädchenhände, die Coins Zügel hielten.

Das edle Tier stampfte in der Mitte der Halle rastlos auf der Stelle. Coin wollte los und allen zeigen, was er konnte.

»Also gut«, sagte Agneta laut. »Dann versuchen wir es jetzt einmal mit Trab. Das ist eigentlich auch nicht viel schwieriger. Gerade aufrichten. Haltet das Gleichgewicht, zur Not könnt ihr euch am Vorderzwiesel festhalten, um euch zu stabilisieren, und dann folgt mir und Coin.«

Die Frauen taten, wie ihnen geheißen. Mit geradem Rücken nahmen sie die Zügel auf und lenkten die Pferde in Reih und Glied.

»Alle bereit?«, fragte Agneta und warf einen Blick nach hinten.

Niemand protestierte.

»Dann los, im versammelten Trab.«

Die letzten beiden Wörter schallten so schneidend durch die Halle wie Peitschenhiebe. Erneut fühlte Anki sich an ihre früheren Reitlehrer in Stockholm erinnert. Alle außer Ursula kamen damals vom Militär und erteilten Anweisungen, als hätten sie Rekruten vor sich und keine jungen Mädchen im Alter von zehn bis vierzehn Jahren. Trotzdem war Ursula keinen Deut besser als die Männer. Aber reiten und reiten lehren konnten sie. Anki hatte eine gründliche Ausbildung genossen, für die sie ewig dankbar sein würde.

Die Tür knarrte, das Scharren von mehreren Paar Füßen war zu hören, Anki bekam Gesellschaft, und das nicht zu knapp. Solveig führte die Gruppe an, es folgte Catharina mit einem Stück Stoff über dem Arm, dann Britta und hinter ihr Hasse, der Hahn im Korb. Ganz zum Schluss tauchte noch Rigmor mit einem Korb am Arm auf. Sie alle nickten Anki zu und setzten sich. Solveig legte einen Finger an die Lippen. Alle verstanden den Wink. Während einer Reitstunde wurde nicht gequatscht. Man sah still zu.

Catharina lehnte sich zu Anki hinüber.

»Wir wollen Agneta überraschen«, flüsterte sie und deutete auf den Stoff. »Solveig und Britta haben eine ganz unglaubliche Decke für ihren Liebling genäht, Sie werden sie gleich selbst sehen.«

Dann schielte sie hinüber zu Rigmors Korb, der mit einem Handtuch abgedeckt war.

»Wir haben Prickelwasser und Käsestangen dabei, Agneta wird schließlich achtundsechzig.«

Also ganz wie Anki geschätzt hatte.

»Und Schritt«, sagte Agneta unten in der Halle. »Sehr gut, ihr seid alle im Sattel geblieben. Wie war es für euch? Schwer?«

Alle Teilnehmerinnen behaupteten, keinerlei Probleme gehabt zu haben, aber Anki war sich sicher, dass die eine oder andere diese Reitstunde ordentlich im Hintern spüren würde. Selbst wenn sie alle geübte Reiterinnen waren, so beanspruchte man bei dieser Reitweise andere Muskeln. Jetzt konnten sie verschnaufen, ließen die Pferde an langen Zügeln laufen und klopften ihnen den Hals. Agneta kam auf Coin aus der Mitte der Halle zur Tribüne geritten.

»Hallo!«, sagte sie und lächelte breit. »Heute haben wir ja ein beeindruckend großes Publikum. Sind sie nicht tüchtig?«

»Allerdings!«, erwiderte Anki. »Ich würde mich nicht auf so ein großes Pferd trauen, von einem Damensattel ganz zu schweigen. Wie gut, dass meine Pferde klein sind.«

Agneta warf ihr einen schnellen, verwunderten Blick zu, als bemerkte sie Anki erst in diesem Moment. Sicher hielt sie Islandpferde nicht einmal für richtige Pferde, und von Reiten würde sie vermutlich auch nicht sprechen.

»Wie lange macht ihr noch?«, fragte Rigmor.

»Wir sind jetzt erst einmal fertig und reiten zurück in den Stall. Wieso?«

Rigmor grinste vielsagend.

»Wir kommen mit«, sagte sie. »Vielleicht können wir auch noch was dazulernen.«

Kurze Zeit später waren alle Pferde außer Coin wieder in ihren Boxen. Er stand mitten im Stallgang und wartete darauf, von seiner Besitzerin gestriegelt zu werden.

»Gleich kommt der Hufschmied. Coin bekommt eine Pediküre und wird neu beschlagen.«

»Håkan?«, fragte Catharina und biss sich auf die Unterlippe.

Anki schielte zur Pfarrerin, offenbar kannte sie den Hufschmied.

»Also gut«, sagte Hasse und hob seine schmalen Hände, »dann los! *Viel Glück und viel Segen auf all deinen Wegen, Gesundheit und Frohsinn sei auch mit dabei …*«

Das Lied hallte durch die Stallgasse, und das Geburtstagskind sah sowohl ernsthaft überrascht als auch glücklich aus. Die Pferde spitzten die Ohren, und die Kursteilnehmerinnen stimmten aus den Boxen heraus in das Ständchen ein.

»Ein dreifaches Hoch auf Agneta!«, rief Britta, als sie fertig gesungen hatten. »Sie lebe hoch, hoch, hoch!«

Auf Anki machte es den Eindruck, als sei die sonst so strenge Agneta von Pers ein bisschen gerührt.

»Wie lieb von euch, das wäre doch nicht nötig gewesen …«

»Und ob«, sagte Catharina. »Sie haben als Unternehmerin viel für Mullvald getan. Das war sehr mutig von Ihnen, und eine so toughe Frau möchten wir natürlich feiern. Ihre Freundinnen haben etwas Wunderschönes für Coin genäht.«

Mit Brittas Hilfe entfaltete sie eine weiße, weiche Decke mit aufgenähten Bändern und Stickereien in Gold und Silber. Ein bemerkenswertes Stück Handarbeit.

Catharina ging zu Coin und strich ihm vorsichtig über das weiche Maul. Anki hielt den Atem an und schielte zu Solveig, die wie erstarrt dastand, die Lippen fest aufeinandergepresst. Von Solveig blickte sie weiter zu Agneta, der sämtliche Freude aus dem Gesicht gewichen war. Catharina hingegen bekam von dem Stimmungsumschwung nichts mit. Vorsichtig legte sie die schimmernde Pferdedecke auf Coins Rücken und klopfte ihm den Hals. Dann drehte sie sich um und strahlte übers ganze Gesicht.

»Was für ein schönes Pferd Sie haben«, sagte sie.

Agneta machte einen Schritt auf sie zu. Ihre Wangen glühten vor Wut.

»Gehen Sie sofort da weg!«, brüllte sie. »Niemand nähert sich meinem Pferd. Niemand!«

Vorsichtig trat Solveig zu Agneta und legte ihr eine Hand auf den Arm. Anki schaute sich nach Rigmor um. Sie könnte sie bitten, schon mal die Sektflasche zu öffnen, um die unbehagliche Stimmung zum Guten zu wenden. Rigmor beobachtete die Szene und verdrehte die Augen, wohingegen Britta, die direkt neben ihr stand, Agneta wütend anstarrte. Anki konnte das sehr gut verstehen, es war undankbar von dem Geburtstagskind, so auszurasten.

»Agneta«, sagte Solveig beschwichtigend, »jetzt hör mal zu. Wir haben diese Decke in aller Verschwiegenheit nur für dich genäht. Sie gefällt dir doch, oder?«

Sie führte ihre Chefin die wenigen Schritte bis zu dem stolzen Tier, Catharina war zurückgewichen.

»Schau mal«, sagte Solveig. »Schau mal, wie großartig er aussieht, dein Liebling. Herzlichen Glückwunsch zum Geburtstag!«

Agneta nickte und streichelte ihm über den Hals, während er in ihrer Tasche nach Leckerlis suchte.

»Entschuldigung«, sagte Agneta. »Ich danke euch allen. Ich weiß nicht, was in mich gefahren ist, aber ich habe einfach so große Angst um ihn. Er ist das Schönste, was ich je besessen habe.«

»Und jetzt gibt es Sekt!«, jubelte Rigmor und pulte die Folie vom Korken. »Herzlichen Glückwunsch, Agneta!«

14

Mittwoch, 24. September

Sicher zum zehnten Mal setzte Anki mit dem Pferdeanhänger zurück, um so nah wie möglich an den Stall zu kommen. Dass der Innenhof so groß war, erleichterte das Unterfangen. Tryggve Fridman spazierte mit seinem Rottweiler in ihre Richtung. Fridman war ein ziemlich unpassender Name für einen derart mürrischen Zeitgenossen, und es ärgerte sie, dass ausgerechnet er Zeuge ihres unbeholfenen Manövers mit dem Pferdeanhänger wurde.

Einigermaßen zufrieden mit der Position des Anhängers, zog sie die Handbremse an, stellte den Motor ab und stieg aus dem Wagen. Es flatterte richtig im Bauch. Endlich hatte sie ihre Islandpferde bei sich! Kein weiterer Tag würde ohne Gesellschaft vergehen. Die Pferde würden immer da sein, egal ob sie froh oder traurig war. Wenn sie mal niedergeschlagen war, konnte sie einfach in den Stall gehen und die Nase in Austris dicke weiße Mähne bohren oder Osks weiches Maul streicheln. Das war das Schöne an Pferden. Hunde konnten da nicht mithalten, dachte sie, als Tryggve mit seiner blutrünstigen Bestie vorbeiging. Der Hund hatte sich soeben erleichtert, und Anki sah, dass sein Herrchen pflichtbewusst mit einer Plastiktüte den Haufen aufhob. Sicher leisteten auch Hunde gute Gesellschaft, aber ihr Bedarf, just diesem Untier näherzukommen, hielt sich in Grenzen.

Tryggve nickte ihr kurz zu und setzte seinen Weg fort. Auch gut, sie war nicht gerade erpicht auf Zuschauer, wenn sie die Pferde aus dem Anhänger holte. Ein kritischer Moment lag vor ihr, schließlich kamen die Tiere an einen für sie fremden Ort.

Zunächst öffnete sie die kleine Tür vorne am Hänger, um mit ihnen zu sprechen und nachzusehen, wie sie die Fahrt überstanden hatten. Sie war den ganzen Weg von Lärbro, wo sie die Pferde abgeholt hatte, sehr vorsichtig gefahren und, wenn möglich, eher auf den kleineren Straßen geblieben.

»Hallo, meine Lieben!«, sagte sie und streckte beide Hände nach ihnen aus. »Hattet ihr eine gute Fahrt?«

Neugierig hoben sie die Köpfe, und Anki streichelte ihre seidenweichen Mäuler. Osk, die kleine Fuchsstute, wieherte leise, sie war offenbar zufrieden. Austri, der schöne Schwarze mit der weißen Mähne, scharrte unaufhörlich mit dem Vorderhuf, er wollte wohl nur zu gern wieder in die Freiheit. Nicht dass eine Box im Stall wirklich Freiheit bedeutete, aber für den Anfang musste sie genügen. Sobald die Pferde sich an ihre neue Besitzerin gewöhnt hatten, konnten sie auf die Koppel. Auf dem Hof, von dem Anki sie geholt hatte, standen sie auf einer Weide mit Offenstall. Das war nicht ungewöhnlich, eher praktisch, denn so konnten die Pferde nach Belieben rein- und rausgehen und einander nah sein. Anki hatte auf dem Heimweg darüber nachgedacht. Sie könnte einen Offenstall unterhalb des Heubodens einrichten. Vorerst musste ihnen aber noch je eine Box genügen.

Anki ging zum Stall, öffnete die Tür und schaltete das Licht ein. Zufrieden betrachtete sie die lupenreinen Leuchtröhren. In der Fensternische stand ein Krug mit allem, was der Herbst Gutes zu bieten hatte. Ein paar Äste des Wildapfelbaums, außerdem Hagebuttenzweige. Ein Willkommensgruß für die Neuankömmlinge.

Zuerst wollte sie den ungeduldigen Wallach erlösen. In seiner Box wartete schon ein Netz mit frischem Heu auf ihn. Es war um einiges ansehnlicher als die knallblauen Ikeataschen, aus denen die Tiere bei ihrem vorherigen Eigentümer fressen mussten. In Ankis Stall sollte es ordentlich sein wie in einem Puppenhaus. Sie schob den Riegel der Boxentür zurück, öffnete sie und sog erschrocken die Luft ein.

Ein großes, braunes Pferd lag auf der Seite in den Sägespänen. Es atmete schwer und litt offenbar unter starken Schmerzen. Die Augen hatte es nur halb geöffnet, und der gewaltige Körper zitterte wie unter Schüttelfrost. Die Sägespäne in der Ecke waren von dunklem Urin verfärbt. Anki kniff die Augen zusammen und öffnete sie dann schnell wieder. Das war keine Einbildung, sie hatte sich nicht verguckt. Es war das Pferd mit den drei weißen Socken und der schmalen Blesse, das sonst so stolz auf dem Nachbarhof herumsprang und in meisterlicher Manier seine Besitzerin im Damensattel trug. Jetzt kämpfte es in Ankis Stall um sein Leben.

Mit Wucht schlug sie die Boxentür zu, schob den Riegel vor und rannte über den Innenhof zur Straße. Tryggve war noch nicht sonderlich weit gekommen.

»Hallo!«, schrie Anki und wedelte mit den Armen.

Er drehte sich nach ihr um. Die Bestie schnüffelte am Wegesrand. Weder Tryggve noch der Hund hatten es offenbar eilig. Anki wedelte erneut mit den Armen, zeigte unmissverständlich, dass er herkommen sollte. Da endlich schien er zu verstehen und trottete in gemächlichem Tempo auf sie zu.

»Was ist denn los?«, fragte er. »Sie winken, als wäre irgendwo ein Feuer ausgebrochen.«

»Da… da liegt… ein todkrankes Pferd in meinem Stall«, keuchte sie und deutete zitternd hinter sich. »Was soll ich nur machen?«

»Ein Pferd? Wissen Sie nicht, wem es gehört?«

»Doch, doch, es ist ihr Pferd. Das von meiner Nachbarin.

Das mit den drei Socken, ihr schicker Wallach. Das ist einfach so furchtbar!«

»Socken?«

»Mein Gott, vergessen Sie die Socken oder wem es gehört!«, schrie sie. »Helfen Sie mir lieber, und stehen Sie nicht so untätig rum! Das Pferd stirbt sonst!«

Endlich kam Leben in den Griesgram. Er drückte ihr die Leine in die Hand.

»Er heißt Putte.«

Anki schloss widerwillig die Hand um die Leine und lief Tryggve bis zur Stalltür hinterher, wo sie stehen blieb und der Hund sich gehorsam setzte. Auf der Schwelle zum Stall schien Tryggve kurz zu zögern, bevor er entschlossen an die Box trat. Er beugte sich über die Seitenwand, grummelte irgendetwas und holte sein Handy hervor.

»Hallo, Viveka, hier spricht Tryggve«, hörte Anki ihn in einem ganz anderen Ton sagen, als er ihn ihr gegenüber anschlug. »Kannst du schnell herkommen? Hier liegt ein krankes Pferd. Wenn du mich fragst, hat es irgendeinen Mist gefressen.«

Eiskalt durchfuhr es Anki. *Irgendeinen Mist gefressen*. Vergiftet also. In ihrem Stall?

»Die Tierärztin«, erklärte Tryggve, nachdem er das Telefonat beendet hatte. »Viveka Järnberg. Wir haben Glück, sie ist nicht weit weg.«

»Wo ist sie denn?«, fragte Anki.

»Drüben in Kräklingbo, sie kommt sofort. Sie war sowieso gerade unterwegs.«

»Glauben Sie wirklich, das Pferd wurde vergiftet?«, fragte Anki vorsichtig. »Wie kommen Sie darauf?«

Tryggve legte die Stirn in Falten.

»Er scheint sich nicht bewegen zu können, die Muskeln gehorchen ihm nicht. Warten wir mal ab, was Viveka sagt.«

Er warf einen Blick auf seine Armbanduhr.

»Sie müsste in ein paar Minuten hier sein.«

»Das ist doch einfach entsetzlich!«, entfuhr es Anki. »So unwirklich. Wie konnte das passiert? Noch dazu in meinem Stall?«

»Sie müssen zu Agneta von Pers gehen und ihr sagen, dass ihr ganzer Stolz hier bei Ihnen im Stall liegt. Ich frage mich, wie das Tier hierhergekommen ist.«

Anki gab ihm Puttes Leine zurück.

»Das weiß ich auch nicht«, sagte sie. »Ich mache das zwar ungern, aber es bleibt mir wohl nichts anderes übrig. Würden Sie solange hierbleiben? Meine Pferde ...«

Sie nickte zum Anhänger. Tryggve grummelte nur statt einer Antwort, was sie als Zustimmung deutete. Umgehend steuerte sie das Loch in der Fichtenhecke an. Tryggve Fridman hatte entschlossen und schnell gehandelt, das musste sie zugeben. Aber wie er darauf kam, dass es sich um eine Vergiftung handelte, das konnte sie sich nicht erklären. Wo hatte er denn vor seinem Ruhestand gearbeitet? Etwa beim Giftinformationszentrum?

Niedergeschlagen und schweren Herzens ging Anki die Stufen zu Agneta von Pers' Haustür hinauf und klopfte an.

15

Donnerstag, 25. September

Tryggve beendete das Telefonat und schaute zum Fenster hinaus. Er strich sich übers Kinn, sein Blick ruhte da, wo Himmel und Meer aufeinandertrafen. Viveka Järnberg, die Bezirkstierärztin, hatte bereitwillig all seine Fragen über den Zustand von Agneta von Pers' Pferd beantwortet.

Ein Blick auf seine Armbanduhr verriet ihm, dass es gerade mal Viertel nach acht war.

»Ja, Putte«, sagte er und kraulte den Hund hinter den Ohren. »Das war deine Leibärztin. Sie ist nicht dumm, musst du wissen. Viveka ist wirklich nicht auf den Kopf gefallen.«

Putte klopfte ein paarmal mit der Rute auf den Boden, er schien ganz seiner Meinung.

Vivekas Befund, dass das Pferd an den Folgen einer Vergiftung litt, kam für ihn nicht unerwartet. Schüttelfrost gepaart mit Muskelversagen hatte Tryggve bereits häufiger gesehen, allerdings bei Menschen, und da war das Gift meist ein anderes gewesen. Schon gestern hatte die Tierärztin vermutet, dass es sich um eine Bergahornvergiftung, eine atypische Myopathie, handelte. Nachdem sie Coin untersucht, ihm Blut abgenommen und den kaffeefarbenen Urin in den Sägespänen getestet hatte, war sie aus dem Stall gelaufen und schnurstracks auf den Misthaufen geklettert. Fast sofort entdeckte sie offenbar, wonach sie suchte.

»Da!«, rief sie und streckte den Arm aus. »Seht ihr die Bäume da bei der Kirche?«

»Die Ahornbäume?«, fragte Tryggve, doch Viveka schüttelte den Kopf.

»Aber das ist doch Ahorn«, bekräftigte Anki.

»Nicht einfach nur Ahorn, sondern Bergahorn. Wenn man näher hinsieht, kann man gewisse Unterschiede erkennen. Die Blätter sind runder und nicht so gezackt wie beim gemeinen Ahorn.«

Tryggve war kein Experte für Laubbäume und hatte nur eine vage Vorstellung von den Unterschieden, von denen Viveka sprach, aber das ließ er sich nicht anmerken. Als er wieder nach Hause kam, schlug er jedoch gleich beide Bäume in seinem alten Pflanzenbestimmungsbuch nach und nahm die Bilder unter die Lupe. Für das ungeübte Auge war der Unterschied schwer zu erkennen.

Vorhin am Telefon hatte er ihr deshalb aufmerksam zugehört.

»Im Herbst trägt der Bergahorn Samen, die extrem giftig sind«, erklärte sie. »Wir haben sie früher Nasen genannt, das weißt du sicher auch noch, oder?«

»Ja, ich glaube schon. Habe vermutlich selbst mal damit herumgealbert.«

Natürlich hatte auch Tryggve, wie alle anderen Kinder, die flügelähnlichen Früchte von den Bäumen gerupft, sie aufgeknibbelt und sich auf die Nase geklebt.

»Vermutlich hat das Pferd auf einer Weide in der Nähe gegrast«, fuhr Viveka fort, »oder aber es sind Samen ins Heu gelangt. Die meisten Pferde vergiften sich allerdings auf der Weide.«

»Wird er überleben?«, fragte Tryggve.

»Das kann ich leider noch nicht sagen. Viele der betroffenen Tiere – oder ich sollte wohl eher die meisten sagen – sterben innerhalb der ersten zweiundsiebzig Stunden.«

»Oh«, sagte Tryggve und schielte auf die Uhr.

»Manche schaffen es«, erwiderte Viveka. »Ihr habt mich sehr schnell verständigt, und ich tue, was ich kann. Viel Zeit ist zwischen der Vergiftung und meiner Behandlung jedenfalls nicht verstrichen.«

Seit Anki Karlsson das Pferd entdeckt hatte, war ungefähr ein Tag vergangen, und Coins Zustand hatte sich nicht weiter verschlechtert. Die Tierärztin war sofort zur Tat geschritten und hatte eine sehr aufgewühlte Agneta von Pers instruiert, die Box mit frischem Stroh auszulegen und eine Wärmelampe anzubringen. Außerdem war Coin mit einer Pferdedecke versorgt worden, und Viveka hatte ihm einen Tropf gelegt.

»Ich muss ihm ein Schmerzmittel verabreichen«, sagte sie am Telefon. »Aber aller Widrigkeiten zum Trotz hat der arme Kerl gefressen, was ihm vermutlich das Leben retten wird. Als ich vorhin mit Agneta gesprochen habe, erzählte sie, dass er bereits wieder steht, das ist ein sehr gutes Zeichen.«

Was für ein Glück, dachte Tryggve, denn Agneta war verständlicherweise völlig außer sich gewesen, als Anki Karlsson ihr die schreckliche Nachricht überbracht hatte. Die Reitstallbesitzerin hatte ihren Kurs an Solveig übergeben und war Hals über Kopf aufgebrochen. Seither wich sie Coin keine Sekunde von der Seite. Auf Anraten der Tierärztin blieb Coin in Ankis Stall, und die beiden robusten Islandpferde zogen vorübergehend bei Agneta von Pers ein.

Tryggve nahm die Leine vom Haken. Durch das Rasseln angelockt, kam Putte sofort freudig zur Haustür gelaufen, drehte sich dort im Kreis und wedelte mit dem Schwanz. Tryggve beugte sich hinunter und streichelte seinen Gefährten.

»Genau, Putte, wir gehen ein Ründchen. Vielleicht können wir mit den alten Kollegen von Herrchen sprechen, um noch einige Puzzleteile dieses hippologischen Dramas in die Finger zu bekommen.«

Putte wedelte mit dem Schwanz und folgte ihm nur zu gern

hinaus. Aber Tryggve hatte es nicht eilig und schlug nicht den direkten Weg zum Stall ein. Er schlug stattdessen den schmalen Pfad ein, der zum Meer hinunterführte. So kam man direkt zum Strand. Er würde ein Stück am Meer entlanggehen und dann die Stiege nehmen, die hinauf zu Ankis Hof führte. Die Septembersonne strahlte, und die Blätter gingen jeden Tag ein bisschen mehr ins Gelbliche über, aber vollständig abwerfen würden die meisten Bäume sie erst spät im Oktober.

Wären da nicht der Vorfall mit Agneta von Pers' Pferd und die Verwüstung in der Kirche, böte Mullvald eine perfekte Idylle, gerade jetzt, wo alle Touristen fort waren und endlich wieder angenehme Ruhe einkehrte. Der Wind blies schwach, nur kleine Wellen brachen sich am Strand. Tryggve passierte das Hexenhaus, eigentlich eine alte Schmiede. Ein nichtssagendes Häuschen, wäre es nicht nahezu komplett von Efeu überwuchert. In Vorbereitung auf die kalte Jahreszeit hatte jemand die grünen Fensterläden geschlossen. Im Sommer standen sie für gewöhnlich offen, wenn das Haus an Besucher aus Stockholm vermietet wurde, die ein etwas ungewöhnlicheres Urlaubsdomizil suchten. Es gab die Legende, dass einst eine Hexe das Haus bewohnt hatte, die auf dem Scheiterhaufen verbrannt worden war. Das Haus lag nur einen Steinwurf vom Strand entfernt und war zweifellos originell. Aber all der Efeu, Tryggve schüttelte den Kopf. Dieser extreme Bewuchs tat dem Haus sicher nicht gut, von den Mäusen und Insekten ganz zu schweigen, die sich bestimmt nur zu wohl fühlten zwischen den Wurzeln und Ästen. So wollte er nicht leben, selbst wenn das Häuschen durchaus seinen Reiz hatte.

Nach einem zehnminütigen Fußmarsch stand er vor Anki Karlssons Hof. Ein Streifenwagen parkte in der Einfahrt, und die Beamtin sprach mit Anki. Tryggve näherte sich und grüßte die beiden. Die Polizistin unterbrach sofort das Gespräch.

»Hallo, Fridman!«

»Lass dich nicht von der Arbeit abhalten, Persson«, sagte er und lächelte. »Ich will nicht stören.«

Camilla Persson arbeitete bereits seit mehreren Jahren bei der Polizei in Visby, und er war gut mit ihr klargekommen. Sie wohnte im Nachbarort, weshalb sie sich auch privat ab und an noch über den Weg liefen.

»Wir sind gerade fertig«, sagte die ehemalige Kollegin und fuhr an Anki gerichtet fort: »Danke, das war erst einmal alles.« Anki Karlsson wandte sich Richtung Stall und stieß dabei fast mit Håkan Hemlin zusammen.

»Hallo, Håkan«, begrüßte Tryggve ihn. »Sie sind also auch hier?«

»Ja, ich habe Coin vorgestern beschlagen – und jetzt von seinem Zustand erfahren. Immer was Neues mit diesem Pferd«, sagte er und deutete zum Stall.

»Die Vergiftung hat aber doch hoffentlich nichts mit Ihrer Arbeit zu tun?«, wollte Tryggve wissen.

»Natürlich nicht, aber als ich hörte, wie es um ihn steht, wollte ich mir selbst ein Bild machen. Das ist ein wirklich kostbares Tier. Jetzt bleibt uns wohl erst mal nichts, als abzuwarten.«

Håkan verabschiedete sich, stieg in seinen Wagen und brauste davon.

Camilla beugte sich zu Putte hinunter und streichelte ihm über das Fell.

»Wie sieht es aus?«, fragte Tryggve.

»Noch lebt das Pferd. Wir hoffen das Beste. Aber seine Besitzerin steht vor Angst natürlich völlig neben sich.«

»Gibt es denn schon einen Hinweis auf den Tathergang? Irgendeine Vorstellung davon, wie es dazu kommen konnte?«

Persson schüttelte den Kopf.

»Ich glaube auch nicht, dass sich das ändern wird. Wie du dir denken kannst, werden wir nicht allzu viel Arbeit in die Aufklärung dieses Vorfalls stecken, es gibt einfach zu viel anderes zu tun. Im Normalfall würden wir das Heu analysieren lassen, weil es sich um eine Vergiftung handelt, aber das hat die fleißige Bezirkstierärztin schon übernommen.«

»Und wie ordnet ihr den Fall ein? Als Diebstahl? Das Pferd gehört ja nicht auf diesen Hof, es wurde aus seinem Stall hergebracht.«

»Ja, Diebstahl. Und außerdem Tierquälerei. Es ist schrecklich, einem Tier so etwas anzutun.«

Ein Polizist trat aus dem Stall, dicht gefolgt von Anki Karlssson. Offenbar ein neuer Kollege, den Tryggve noch nicht kannte. Er hielt eine Digitalkamera in der Hand. Wäre diese Frau nicht auf die Insel gezogen, hätte Tryggve nie wieder einen Fuß in diesen Stall setzen müssen. Aber als sie ihn gestern gerufen hatte, war ihm nichts anderes übrig geblieben. Coin hatte genau in der Box gelegen, in der er Barbro gefunden hatte. Tryggve schob die schweren Gedanken beiseite. Er war besser beraten, seine grauen Zellen mit der Frage zu beschäftigen, wer hinter dieser Tat steckte. Das war eine Aufgabe, der er durch langjährige Erfahrung gewachsen war.

»Es muss doch ein Motiv geben«, murmelte er.

»Ganz sicher«, pflichtete Camilla bei. »Niedertracht, wenn du mich fragst. Außerdem ist es doch seltsam, dass wir nun schon das zweite Mal innerhalb von zwei Tagen hierher ausrücken mussten. Das mit dem Blut in der Kirche ist gruselig, aber auch dem Fall werden wir nicht wirklich nachgehen. Das waren sowieso nur ein paar Jugendliche.«

Tryggve nickte. Die Zeitungen hatten sich bei der Berichterstattung über die Verwüstungen in der Kirche selbst übertroffen mit fetten und sensationslüsternen Schlagzeilen. Jetzt hatten sie sogar noch mehr aus Mullvald zu berichten.

»Niedertracht, da könntest du recht haben«, sagte Tryggve. »Kranke Menschen gibt es überall. Leider.«

Anki war zu ihnen herübergekommen.

»Sofern ...«, setzte sie an.

»Ja?«

»Sofern das keine Warnung an mich war«, sagte sie leise. »Vielleicht gibt es jemanden, der mich hier nicht will.«

16

Freitag, 26. September

Kaum waren die letzten Töne des Tischgebets verklungen, lud Rigmor die Gäste ein, Platz zu nehmen. Ein großer Topf Suppe verströmte einen appetitlichen Duft, daneben standen Butter, Käse, selbst gemachtes Gotlandbrot und Salzbrezeln.

»Die habe ich heute erst gebacken«, sagte Rigmor.

Catharina hatte am Morgen bei Anki geklopft und sie zum wöchentlichen Frauenkreis eingeladen, den Anki für eine gute Idee hielt. Die Pfarrerin hatte betont, dass dieser Freitag keine Ausnahme darstellen sollte, auch wenn die Geschehnisse mit Agneta von Pers' Pferd und die Verwüstungen in der Kirche tragisch waren. Die Frauen brauchten diesen Tag jetzt vermutlich ganz besonders, hatte sie gesagt.

Anki nahm sich etwas von der knallgrünen Suppe und ein paar Salzbrezeln.

»Was ist das für eine Suppe?«, fragte sie Rigmor.

»Grüne Erbsen und Eisbergsalat in Brühe. Nichts Besonderes.«

»Klingt so, als würde ich mich über das Rezept freuen«, sagte sie. »Und wie macht man diese Brezeln?«

Anki probierte ein Stück.

»Die sind ein bisschen aufwendiger. Man schneidet mit einem Rädchen lange Teigstreifen, die dann zu Brezeln geformt werden. Das dauert natürlich länger, als einfache Käsestangen zu backen, aber es macht richtig viel Spaß.«

»Sehr lecker«, schwärmte Anki.

Sie steuerte einen der Tische an und setzte sich neben Catharina. Von dort hatte sie alle Anwesenden im Blick. Außer Rigmor und Catharina sah sie auch Hasse. Er hatte sie beim Tischgebet auf dem Klavier begleitet. Anki kannte das Lied zwar nicht, aber der Text war nicht sonderlich schwer, und es hatte ihr Spaß gemacht mitzusingen.

»Ich werde nur einen Teller Suppe runterschlingen, dann lass ich euch allein«, verkündete der Kantor. »Ein Frauenkreis sollte den Frauen vorbehalten sein.«

Agneta von Pers und Solveig saßen auf der anderen Seite des Tischs. Agnetas Augen waren gerötet. Nicht weiter verwunderlich, nach allem, was sie durchmachen musste. Die dunklen Ringe verrieten, dass es eine lange Nacht gewesen war.

Nun setzte sich Britta, die Frau von Ragnar Schmierfink, direkt gegenüber von Anki an den Tisch. Der Stuhl neben ihr war noch frei, und Anki hoffte inständig, dass die Tierärztin sich noch zu ihnen gesellte. Auch sie musste schließlich etwas zu sich nehmen, und Anki hatte ihr von dem Essen erzählt.

Die Frauen aßen schweigend, die einzigen Geräusche kamen von Britta, die laut ihre Suppe schlürfte, und von Hasse, der ausdauernd Knäckebrot kaute, das er offenbar den Brezeln vorzog. Rigmor schaute sich am Tisch um.

»Also, meine Lieben, wo sind wir denn hier? Da geht es ja sogar bei einem Leichenschmaus lebhafter zu, so wird das nichts. Wir müssen uns zusammenreißen. Agneta, wie geht es deinem Pferd?«

Coins Besitzerin nahm die Serviette vom Schoß und tupfte sich den Mund ab.

»Danke der Nachfrage, er wird wohl überleben«, antwortete sie mit kratziger Stimme. »Vivekas Einsatz war herausragend. Sie ist auch jetzt gerade bei ihm.«

Die Frauen am Tisch atmeten auf und lächelten Agneta aufmunternd zu.

»Das sind doch gute Neuigkeiten«, sagte die Pfarrerin und strahlte sie an. »Wir freuen uns mit Ihnen! Wo sind denn eigentlich Ihre Kursteilnehmerinnen?«

»Die sind heute in Visby und schauen sich dort um«, antwortete Agneta und spielte an ihrer Perlenkette. »Mal einen Tag den Hintern zu schonen schadet ihnen nicht. Noch dazu bin ich natürlich nach den Vorfällen nicht ganz auf der Höhe.«

Hasse schob seinen Stuhl zurück, stand auf und stellte Teller und Glas auf den Servierwagen.

»Ich frage mich, wer dafür verantwortlich ist«, sagte er. »Darüber können Sie alle jetzt ein bisschen grübeln, meine Damen. Danke für das leckere Essen, Rigmor!«

Er winkte kurz und verschwand durch die Tür.

»Ich bin mir sicher, dass, wer immer versucht hat, meinen Liebling zu töten, nicht von hier stammt. Das war jemand von außerhalb.«

Aus verschiedenen Richtungen wurde zustimmend gemurmelt.

»Zumindest hofft man, dass es niemand aus dem Ort war«, sagte Britta, und Anki entging nicht, dass sie ihr einen langen Blick zuwarf.

»Das ist wie bei diesem fürchterlichen Vandalismus in der Kirche«, meldete sich nun Rigmor zu Wort. »Das war ganz offensichtlich auch niemand von uns. Und es ist so schade um das Altartuch, weiß der Himmel, wie ich das je wieder sauber kriegen soll.«

Anki stand auf, um sich noch etwas Suppe zu holen, außerdem nahm sie gleich noch ein paar Salzbrezeln mit. Sie musste wirklich lernen, wie man die machte. Wenn Rigmor nicht bereit sein sollte, es ihr beizubringen, konnte sie immer noch das Internet befragen.

Als sie wieder zum Tisch zurückkehrte, war die Unterhaltung um einiges lebhafter geworden, kaum setzte sie sich, verstummten alle jedoch unangenehm schnell. Nicht von hier, hatten sie gesagt. Noch dazu in Ankis Stall. Ihr Blick glitt über die anderen am Tisch. Solveig sagte etwas zu Britta, und beide schauten zu Anki.

Sie grübelte, ob es jemanden gab, der sie von hier vergraulen wollte. Steckte vielleicht Agneta dahinter? Bei ihrem ersten Besuch auf dem Reiterhof hatte sie schließlich befürchtet, Anki könnte Reitausflüge anbieten. Aber würde sie so weit gehen, ihr eigenes Pferd in Ankis Stall zu vergiften? Glaubten die anderen Frauen tatsächlich, Anki würde so etwas in ihrem eigenen Stall machen? Mal ganz davon abgesehen, dass sie gar keinen Grund hatte, Agnetas Pferd zu vergiften, aber das war den hiesigen Klatschtanten offenbar herzlich egal.

»Hat die Tierärztin gesagt, was genau zu Coins Vergiftung geführt hat?«, fragte Anki an Agneta gewandt.

Im gleichen Moment öffnete sich die Tür zum Gemeindesaal, und Viveka Järnberg kam herein. Sie war eine natürliche Schönheit: kräftig gebaut, kurze schwarze Haare und ein leuchtender Teint.

»Sycamore«, antwortete sie anstelle von Agneta. »Ich habe Ihre Frage gehört. Auch Bergahorn genannt. Oder Eschdorn, Pseudoplatane. Das Kind hat viele Namen.«

»Sykomore?«, fragte Solveig. »Das habe ich schon einmal gehört.«

»Bestimmt«, sagte Viveka, »aber du meinst etwas anderes. Sykomore oder auch Maulbeerfeige sollte man nicht mit dem Sycamore-Ahorn verwechseln.«

»Das erinnert mich an eine Bibelstelle«, meldete Catharina sich zu Wort. »Zachäus kletterte auf einen Maulbeerfeigenbaum, um Jesus besser sehen zu können. Erst kürzlich haben wir darüber ein Lied in der Sonntagsschule gesungen.«

»Ich spreche jedenfalls von den Bäumen, die direkt vor der Kirche stehen«, fuhr Viveka unbeirrt fort. »Die ›Nasen‹, also die Früchte des Baumes, sind gerade im Herbst hochgiftig. Irgendein niederträchtiges Individuum hat sie Coin unters Futter gemischt. Der alte Knabe hätte genauso gut hopsgehen können.«

Ein Wimmern entwich Agneta, und Solveig streichelte ihr vorsichtig über den Arm. Rigmor stand schnell auf und bat die Tierärztin, sich an Suppe und Salzbrezeln zu bedienen.

»Wir sind zu dem Schluss gekommen, dass es jemand gewesen sein muss, der nicht von hier stammt«, sagte Britta. »Darüber haben wir gerade gesprochen.«

»Das kann natürlich sein«, erwiderte Viveka. »Vor ein paar Tagen hat doch auch jemand bei euch in der Kirche randaliert, oder? Auf so eine Idee würde sicher niemand kommen, der von hier stammt«, sagte sie gedehnt, fast so, als zweifelte sie daran.

Meinte sie das ironisch? Anki war sich nicht sicher. Ihrem Dialekt nach kam sie von der Insel, konnte sich also weiter aus dem Fenster lehnen als Anki.

»Ganz genau!«, pflichtete Agneta ihr bei. »Aber die Polizei geht natürlich davon aus, dass es nur ein übler Jungenstreich war.«

»Andererseits«, sagte Viveka leise, während sie sorgfältig ihre Suppenschüssel auskratzte, »könnte es genauso gut jede Einzelne von euch gewesen sein.«

Die folgende Stille senkte sich schwer über die versammelten Frauen. Dass sie sich das traute! Anki schaute in die Gesichter am Tisch. Britta schielte verstohlen zu ihr herüber, während sie in ihrer Handtasche nach etwas suchte. Agneta spielte wie üblich an ihrer Perlenkette und musterte Anki. Auch Rigmor betrachtete sie eingehend und zerrieb dabei ein Stück Brezel zwischen Daumen und Zeigefinger. Solveig wirkte tief in Gedanken versunken, und Catharina blinzelte nervös. Was wusste Anki eigentlich von ihnen? Nicht das Geringste, wenn man davon absah, dass alle sie für die Täterin hielten.

»Also gut«, sagte Anki. »Mir ist klar, dass Sie alle mich für die Schuldige halten. Dagegen kann ich herzlich wenig unternehmen.«

»Aber auf keinen Fall!«, wandte Catharina ein.

»Sie müssen doch selbst zugeben«, sagte Britta, »wie sonderbar es ist, dass all das passiert, seit Sie hergezogen sind. Noch dazu in Ihrem Stall.«

»Ja, das verstehe ich«, erwiderte Anki, »trotzdem sollten wir die Sache ein wenig strukturierter angehen, damit dies eine vernünftige Unterhaltung wird.«

Das war gewagt, so viel war klar. Eine Zugezogene hatte sich schön zurückzuhalten.

»Wann wurde das Pferd vergiftet, Viveka?«, fragte sie. »Um wie viel Uhr ungefähr?«

»Ich vermute, so um die Mittagszeit, am Tag bevor Sie ihn gefunden haben.« Die Tierärztin verteilte in aller Ruhe Butter auf einer Scheibe Brot. »Für gewöhnlich dauert es etwa einen Tag, bis die ersten Symptome auftreten. Sie haben das Pferd gegen Mittag gefunden, als sich die Vergiftung gerade erst zeigte. Wäre mehr Zeit verstrichen, hätte ich ihm womöglich nicht mehr helfen können.«

»Dienstag zur Mittagszeit«, wiederholte Anki, »wo war denn da jede Einzelne von uns?«

Die alten Lehrgewohnheiten meldeten sich, für sie war es noch immer normal, einer großen Gruppe Fragen zu stellen.

»Ich habe Reitunterricht gegeben«, sagte Agneta von Pers. »Wir haben in der Halle die verschiedenen Gangarten trainiert.«

»Ja, aber ...«, meldete Catharina sich zu Wort. »Da waren wir doch alle bei Ihnen! Erst in der Reithalle und dann im Stall.«

Anki erinnerte sich an den Geburtstagsbesuch, in den sie zufällig geraten war. Tatsächlich war jede von ihnen dabei gewesen.

»Catharina hat recht«, sagte Anki. »Wir alle waren dort. Jede von uns hätte Coin eine Handvoll Bergahornsamen zustecken können.«

Britta schüttelte den Kopf.

»Das ist doch gar nicht möglich«, wandte Britta ein. »Agneta lässt doch niemanden so nah an ihr Pferd.«

»Na ja, Agneta kann ihn auch nicht ständig im Blick haben«, sagte Rigmor. »Es dauert doch nur einen Augenblick, bis ein Pferd etwas gefressen hat, das man ihm hinhält.«

Anki schaute von einer zur anderen und dachte einen Moment lang nach, bevor sie wieder das Wort ergriff.

»Solveig, ich möchte Sie nicht beschuldigen«, sagte sie, »aber Sie sind wirklich oft im Stall. Ist Ihnen vielleicht etwas aufgefallen?«

»Und was bitte soll das gewesen sein?«, schnaubte sie abweisend. Unmittelbar fragte Anki sich, ob sie wirklich so unschuldig war, wie sie tat.

Die Tierärztin verfolgte gespannt das spontane Verhör. Solveig drehte die Serviette zwischen den Fingern. Agneta spielte noch immer an ihrer Perlenkette herum. Beeindruckend, was das Collier aushielt. Eines Tages würde der Faden dennoch unweigerlich reißen, und all die schimmernden Perlen würden auf den Boden prasseln.

»Ich«, sagte Agneta nach einer Weile. »Habt ihr mal darüber nachgedacht, dass ich es gewesen sein könnte?«

»Das bezweifle ich stark«, meldete Rigmor sich zu Wort. »Was redest du für dummes Zeug?«

Anki hob mahnend den Zeigefinger.

»Lassen Sie Agneta doch bitte aussprechen.«

»Nehmen wir an, ich wollte das Geld von der Versicherung haben. Dann könnte ich es ohne Weiteres gewesen sein. Solveig im Übrigen auch. Wenngleich ihre Motive ganz andere wären. Wir beide kennen den Stall am besten.«

Solveig starrte sie an.

»Ich habe Coin nicht angerührt«, flüstere sie und bekam ganz glänzende Augen.

»Vermutlich nicht, das hättest du dich sicher nicht getraut, so feige wie du bist. Rein theoretisch wäre es dennoch möglich.«

Catharina stand auf.

»All diese Fragen wecken eine Menge Gefühle, und mir ist allmählich unbehaglich zumute«, sagte sie und wandte sich dann an Anki. »Sollten Sie das nicht lieber der Polizei überlassen?«

»Natürlich«, erwiderte Anki widerwillig. »Ich hatte nur den Eindruck, es wäre ganz gut, für reinen Tisch zu sorgen. Das erschien mir angebracht und durchaus nötig.«

Catharina hob abwehrend die Hand.

»Da haben Sie sicher recht. Jetzt ist es jedoch an der Zeit, Rigmor für das Essen zu danken und zum Singen überzugehen.«

»Nur eine Sache noch«, sagte Anki. »Mir ist bewusst, dass ich fremd in diesem Ort bin. Noch dazu stehen die giftigen Bäume einen Steinwurf von meinem Grundstück entfernt, und zu allem Überfluss ist das arme Pferd fast in meinem Stall verendet. Außerdem ... auch ich war bei Agneta im Stall. Aber ich kann Ihnen versichern, dass ich unschuldig bin.«

Anki bot an, beim Abräumen zu helfen, doch Rigmor lehnte ab.

»Das ist nicht nötig. Heute ist es nicht viel, das schaffe ich gut allein.«

Ein wenig enttäuscht und mit beginnenden Kopfschmerzen verließ Anki daraufhin das Gemeindehaus. Nicht einen einzigen Schritt war sie der Wahrheit näher gekommen, stattdessen hatte sie sich schon bei ihrem ersten Frauenkreis unbeliebt gemacht. Sobald die beiden Fälle aufgeklärt waren, würde sie wahrscheinlich leichter Anschluss in der Gruppe finden. Leider nahm die Polizei die Sache wohl nicht so ernst. Wenn sie nicht für immer »die Zugezogene« in Mullvald bleiben wollte, musste sie die Sache selbst in die Hand nehmen.

Um die trüben Gedanken loszuwerden, entschied sie sich zu einem ersten Ausritt in die Natur. Ihre Isländer standen bis auf Weiteres bei Agneta im Stall. Anki war beide Pferde bisher nur kurz auf der kleinen Koppel der Reitanlage probegeritten. Die Zeit war reif für eine große Runde.

Anki überquerte den Friedhof und wollte gerade um die Ecke zur Südseite der Kirche biegen, als sie aufgeregte Stimmen hörte.

»Bist du jetzt so tief gesunken, dass du ihrem Pferd etwas antun musst?«

»Ich? Ich habe Agnetas Tier verflucht noch mal nicht angerührt! Agneta lässt doch niemanden ran.«

Ragnar und Britta. Ganz ungeniert blieb Anki an der Ecke stehen und lauschte.

»Das gilt wohl auch für dich, du verdammter Grapscher«, entgegnete Britta. »Sie hat dich sicher böse abblitzen lassen, hat dich wohl in deiner Ehre gekränkt. Und jetzt willst du's ihr heimzahlen.«

»Du bist doch nicht ganz dicht! Dann kannst du es genauso gut gewesen sein. Genug Ahnung von Pferden hast du ja.«

»Und warum sollte ich so was machen?« Brittas Stimme schlug ins Falsett um, das Paar schien nicht im Geringsten besorgt, dass jemand sie hören könnte. »Ich habe wirklich keinen einzigen Grund, ein Pferd zu töten.«

»Ach ja? Du warst nie ein besonders großer Fan von Agneta. Nicht mal, als ihr beide noch die schlimmsten Pferdemädchen wart. Gib doch einfach zu, dass du ihr ordentlich eins auswischen wolltest.«

17

Am Nachmittag sattelte Anki die kleine Osk und ritt mit ihr einen schmalen Weg entlang, der auf einen sagenhaften Kalksteinfelsen führte. Die Aussicht über das Meer und die vorgelagerte Insel war traumhaft. Vor ein paar Tagen hatte sie bei einem kurzen Ausflug mit dem Wagen herausgefunden, dass im Sommer regelmäßig eine Fähre zur Insel fuhr. Dieses Angebot wollte sie im nächsten Jahr unbedingt einmal nutzen. Ein gutes Stück entfernt ragten hohe, graue Türme auf. Es musste sich wohl um die Zementfabrik in Slite handeln. Ansehnlich war sie nicht gerade, aber sie schaffte natürlich Arbeitsplatze, was nicht zu verachten war.

Anki ließ die Zügel locker, sodass Osk an die Grasbüschel kam, die sich vereinzelt aus den Kalksteinfelsen zwängten. Die Diskussion im Gemeindehaus ging ihr nicht aus dem Kopf. Agnetas provokante These, sie selbst könne Coin vergiftet haben, kaufte Anki ihr nicht im Geringsten ab. Anki hatte Agneta zwar noch nicht oft zusammen mit ihrem Pferd gesehen, aber jedes Mal war sie fast hysterisch geworden, wenn es um das Wohlbefinden ihres Augensterns ging. Mal ganz davon abgesehen, wie absurd die Idee war, dass sie seinen Tod wollte, hatte sie einfach kein schauspielerisches Talent.

Vielleicht war eine der Kursteilnehmerinnen in die Sache verwickelt, hatte noch ein Hühnchen mit Agneta zu rupfen und sich zum Kurs angemeldet, um sich zu rächen. Das war eine Möglichkeit, schließlich wusste Anki nichts über die Frauen vom Festland, außer dass Agneta einer von ihnen eine saftige Abreibung verpasst hatte.

Aber just diese Episode zählte wohl kaum als ausreichend starkes Motiv, um ein Pferd zu töten. Zudem hatte Agneta sich sofort entschuldigt, und die Frau schien danach besänftigt.

Nein, sie sollte die Kursteilnehmerinnen erst einmal hintanstellen und sich stattdessen auf die Personen in ihrem direkten Umfeld konzentrieren. Catharinas Beobachtung stimmte. Sie alle hatten sich zur mutmaßlichen Tatzeit im Stall aufgehalten. Catharina hatte die Decke auf Coins Rücken gelegt, Hasse den Geburtstagschor dirigiert. Nein, die Kirchenangestellten konnte sie ausschließen, es gab keinen Grund, sie zu verdächtigen. Hatte Agneta nicht erwähnt, dass der Hufschmied später noch vorbeischauen wollte? Über ihn wusste Anki rein gar nichts, war ihm nur am Vortag kurz begegnet.

Rigmor interessierte sich offenbar nicht für Pferde. Nur zu deutlich hatte bei dem kleinen Geburtstagsstelldichein durchgeschimmert, wie lächerlich sie Agnetas Verhalten fand. Und dass Pferden oder überhaupt Tieren ein solcher Stellenwert beigemessen wurde.

Als Agnetas Knecht – oder besser als ihre Assistentin – hatte gerade Solveig Gelegenheit, das Pferd zu vergiften. Sie hätte sich in den Stall schleichen und das Pferd unbemerkt herausführen können. Um es anschließend in Ankis Stall mit einer Handvoll Bergahornsamen zu füttern. Vielleicht war Solveig es einfach leid, Agnetas Mädchen für alles zu sein.

Der Wind frischte auf, es war ein weiterer frostiger Herbsttag. Früher oder später würden der Herbstregen und die grauen Tage aufziehen, aber noch hielt sich das Wetter, und hier oben ließ es sich vortrefflich nachdenken.

Und die Jakobssons? Ragnar hatte geradeheraus gesagt, dass Britta schon seit Kindertagen eine Abneigung gegen

Agneta von Pers hegte. Was dieser Ablehnung wohl zugrunde lag? Um das herauszufinden, musste Anki sie erst einmal näher kennenlernen.

»Was meinst du, Osk? Wer ist so herzlos, führt dieses stattliche Pferd in Austris Box und vergiftet es dort? Der griesgrämige Tryggve, sagst du? Nein, da bin ich trotz allem nicht deiner Meinung.«

Sie streichelte der Stute über den Hals und klopfte auf das Fell, fuhr mit den Fingern durch die raue Mähne. Das Pferd bewegte die Ohren.

»Aber eine Idee hast du trotzdem, oder, Osk?«

Das Pferd reagierte auf seinen Namen, hob den Kopf und schlug ihn ein paarmal auf und ab. Ganz so, als nickte es zustimmend.

»Wollen wir eine Runde reiten und uns mit den Einwohnern bekannt machen?«

Osk nickte ein weiteres Mal, diesmal vermutlich nicht zustimmend. Es ließ nur ungern von den Grasbüscheln ab.

Im Schritt ging es den Hügel hinunter, Anki versuchte, den spitzen, losen Kalksteinen auszuweichen. Es dauerte eine Weile, bis sie wohlbehalten am Fuße des Felsens angelangt waren und den Rückweg einschlugen, diesmal auf einem noch schmaleren Pfad.

Sie mussten ein Stück auf der Landstraße zurücklegen, doch schon bald fiel Anki eine Lücke im Gebüsch auf, die einen idyllischeren Rückweg verhieß. Sie schaute sich nach Autos um und trieb Osk über die Straße. Sie hatte sich getäuscht, statt eines versteckten Pfads lag bald ein offenes Grundstück vor ihr, darauf stand ein altes Steinhaus mit Bogenfenstern. Das konnte gut und gern eine alte Kapelle oder ein ehemaliges Missionshaus sein. Die Risse im Mörtel zeugten davon, dass nicht viel in die Instandhaltung investiert worden war, aber es war trotzdem ein sehr hübsches altes Haus. Von der Landstraße aus konnte man das Gebäude unmöglich sehen, so gut lag es zwischen all dem Grün verborgen. In ein paar Wochen, wenn alle Blätter gefallen waren, würde sich das natürlich ändern.

In dem größten Raum brannte Licht, und in einem der vielen Fenster tauchte flüchtig ein Gesicht auf. Kurz darauf öffnete sich die Doppeltür an der kurzen Seite des Hauses. Ein Mann in den Vierzigern, nicht gerade groß, aber sehr attraktiv, trat auf die Treppe hinaus, und da erkannte Anki ihn wieder. Es war der Hufschmied, mit dem sie am Stall fast zusammengestoßen wäre.

»Hallo«, rief Anki ihm vom Rücken des Pferdes aus zu. »Wir haben uns doch schon einmal getroffen. Ich habe mich noch nicht vorgestellt. Anki Karlsson.«

»Ich weiß«, erwiderte der Mann. »In so einem kleinen Ort bleibt einem nichts lange verborgen.«

»Das kann ich mir vorstellen«, lachte sie.

»Ich bin Håkan Hemlin, der Hufschmied. Möchten Sie einen Moment hereinkommen? Ich koche gerade Kaffee.«

Er deutete einladend zur Tür.

»Sehr gern, danke«, antwortete Anki und schwang sich vom Pferd.

Sie band Osk an das Treppengeländer und folgte Håkan ins Haus.

Der Raum war wunderschön mit den langen Kirchenfenstern und der hohen Decke. An den Wänden standen noch Kirchenbänke, davon abgesehen ließ von der Einrichtung nichts weiter darauf schließen, dass es mal ein Gotteshaus gewesen war. Es roch irgendwie sonderbar. Nach Kohl? Oder Nesseln? Nein, sie konnte den Geruch einfach nicht zuordnen.

»Ich stelle gerade einen Sud her. Aus getrocknetem Baldrian, den ich noch vom Sommer übrig hatte«, erklärte Håkan, als könnte er ihre Gedanken lesen. »Sehr beruhigend.«

Er lächelte Anki an und führte sie in ein Zimmer, das an den großen Kirchenraum anschloss. Die Küche, wie sich herausstellte. Sie war geradezu opulent. Überall standen Regale, die von Gefäßen mit Etiketten nur so überquollen. Anki verschlug es den Atem.

»Meine Güte, wie schön Sie es haben! Und wenig wird das nicht gerade.«

Håkan Hemlin strich sich eine Haarsträhne aus dem Gesicht.

»Da gebe ich Ihnen recht. Ich habe im Sommer sehr viel gesammelt, das wird eine Weile reichen. Brauchen Sie etwas? Ringelblumensalbe vielleicht? Die hilft eigentlich gegen alles. Oder Bienensalbe für die Fingernägel? Es gibt nichts Besseres.«

Anki setzte sich an den Küchentisch.

»Sie haben also nicht nur einen Beruf«, stellte Anki fest. »Außer Hufschmied sind Sie Botaniker.«

Håkan nickte schweigend, während er die Löffel Kaffee abzählte, die er in den Filter füllte.

»Wie kamen Sie auf die Idee, Kräuter zu Salben zu verarbeiten? Das klingt nicht gerade nach einer typischen Nebenbeschäftigung für einen Hufschmied.«

»Sagen Sie das nicht«, erwiderte Håkan. »Wie nützlich diese Kräuter sind, ist mir erst durch die Arbeit mit den Pferden klar geworden.«

»Tatsächlich?«

»Ja. Es gab kein vernünftiges Mittel, um die Strahlfäule zu behandeln, deshalb habe ich einfach selbst etwas angemischt. Und dann habe ich immer mehr nachgeschlagen und gelesen, so kam eins zum anderen. Mit der Zeit mischte ich sogar Salben für Menschen, die ich mittlerweile übers Internet verkaufe.«

»Und die Hufschmiede? Wo ist die?«

Er deutete durchs Fenster auf einen Lieferwagen. Der war Anki noch gar nicht aufgefallen.

»Das ist mein eigentlicher Job«, sagte er und servierte den

Kaffee. »Sie werden sicher auch noch auf mich zukommen. Melden Sie sich ruhig, dann kümmere ich mich auch um Ihre Pferde.«

Da hatte er natürlich recht, etwa jeden zweiten Monat würde sie seine Dienste brauchen.

»Sie können gern vorbeikommen, sobald meine Pferde in ihrem eigenen Stall stehen. Zurzeit ist das noch das Krankenlager von Agneta von Pers' Coin.«

Er nickte kurz.

»Die kennen Sie ja, oder? Ich nehme an, dass Sie sich auch um ihre Pferde kümmern?«

»Ja, obwohl ich das lieber nicht täte.«

»Warum nicht? Wenn ich so neugierig fragen darf…«

»Ach, sie steht jedes Mal daneben und erzählt mir, wie viel besser sie das selbst erledigen würde, wenn sie nur könnte. Am liebsten würde ich die Arbeit dort ablehnen, aber das geht nicht, ich muss schließlich auch von irgendetwas leben.«

Das konnte Anki sich gut vorstellen. Wahrscheinlich ließ Agneta ihn keine Sekunde aus den Augen, besonders nicht, wenn es sich um ihr Lieblingspferd drehte.

Sie wechselte das Thema. »Wie sind Sie hier gelandet? Sie klingen nicht so, als kämen Sie von der Insel.«

Die Strähne fiel ihm erneut ins Gesicht, also strich er sie ein weiteres Mal fort. Das war bestimmt lästig, wenn er vornübergebeugt Pferde beschlug, aber vielleicht trug er bei der Arbeit ja eine Mütze.

»Ich bin in Dalarna aufgewachsen, in Rättvik. Nach Gotland bin ich erst vor ein paar Jahren gezogen. Ich dachte, es wäre lustig, mal eine Weile auf einer Insel zu leben. Außerdem gibt es hier eine Menge Pferde, die beschlagen werden wollen.«

»Und eine verlockende alte Kapelle?«

»Anfangs habe ich ein Haus gemietet, aber dann stand dieses hier zum Verkauf, da konnte ich nicht anders als zuschlagen. Es ist nicht weit zur Küste, und noch dazu ist es schön, etwas Eigenes zu haben. Außerdem reicht der Platz endlich für mein Nebengeschäft. Aber besonders religiös bin ich nicht, falls Sie das denken. Noch Kaffee?«

Anki nickte.

»Alle anderen Bewohner der Gegend treffen sich sonntags in der Kirche«, sagte Anki. »Alle außer Ihnen.«

»Stimmt, gläubig würde ich mich nicht gerade nennen. Nicht im herkömmlichen Sinn zumindest. Ich mag Tiere und die Natur, Sie verstehen, ich denke lieber im Stall an Gott als in der Kirche an Pferde.«

»Aber die Pfarrerin kennen Sie, oder? Mir ist so, als hätte sie letztens so etwas erwähnt.« Das war ein bisschen gewagt, aber dennoch.

»Na, man sieht sich hin und wieder. Hier kennt schließlich jeder jeden. Sie wissen schon, weil der Ort so klein ist.«

Vor ihr saß ein ungewöhnlicher Mann. Direkt, robust, durch und durch loyal. In den vielen Jahren als Lehrerein hatte Anki eine untrügliche Menschenkenntnis entwickelt. Wenn sie ihn richtig einschätzte, hatte sie es hier mit einem zuverlässigen, ehrlichen Mann zu tun, der außerdem noch ein Herz für Pferde hatte. Anki verspürte das Bedürfnis, den Verdacht anzusprechen, mit dem sie sich konfrontiert sah.

»Sie kennen das Pferd, das in meinem Stall vergiftet worden ist, nicht wahr?«, fragte sie. »Natürlich, Sie waren ja selbst da.«

Håkan trank schlürfend einen Schluck Kaffee.

»Wenn so etwas passiert, dann möchte man sein Mitgefühl ausdrücken.«

»Verstehe«, sagte Anki. »Ich will herausfinden, was genau passiert ist und wer dahintersteckt. Natürlich ist mir klar, dass man mich beschuldigt.«

»Ja, so ist das wohl«, erwiderte er. »Sie sind verdächtig, wenn man dem Tratsch glauben darf.«

Er schüttelte bekümmert den Kopf.

»Hat die Polizei mit Ihnen gesprochen?«, wollte er dann wissen. »Oder ist denen der Fall egal?«

»Nein, nein, sie waren schon da. Ich habe ihnen alles erzählt. Dass ich den Stall schon ein paar Tage vorher für meine Pferde hergerichtet hatte. Neue Sägespäne habe ich auch verteilt und die Spender mit frischem Heu befüllt. Als ich Osk und Austri dann in die Boxen bringen wollte, lag Coin einfach da. Meine Nachbarin war so nett, mir anzubieten, die Pferde erst einmal bei ihr unterzustellen.«

Håkan spitzte die Ohren und lächelte schief.

»Agneta? Das ist aber großzügig von ihr, das muss ich schon sagen. Sie könnte Sie genauso gut verteufeln.«

Da war Anki ganz seiner Meinung. Das war in etwa die Reaktion, die sie von Agneta von Pers erwartet hatte. Allerdings blieb ihr eigentlich nichts anderes übrig.

»Sie meinte, dass die Pferde nichts dafür können«, erklärte Anki. »Eine echte Tierfreundin.«

»Ja, das ist sie wohl. Auch wenn sie furchtbar launisch ist. Eine ziemlich verwöhnte Dame, wenn Sie mich fragen. Noch Kaffee?«

Anki hob abwehrend die Hand und betrachtete ihn nachdenklich. Er presste die Lippen fest zusammen, und sie war sicher, dass sein gerade noch so funkelnder Blick sich verfinstert hatte.

»Ich habe heute den Frauenkreis im Gemeindehaus besucht«, sagte sie. »Die Tierärztin kam später dazu und erzählte uns, mit welcher Pflanze Coin vergiftet wurde. Ich verstehe nichts von Pflanzen, vielleicht kann ich so den Verdacht gegen mich zerstreuen.«

»Bergahorn«, sagte Håkan. »Die Pferde leiden unter Muskelschmerzen, und der Urin wird kaffeefarben. Das ist wirklich kein Spaß, die meisten Tiere sterben daran. Der Verlauf ist unglaublich schnell.«

»Woher wissen Sie das alles?«

Er deutete auf die Regale.

»Tja, jahrelanges Studium. Und großes Interesse. Nur die Frucht des Ahorns ist giftig, weshalb die Gefahr im Herbst besonders groß ist. Aber im Frühjahr sieht es auch nur unwesentlich besser aus. Dann schießen rund um die Stämme Ableger in die Höhe. Und diese mehrere Zentimeter langen Triebe, die eigentlich ganz ungefährlich aussehen, sind ebenfalls giftig.«

»Vielleicht waren die Samen in dem Heu, das ich für meine Pferde gekauft habe«, grübelte Anki. »Dabei sah es ganz in Ordnung aus. Dann könnte ich von Glück sagen, dass es nicht meine Pferde getroffen hat.«

Håkan schob die Kaffeetasse beiseite, zog eine Dose Kautabak aus der Hosentasche und steckte sich ein Stück unter die Lippe.

»Das wird sich schon noch alles aufklären«, sagte er. »Erst wird eine Weile getratscht, dann kommt heraus, wer dahintersteckt, und danach können alle, die die Falschen beschuldigt haben, sich schämen.«

18

Als Anki von ihrem Ausritt und dem kleinen Stopp in der alten Kapelle zurückgekehrt war, vibrierte ihr Handy. Sie stieg von Osk und holte das Handy hervor. Agneta von Pers hatte ihr eine SMS geschickt. *Habe Coin mitgenommen, Sie können Ihren Stall jetzt wieder selbst nutzen*. Nicht mehr. Ein Dankeschön hätte nicht geschadet, aber das war offenbar zu viel verlangt. Nach allem, was Håkan und die Tierärztin über die giftigen Samen des Bergahorns gesagt hatten, war sich Anki hundertprozentig sicher, dass die Ursache für Coins Vergiftung nicht in ihrem Heu zu suchen war. Ahornfrüchte hatte sie keine gesehen, weder beim Abholen noch beim Befüllen der Netze. Nein, wer immer Coin schaden wollte, musste ihm die Samen anders verabreicht haben. Und zwar in der Absicht, Agneta damit zu treffen und Anki die Schuld in die Schuhe zu schieben. Sie verdächtigte Solveig, auch wenn sie auf den ersten Blick ziemlich ängstlich und eingeschüchtert wirkte. Wer vermochte schon zu sagen, welche Gefühle sich unter der Oberfläche verbargen. Aber kannte sie sich mit giftigen Pflanzen aus?

Anki brachte Osk zu Austri auf die Koppel und bereitete den Stall für ihre beiden Schätze vor. Agneta und ihre Assistentin hatten das Krankenlager vollständig geräumt. Sowohl die Wärmelampe als auch die zusätzlichen Decken waren fort, und die Box war völlig frei von Sägespänen und Streu.

Also streute Anki neue Späne aus und verteilte sie gleichmäßig mit der Harke. Die andere Box war nach wie vor unbenutzt und bereit, schließlich hatte Osk noch nicht einen Huf hineingesetzt.

Die Stallarbeit half, auf andere Gedanken zu kommen. Sie befüllte die Futternetze, reinigte die Tränken und schüttete eine Schippe Mineralfutter in die Futtertröge. Ein paar Möhren gab es obendrauf, es war schließlich Freitag, da durften die Isländer sich ruhig auch aufs Wochenende einstellen.

Sie ging noch auf einen Abstecher in die Sattelkammer und kontrollierte Sättel und Trensen. Sorgfältig spülte sie das Gebiss von Osks Zaumzeug unter dem Wasserhahn ab, damit sich der getrocknete Speichel und die Grasreste vom Metall lösten. Die ausführliche Pflege musste warten, wenigstens heute Abend. Der gründlichen Sattelpflege würde sie sich vielleicht morgen widmen. Für heute reichte es, die Pferde von der Koppel zu holen, und dann würde sie den Tag mit einer wohlverdienten Dusche abschließen.

Sie schob die Tür des antiken Schranks auf und verschaffte sich einen Überblick über die Mittel, die sie schon beisammenhatte. Was noch fehlte, wollte sie nachkaufen.

Die Seife stand da, genauso das amerikanische Pferdeshampoo und anderes Zeug, das sie übers Internet gekauft hatte. Trotzdem wurde sie das Gefühl nicht los, dass etwas fehlte. Nachdenklich schob sie die Tür wieder zu, nahm die beiden Führstricke von den Haken und ging hinaus, um die Pferde zu holen.

Kaum war Anki aus der Dusche gestiegen und hatte den Bademantel angezogen, klopfte es an der Tür. Hastig schlang sie sich ein Handtuch um den Kopf und lief hin, um zu öffnen. Tryggve Fridman stand auf der Veranda, und Anki meinte, ein kurzes Aufblitzen in seinen Augen zu sehen, als er ihre Aufmachung bemerkte. Wahrscheinlich nur eine Einbildung. Dieser Mann ging sicher zum Lachen in den Keller.

»Ich komme offenbar ungelegen«, sagte er und räusperte sich.

Eine Begrüßung kam ihm nicht über die Lippen.

»Guten Abend!«, erwiderte Anki deshalb umso nachdrücklicher. »Ich brauche noch einen Moment, aber kommen Sie doch bitte herein. Ich werde mir nur schnell die Haare bürsten und etwas überziehen, dann bin ich gleich für Sie da.«

Er warf einen Blick hinter sich und sah sie dann fragend an. Natürlich hatte er wie immer seine Bestie im Schlepptau.

»Ich wäre Ihnen dankbar«, sagte sie, »wenn Sie den Hund solange draußen anbinden.«

Fünf Minuten später stand sie ordentlich angezogen mit frisch gewaschener Jeans und einem bequemen Pullover vor ihm, das nasse Haar durchgekämmt.

»Was führt Sie her?«, fragte sie.

Noch immer war da nicht die Spur eines Lächelns auf seinem Gesicht, er schien vielmehr betroffen. Offenbar hatte er etwas auf dem Herzen, und Anki war wirklich neugierig zu erfahren, worum es sich handelte.

»Oder wollten Sie sich bloß einmal bei mir umsehen?«, fragte sie.

»Keineswegs. Nein, ich bin hier, um Ihnen zu sagen, dass es völlig unangemessen ist, im Dorf herumzulaufen und die Leute auszuhorchen.«

Anki ließ sich auf den Stuhl im Flur plumpsen. Wollte dieser eingebildete alte Trauerkloß ihr wirklich erklären, was angemessen war und was nicht? Ein trockenes Lachen entfuhr ihr.

»Herumlaufen?«, fragte sie aufgebracht. »Ich habe ausschließlich beim Mittagessen mit den Frauen im Gemeindezentrum gesprochen.«

»Das kam nicht so gut an«, sagte Tryggve. »Soweit ich gehört habe. Und deshalb gebe ich Ihnen den guten Rat, nicht weiter herumzuschnüffeln oder die Dorfbewohner ins Kreuzverhör zu nehmen.«

»Und das bestimmen Sie?«

»Nicht direkt, aber die Kollegen haben mich gebeten, mit Ihnen zu sprechen.«

Wut kochte in Anki hoch. Da krochen die Polizeibeamten stundenlang in ihrem Stall herum, und dann hatten sie nicht mal den Mumm, selbst mit ihr zu sprechen, sondern schickten an ihrer Stelle Tryggve, den größten Griesgram auf Gottes grüner Erde. Und was meinte er mit Kollegen? War er etwa Polizist?

»Ehemalige Kollegen«, sagte Tryggve, als hätte er ihre Gedanken gelesen. »Kriminalpolizei. Seit einem halben Jahr bin ich im Ruhestand.«

»Aha. Und die *Kollegen* wollen keine Konkurrenz von einer Frau. Wollen die Ermittlungen ganz allein führen. Verstehe.«

Tryggve schüttelte den Kopf.

»Die Ermittlungen sind eingestellt. Für ein vergiftetes Pferd verschwendet man keine Ressourcen, selbst wenn die Tierschützer auf die Barrikaden gehen. Und entgegen aller Erwartungen scheint das Pferd ja zu überleben.«

»Trotzdem stiehlt man nicht einfach ein Pferd, um es dann zu vergiften. Noch dazu in meinem Stall. Und wenn die Polizei die Ermittlungen einstellt, kann ich ja wohl so lange weiterstöbern, wie ich will.«

Tryggve starrte einen Moment stumm vor sich hin, bevor er antwortete.

»Es wird natürlich geredet«, sagte er. »So ist das eben in kleinen Ortschaften und Dörfern, das lässt sich nicht vermeiden. Aber das ist nicht der Grund, weshalb ich Sie warnen möchte.«

»Warnen?«

»Ja, Sie bringen sich nur selbst in Schwierigkeiten. Ich glaube nicht, dass Sie in die Sache verwickelt sind, schließlich haben Sie keinerlei Motiv, soweit ich das beurteilen kann.«

»Da kann ich ja wirklich froh sein, dass Sie mich nicht verdächtigen«, schnaubte Anki.

Tryggve ging auf ihre Provokation nicht ein.

»Es gibt da draußen jemanden mit einem klaren Motiv, und wenn dieser Jemand mitbekommt, dass Sie hier herumschnüffeln, stehen Sie als Nächste auf der Liste.«

»Auf welcher Liste? Etwa der mit Bergahornvergifteten?«

Tryggve zuckte mit den Schultern.

»Es gibt andere Mittel und Wege«, sagte er. »Ich habe eine Menge gesehen. Abscheulichere Dinge, als Sie sich vermutlich vorstellen können. Ich glaube …«

»Ja?«

Er schaute zur Haustür, der Hund gab sonderbare Geräusche von sich, er wollte sicher weiter.

»Ich glaube, das vergiftete Pferd war eine Warnung. Genauso wie die Verwüstungen in der Kirche.«

19

Samstag, 27. September

Die mächtigen Kirchenglocken schlugen zum Feierabend und läuteten den Sonntag ein. Ihr Klang schallte weit über die Weiden und Wiesen von Mullvald. Ein schönes Signal an die Bevölkerung, die Arbeit niederzulegen, sich in die Stille zurückzuziehen und es sich gut gehen zu lassen. Viele folgten der Aufforderung durch den Glockenklang. Mullvalds einziger Bauer steuerte den Traktor nach Hause, die Kettensäge, die sonst permanent vom Wald her zu hören war, verstummte, und Agneta von Pers' Kursteilnehmerinnen begaben sich in die Sauna.

Solveig warf die letzte Schaufel Pferdeäpfel in die Schubkarre und schob das schwere Ding zum Misthaufen hinter dem Stall. Nur noch ein Tag, dann – am Montag – würden die Gäste die Fähre nach Hause nehmen, und der Alltag würde wieder einkehren.

Sie schaltete die Außenbeleuchtung ein und kippte die Schubkarre so aus, dass das meiste von allein auf den Misthaufen kullerte. Die Beleuchtung war ein Witz und von den Insekten des Sommers verkrustet. Es war wirklich an der Zeit, sie sauber zu machen. Sie warf einen Blick auf ihre Armbanduhr, obwohl das eigentlich völlig überflüssig war, schließlich waren die Kirchenglocken gerade erst verstummt. Und tatsächlich zeigte die Uhr sieben Minuten nach sechs an. So ein

Kurzzeitgedächtnis war wirklich ein Kreuz. Nur noch eine Fuhre, dann konnte sie sich endlich zurückziehen. Das heutige Training war intensiv gewesen, aber allmählich hatten die Teilnehmerinnen den Bogen raus. Sie machten sich richtig gut. Die meisten beherrschten nun alle Gangarten im Damensattel. Morgen würden sie sich in Schale werfen und in Kleidern aus dem 19. Jahrhundert am Waldstrand reiten.

Natürlich machten die Kurse Spaß, und besonders diese Truppe war sehr angenehm, dennoch gefiel ihr die Aussicht, dass es bald vorbei war. Dann konnten sie sich wieder ganz auf das Training für die Turniere in Schottland konzentrieren, die Ende Oktober anstanden.

Mit Einbruch der Nacht waren auch die üblichen Geräusche des Tages verstummt. Man hörte nur noch ab und an ein Auto auf der Straße. Auf der Insel wurde es still im Herbst, sehr still.

Sie ging mit der leeren Schubkarre zurück in den Stall, kratzte den letzten Mist zusammen, lud ihn auf und brachte auch ihn hinaus. Vorsichtig balancierte sie über die alte Holzrampe, die zum Betonplatz führte. Noch einmal kippte sie die Schubkarre aus und kratzte den letzten Rest mit der Schaufel heraus. Sauber sollte sie sein. Als sie die Karre zurück Richtung Stalltür schob, hörte sie, wie sich jemand von hinten näherte. Sie wollte sich umdrehen, schaffte es aber nicht mehr. Jemand riss ihren Kopf zurück, die Karre entglitt ihr. Ein heftiger Schmerz am Hals. Sie wollte schreien, brachte aber nur ein Gurgeln zustande. Im Schein der schmutzigen alten Lampen fiel sie zu Boden.

20

Sonntag, 28. September

Diesmal blieb Anki nach dem Gottesdienst noch in der Kirchenbank sitzen, während die anderen an ihr vorbeigingen. Unendlich langsam legte sie sich erst den Mantel und dann sehr sorgfältig den Schal um, bevor sie zum Schluss die dünnen Lederhandschuhe anzog, die wie gemacht waren für diesen klaren, kühlen Herbsttag.

Einzeln oder in Paaren passierten die Kirchgänger ihre Bank. Sie nickte Tryggve zu, der nur kurz die Augenbraue hob, reichte Hasse die Hand und dankte ihm herzlich für die Musik, tat so, als suchte sie etwas, als der Schmierfink vorbeischarwenzelte und versuchte, ihre Aufmerksamkeit zu erregen. Vom Reiterhof war heute niemand anwesend, weder die Kursteilnehmerinnen noch die Angestellten. Gestern hatte sie Agneta im Dorfladen getroffen. Sie war eher einsilbig gewesen, hatte aber durchscheinen lassen, dass den Kursteilnehmerinnen der letzte Trainingstag bevorstand.

»Heißt das, Sie machen morgen einen großen Ausritt? Es soll wunderschönstes Reitwetter geben.«

»Es ist mehr als nur ein Ausritt. Wir reiten in Kostümen aus dem 19. Jahrhundert. Es ist eigentlich eher eine Aufführung.«

»Selbstverständlich. Und Coin? Ist er weiterhin auf dem Weg der Besserung?«

Anki musste diese Frage einfach stellen, auch wenn sie ihr

unangenehm war. Sie wusste schließlich nicht, ob Agneta an ihre Unschuld glaubte.

Agneta hatte tief geseufzt und sie ernst angeschaut.

»Ja, Gott sei Dank. Er ist zumindest einigermaßen wieder auf den Beinen und frisst, aber er muss sich noch ein paar Wochen lang auskurieren. Bis zu einem Monat, hat die Tierärztin gesagt. Das war wirklich ein großes Glück, dass Sie ihn so früh gefunden haben, sonst hätte er es nicht geschafft.«

»Dabei war das reiner Zufall«, hatte Anki geantwortet.

Allerdings entlastete es sie womöglich sogar, dass sie Agnetas Pferd gefunden und so schnell Hilfe geholt hatte.

»Trotzdem denken viele hier, dass ich ihn vergiftet habe«, fügte sie hinzu. »Sie vielleicht auch.«

Agneta zuckte mit den Schultern.

»Die Leute reden viel«, antwortete sie. »Das ist schon immer so gewesen. Wenn Sie ihn hätten vergiften wollen, hätten Sie nicht rechtzeitig Hilfe geholt, schätze ich. Wer immer mich damit verletzen wollte, hätte Coin sterben lassen.«

Es tat gut, wieder an die frische Luft zu kommen. Anki entschied, diesmal nicht zum Kirchencafé im Gemeindehaus zu gehen. Stattdessen nahm sie schnellen Schrittes Kurs auf ihren Garten. Na ja, Garten war eine ziemliche Übertreibung, schließlich glich er eher einem überwucherten Acker. Bei ihrem Einzug vor knapp einer Woche hatte sie beschlossen, erst einmal nichts zu verändern. Sobald der Frühling sich meldete, würde sie sehen, was aus dem Boden und den Beeten spross, dann konnte sie immer noch alles planen und anlegen. Immerhin hatte sie ein paar Jungs aufgetan, die abwechselnd in der Nachbarschaft den Rasen mähten. Wenigstens das war noch vor dem Winter erledigt. Die abgeworfenen Blätter der Bergahornbäume hatte jemand vor der Kirche zusammengeharkt. Wenn der Wind aus dieser Richtung kam, wehten die

Blätter bis in Ankis Garten. Es wäre sicher klug, sie zu verbrennen, um ein neuerliches Unglück zu verhindern.

Etwas abseits, in einem geschützten Eckchen ihres Gartens, standen eine Laube und einige Fliederbüsche. Auch diese waren schon gelb und verloren einzelne Blätter. Im Sommer war es sicher wunderbar, dort zu sitzen und einen Kaffee oder einen kühlen Drink zu sich zu nehmen. Sie könnte die Laube zum Bad umfunktionieren! Spätnachts im warmen Wasser liegen und in die Sterne blicken. Was für eine wundervolle Vorstellung. Sie würde sofort nachschauen, ob das möglich war.

Anki lief quer über die Wiese und betrachtete liebevoll eine schlaffe Rhabarberstaude, die hoffentlich den Winter überstehen würde. Als sie die Laube erreichte, schob sie ein paar Äste beiseite und duckte sich hindurch. Der Eingang musste definitiv mit der Heckenschere bearbeitet werden, so überwuchert, wie er war. Hier hatten die Jungs nicht gemäht. Sie sah Reifenspuren im Gras, also hatten sie es vielleicht versucht, die Halme dann aber für zu hoch befunden. Aber das machte nichts. Dem hohen Gras konnte sie auch selbst mit der Sense oder dem Trimmer beikommen, vorausgesetzt sie besorgte sich die entsprechenden Geräte.

In der Laube erwartete sie eine Menge Gerümpel, unter anderem ein Stapel langer grauer Holzpfähle. Sie sahen alt aus, aber vielleicht lohnte es sich dennoch, einen Blick darauf zu werfen, vielleicht waren sie als Brennholz zu gebrauchen. Ein altes Ölfass stand umgedreht da, rostiges Wasser hatte sich auf dem Boden gesammelt. Ein glücklicher Fund, darin ließen sich bestimmt sehr gut Blätter verbrennen, sofern die Tonne nicht durchgerostet war. Anki wollte gerade das Fass umkippen und hinausrollen, als sie die Frau bemerkte. Sie lag auf der Seite, Anki beugte sich zu ihr hinunter.

»Entschuldigen Sie. Sie können hier nicht liegen bleiben.«

Vorsichtig berührte Anki die Fremde an der Schulter, die

sogleich auf den Rücken kippte. Aus dem unnatürlich blassen Gesicht starrte Anki ein Paar leere Augen an.

»Oh Gott!«, stieß sie hervor und schlug die Hände vor den Mund.

Am Hals klaffte eine hässliche Wunde. Das geronnene und getrocknete Blut ähnelte einer makabren Halskette. Die Reiterhose war schmutzig, und an den Gummistiefeln klebte Pferdemist. Der Reißverschluss der grünen Steppweste mit dem Logo des Reiterhofs stand zur Hälfte offen. Pullover und Weste waren blutdurchtränkt.

Ankis Gedanken rasten, eher unbewusst registrierte sie sämtliche Details. Das Gesicht war so unwahrscheinlich blass. Ein Pulloverärmel war hochgerutscht, am Unterarm sah sie deutlich blaue Flecke.

»Mein Gott«, murmelte sie. »Ich kann doch nicht einfach hier stehen, ich muss etwas tun.«

Sie steckte die Hand in die Manteltasche und holte ihr Handy hervor. Tryggve Fridman hatte sie davor gewarnt, die Nase zu tief in Angelegenheiten zu stecken, die sie nichts angingen. Das war jetzt Wasser auf seine Mühlen. Da lag eine tote Frau in ihrem Garten. Offenbar das Opfer brutaler äußerer Gewalt. Auf seine Kollegen kam ordentlich Arbeit zu.

Mit zitternden Fingern tippte sie die Nummer des Notrufs, überlegte es sich aber im letzten Moment anders. In unmittelbarer Nähe gab es schließlich auch jemanden, der helfen konnte. Sie musste nur darum bitten.

Zwar hämmerte es in ihren Schläfen, trotzdem gelang es ihr, Rigmor anzurufen und mit beherrschter Stimme um Tryggves Telefonnummer zu bitten.

»Kommen Sie heute denn gar nicht ins Gemeindehaus zum Kaffee?«, fragte sie. »Wir sind noch alle da.«

»Nein, heute nicht«, antwortete Anki. »Könnten Sie mir einfach seine Nummer geben?«

»Sicher. Ich schicke Sie Ihnen per SMS. Bis bald.«

Der Augenblick, den Anki auf die SMS wartete, kam ihr vor wie eine Ewigkeit. Kaum war die Nachricht da, rief sie bei Tryggve an. Es tutete viermal, bis er abhob. Seine Begeisterung hielt sich in Grenzen.

»Wo sind Sie?«, fragte Anki. »Noch im Gemeindehaus?«

Er seufzte tief.

»Wenn Sie es unbedingt wissen wollen: Ich bin mit Putte unterwegs. Auf dem Fahrrad. Ich hatte keine Zeit für einen Kaffee.«

Das hatte zumindest ein Gutes. Er war allein unterwegs, es war also niemand da, der sich wunderte, wenn er Hals über Kopf aufbrach. Sie musste dafür sorgen, dass er sofort kam.

»Sie ist tot«, wimmerte Anki.

Ihre Stimme brach, als sie die Worte aussprach.

»Wer?«

Sofort klang er hellwach, geradezu aufgeweckt.

»Kommen Sie einfach her«, flüsterte Anki. »Sie liegt tot in meiner Laube.«

21

Tryggve kam angeradelt, die Bestie an seiner Seite. Anki wagte nicht, sich vorzustellen, wie der Hund auf den tragischen Fund in der Laube reagieren würde.

Tryggve bremste und schwang elegant das Bein über den Rahmen. Fit war er, dachte Anki, obwohl er nicht gerade sportlich aussah.

»Wir müssen Putte ins Haus sperren«, sagte er. »Oder hätten Sie ihn vielleicht lieber im Stall?«

Anki begriff, was er meinte, wenn auch nur widerwillig.

»Natürlich«, sagte sie und brachte den Hund ins Haus.

Mit großen Schritten ging Tryggve zur Laube, als kannte er sich bei ihr im Garten aus. Geschickt schob er ein paar Äste auseinander und kletterte hindurch, hielt die Zweige dann so, dass auch Anki einigermaßen elegant hindurchschlüpfen konnte. Eigentlich wollte sie die Leiche nicht noch einmal sehen. Aber das Schlimmste lag ja schon hinter ihr. Die Bilder der Toten würden sich doch nie wieder aus ihrem Gedächtnis löschen lassen und eine genaue Prüfung des Fundorts die Erfahrung auch nicht verschlimmern.

»Solveig Sjödahl«, murmelte Tryggve.

Eine ganze Weile lang stand er schweigend da und sah sich das Opfer einfach nur an. Trat dann ein paar Schritte nach links und betrachtete die Leiche aus einem anderen Blickwinkel. Nachdem er den Boden in der Laube gründlich untersucht hatte, kniete er sich zu Solveig, um sich das leblose Gesicht und die grässliche Wunde aus der Nähe anzusehen.

Keuchend stand er wieder auf und schaute Anki in die Augen.

»Ich habe während meiner Zeit bei der Polizei wirklich einiges gesehen«, sagte er, »aber noch nie eine solche Wunde. Das ist kein glatter Schnitt, die Haut ist regelrecht zerfetzt.«

Anki erschauderte. Es war so unwirklich, über die arme Frau zu sprechen, die da direkt vor ihnen lag.

»Vorsicht, kommen Sie nicht näher«, sagte Tryggve und hob abwehrend die Hände. »Am besten gehen wir schnell wieder hinaus.«

»Mein Gott, sollten wir nicht die Polizei verständigen?«, fragte Anki und duckte sich unter den Ästen hindurch.

»Sollten wir«, antwortete er und holte sein Handy hervor.

Er erreichte sofort die richtige Person, anscheinend würde sich umgehend eine Streife aus Visby auf den Weg machen. Es würde noch ungefähr eine halbe Stunde dauern, dann sperrten sie vermutlich den gesamten Hof ab.

»Sie wurde nicht hier umgebracht«, sagte Anki.

Tryggve musterte sie amüsiert und gleichzeitig etwas arrogant.

»Nicht? Wie kommen Sie darauf?«

»Sehen Sie sich doch mal das Gras da an, die Halme sind platt gedrückt. Das ist eindeutig eine Reifenspur. Erst dachte ich, es handelt sich um Spuren vom Rasenmäher, aber das kann gar nicht sein, die Reifenspur hier ist wesentlich breiter. Ich tippe auf eine Schubkarre.«

Er pfiff durch die Zähne.

»Sie sind wirklich sehr aufmerksam«, sagte er.

»Wie unwürdig!«, entfuhr es ihr. »Die letzte Reise in einer Schubkarre!«

»Ist Ihnen sonst noch etwas aufgefallen?«, wollte Tryggve

wissen und kratzte sich am Kinn. »Laufen Sie hier doch bitte nicht so auf und ab, Sie machen die Kriminaltechniker sehr unglücklich.«

»Natürlich«, sagte Anki, »da klebt eindeutig noch Mist unter den Sohlen ihrer Stiefel. Ich schätze, sie ist auf dem Hof in der Nähe des Misthaufens ermordet und dann mit der Schubkarre hergebracht worden, mit der sie vorher noch gearbeitet hat.«

»Sie ziehen sehr schnell Ihre Schlüsse«, Trygvve legte die Stirn in Falten. »Vielleicht etwas zu schnell, aber es ist durchaus möglich, dass an Ihrer Theorie etwas dran ist.«

Hörte Sie da so etwas wie ein Lob aus den Worten des ehemaligen Kriminalpolizisten? Anki war sich nicht ganz sicher.

»Nicht gerade ein Kunststück daraufzukommen«, sagte sie. »Das gehört dazu, wenn man mit Pferden arbeitet. Wir müssen bei Agneta nachhaken, womit Solveig zuletzt beschäftigt war.«

»Wir?«, fragte Tryggve und schaute sie an.

»Wieso nicht?«

»Wir sollten uns so wenig wie möglich einmischen, das ist Polizeiarbeit. Es geht hier um Mord, das müssen Sie sich unbedingt klarmachen. Oder glauben Sie, Solveig hat sich diese Verletzung selbst beigebracht?«

Er zeigte auf den Hals des Opfers.

»Ach, ein bisschen Hilfe wird schon nicht schaden.«

Plötzlich brach ihr der Schweiß aus. Sie kramte nach einem Taschentuch und fuhr sich damit über die Stirn.

»Und genau da irren Sie sich, man kann sogar sehr großen Schaden anrichten«, sagte Tryggve. »Aber Sie haben ja immer gleich eine Lösung für alles parat, verraten Sie mir also noch eins: Wieso sollte sich jemand die Mühe machen, ihre Leiche hierherzubringen?«

Anki dachte nach, während sie sich abwechselnd Stirn und Oberlippe abtupfte. Obwohl sie schwitzte, lief es ihr eiskalt den Rücken runter.

»Damit der Verdacht auf mich fällt«, flüsterte sie. »Bereits zum zweiten Mal.«

Ein Streifenwagen bog in die Auffahrt ein und hielt vor Ankis Stall. Tryggve grüßte die beiden uniformierten Männer wie alte Bekannte.

»Hallo, Fridman«, sagte der eine. »Wolltest du es nicht ein bisschen ruhiger angehen lassen auf deine alten Tage? Das ist das verdammte dritte Mal, dass wir zu euch ausrücken müssen.«

Tryggve ging nicht darauf ein, weshalb er ein kleines bisschen in Ankis Ansehen stieg. Die Situation war ernst, ja makaber, da war kein Platz für dumme Kommentare.

»Wo ist Mats Myrstedt?«, fragte Tryggve. »Soweit ich weiß, arbeitet der noch, oder?«

»Urlaub«, antwortete der Kollege. »Thailand, der Glückspilz. Wo ist die Leiche?«

Tryggve führte sie zur Laube. Die beiden Beamten zogen Überschuhe an, bevor sie durch die Hecke kletterten. Wenn Tryggve so wahnsinnig erfahren war, wie er vorgab, wieso hatte er daran nicht selbst gedacht, sondern war einfach hineingetrampelt?

»Die ist definitiv mausetot«, sagte der eine, als sie wieder herauskamen. »Ich verständige Klintvall von der Kripo. Schätze, dass er übernehmen will.«

»Und Camilla Persson?«, fragte Tryggve. »Sie wohnt doch nur ein paar Kilometer entfernt in Kajpe Kviar.«

Der Polizist nickte.

»Sie kommt sicher auch mit. Die beiden arbeiten im Team.«

Es dauerte nicht lange, bis Camilla Persson eintraf, wenig später kam auch Kommissar Anders Klintvall an.

Camilla setzte sich mit Anki an den Gartentisch und stellte ihr Fragen über Fragen. Wo hatte sie die Nacht verbracht?

Wann hatte sie die Leiche entdeckt? Wieso war sie gleich nach dem Gottesdienst nach Hause gegangen? Wieso ausgerechnet in die Laube? Hielt sie sich dort öfter auf? Wo war sie unmittelbar vor dem Fund gewesen?

Anki fand es ungeheuer anstrengend, all die Fragen zu beantworten. Sie wollte sich lieber im Schlafzimmer verkriechen, sich ins Bett legen und die Decke über den Kopf ziehen. Sich in den Schlaf davonstehlen und sich einbilden, dass all das gar nicht passiert war. Sie schwitzte nicht mehr, stattdessen zitterte sie so sehr, dass sie mit den Zähnen klapperte. Sie stand unter Schock, so viel war klar. Dass ausgerechnet sie diesen »Fund« machen musste, so hatte einer der beiden Polizisten das genannt. Noch dazu konnte niemand bezeugen, dass sie die ganze Nacht über in ihrem Bett gewesen war. Sie hatte kein Alibi.

»Aber sie wurde nicht hier ermordet«, sagte sie und schaute Camilla Persson fest in die Augen.

Sie gab sich große Mühe, ihrer Stimme Nachdruck zu verleihen und nicht mit den Zähnen zu klappern.

»Wieso sind Sie sich da so sicher?«

»Ich weiß es einfach«, erwiderte sie. »Wenn man nur ein bisschen die Augen offen hält, entgeht einem das nicht. Aber um so etwas kümmern sich wohl Ihre Kriminaltechniker, nicht wahr? Sind sie schon unterwegs?«

Weiter kamen sie nicht, zwei Reporter vom *Gotlands Allehanda* tauchten auf, und Tryggve ging sofort zu ihnen.

»Wie ist es gelaufen?«, fragte Anki eine ganze Weile später, als er in den Garten zurückkehrte und die Reporter wieder abfuhren.

Camilla Persson hatte Anki allein am Gartentisch zurückgelassen und war zu den anderen gestoßen. Tryggve setzte sich zu Anki, die immer noch entsetzlich fror und sich nichts sehnlicher wünschte, als sich in ihrer Sauna zu verkriechen. Da würde ihr endlich wieder warm werden und das Zittern aufhören.

»Sie wollten mit der Person reden, die die Leiche gefunden hat«, erklärte er, »aber ich habe gesagt, dass das unmöglich ist. Weil Sie unter Schock stehen.«

»So schlimm ist es gar nicht.«

Sie konnte durchaus für sich selbst sprechen. Klar war sie schockiert, aber mit ein paar Journalisten würde sie schon noch fertigwerden. Plötzlich wirkte dieser alte Kriminalpolizist fast väterlich und rücksichtsvoll.

»Sie sollten heute nicht allein bleiben«, sagte er und beobachtete die Vorgänge am Tatort.

Anki schlang den Mantel fester um sich und steckte die Hände in die Ärmel. Auch Tryggves Hund war der Ernst der Lage wohl bewusst. Seit sie ihn aus dem Haus gelassen hatten, lag er still zu Füßen seines Herrchens. Blau-weiße Absperrbänder flatterten im Hof und riegelten den Garten komplett ab. Ein Bus der Kriminaltechniker war angekommen, die nun gründlich die Umgebung untersuchten. Sie trugen blaue Overalls und türkisfarbene Handschuhe.

»Was Sie nicht sagen«, erwiderte Anki. »Dabei bin ich doch gar nicht allein. Sie sitzen doch bei mir, sogar Wasser haben Sie mir gebracht. Aber bleiben müssen Sie natürlich nicht.«

Er stieß einen seiner gewohnt tiefen Seufzer aus.

»Verdammt, sind Sie immer so starrköpfig und empfindlich?«, entfuhr es ihm.

»Ich?«, fragte Anki zurück. »Wenn hier einer starrköpfig ist, dann ja wohl Sie.«

»Wenn Sie das starrköpfig nennen wollen, bitte«, antwortete Tryggve. »Ich weiß eben, wie unvernünftig es ist, nach so einem Ereignis allein zu sein. Ich könnte jemanden für Sie anrufen. Sie kennen hier ja noch nicht so viele Leute. Fällt Ihnen trotzdem jemand ein?«

»Rigmor«, antwortete sie übellaunig.

Das schien ihr eine kluge Wahl.

»Und was ist mit den Pferden?«

»Mich um Osk und Austri zu kümmern ist eine wahre Heilkur. Möchten Sie mitkommen und den beiden Hallo sagen?«

»Nein«, sagte Tryggve kurz. »Ich habe etwas anderes vor.«

Was war denn nun wieder? Da gab sie sich Mühe, nett zu sein, und prompt wurde er schroff. Sie wurde einfach nicht schlau aus ihm. Es war wohl besser, wenn er »sich vom Tatort entfernte«, wie er es in seinem hochgestochenen Polizeijargon ausdrücken würde.

22

Britta stand im Gemeindehaus, die Hände im Spülwasser, als Rigmor den Anruf entgegennahm. Ein paar Silbertabletts, die nicht spülmaschinengeeignet waren, musste sie von Hand abwaschen.

Das Gespräch war kurz, und Rigmors sonst so fröhliche Stimme wurde leise und ernst.

»Das war Tryggve«, sagte sie, nachdem sie das Telefonat beendet hatte. »Er hat mich gebeten, erst einmal nichts weiterzuerzählen, aber das kann nicht für dich gelten, finde ich.«

»Worum ging es denn?«

»Es ist etwas Schreckliches passiert.«

Britta erstarrte, die Spülbürste noch im warmen Wasser.

»Red schon, Rigmor! Du siehst aus, als hättest du ein Gespenst gesehen.«

Rigmor nahm die Schürze ab und hängte sie an den Haken. »Es tut mir fürchterlich leid, aber Solveig… sie ist… sie ist tot.«

Britta wandte sich dem Tablett zu und begann, es mit infernalischer Intensität zu schrubben. Der Kopfschmerz schlich sich an, ihr Mund war plötzlich trocken.

»Ermordet«, fuhr Rigmor fort. »Ich soll zu Anki kommen, Solveig wurde wohl irgendwo bei ihr gefunden.«

Britta fuhr herum.

»Ermordet?«, stieß sie hervor. »Was für ein Mensch bringt denn eine Frau wie Solveig um?«

»Das ist eine sehr gute Frage. Sie hat doch noch nie jemandem etwas getan. Wieso sollte sie jemand umbringen wollen?«

Rigmor brach nach dem Gespräch sofort auf, und Britta spülte wie rasend weiter. Nur noch ein paar Tabletts. Dann räumte sie die Spülmaschine aus, trocknete Tassen und Teller ab und stellte sie in den Schrank, polierte sorgfältig Kaffeelöffel um Kaffeelöffel und sortierte sie nacheinander in die Besteckschublade ein. Man würde sie alle verhören. Sie kannte die Vorgehensweise der Polizei, wollte aber um alles in der Welt die schmerzhaften Erinnerungen aus der Zeit verdrängen, als sie das alles schon einmal mitmachen musste.

Die Türe quietschte. Ragnar stieß zu ihr, nachdem er Ordnung in der Kirche geschaffen hatte.

»Bist du bald fertig?«, fragte er. »Wir müssen nach Hause. Ich habe Hunger. Dieses ganze süße Zeug macht einen richtigen Mann doch nicht satt.«

Britta warf das Handtuch nachlässig auf die Spüle.

»Solveig ist tot«, sagte sie rundheraus. »Ermordet.«

Ragnar sah mehr als dämlich aus, wie er da mit offenem Mund im Türrahmen stand.

»Was sagst du ... ermordet?«

Sie nickte.

»Das kann nicht wahr sein. Wer würde Solveig denn umbringen?«

Britta starrte ihren Mann an, sah, wie er am Türrahmen Halt suchte.

»Glaubst du etwa, dass ich das war? Wieso um alles in der Welt hätte ich das tun sollen? Für wen hältst du mich?«

Ragnar hatte sein Leben lang Frauen nachgestellt, aber nur Britta war bereit gewesen, ihn zu heiraten. Andererseits hatte auch niemand außer Ragnar ernsthaftes Interesse gezeigt, so ehrlich musste sie sein. Sie wusste nur zu gut, dass er sie genommen hatte, weil sie einen Hof besaß, wenngleich er auch nicht groß war. Er selbst stand damals mit leeren Händen da, besaß rein gar nichts. Doch jetzt, unter diesen Bedingungen, mussten sie unbedingt zusammenhalten.

»Dir ist schon klar, dass die Polizei nun in allen Winkeln herumstöbern wird?«

Ragnar war auf die Küchenbank direkt neben der Tür gesunken, die Hände im Schoß gefaltet.

»Sie werden jeden Stein umdrehen«, fuhr sie fort. »Alles finden, auch von früher. Ich weiß, wie sie arbeiten.«

»Aber wieso sollten sie uns verdächtigen?«

Britta bedachte ihn mit einem mitleidigen Blick.

»Sie werden jede einzelne Person aus Solveigs näherem Umfeld so lange verdächtigen, bis sie den Mörder fassen. Jede einzelne! Und wer kein Alibi vorweisen kann, steht ganz besonders schlecht da.«

Sie öffnete den Schrank, holte ein frisches Handtuch heraus und trocknete eines der Silbertabletts ab.

»Deine Vergangenheit macht es noch komplizierter«, stellte Ragnar fest.

Ihre Hand krampfte sich um den Griff des Tabletts, ihr Gesicht wurde heiß.

»Kannst du nicht einfach die Klappe halten?«, schrie sie.

Ragnar nickte und sah ihr in die Augen.

»Jetzt kommt es darauf an«, sagte er. »Was haben wir gestern Abend gemacht, Britta?«

Wie üblich wusste sie nicht, wo er sich rumgetrieben hatte.

»Wir saßen zu Hause auf dem Sofa und haben zusammen ferngesehen«, antwortete sie. »Du musst auswendig lernen, was gestern lief.«

»Wozu?«

»Wir könnten sagen, dass du zwischendurch eingeschlafen bist, wir aber das meiste zusammen gesehen haben.«

»Außerdem haben wir uns eine Flasche Wein geteilt?«

»Im Gegenteil! Wir haben Tee getrunken und dazu Kuchen gegessen. Frisch gebackenen.«

Er lächelte zustimmend.

»Und heute Morgen? Was hast du da gemacht?«

»Mit dir gefrühstückt, und dann sind wir hergekommen. Du bist deinen Hausmeistertätigkeiten nachgegangen, hast geläutet, und ich war hier beschäftigt. Solveig habe ich nicht gesehen.«

Ragnar stand von der Bank auf und kam zu ihr.

»Kluges Mädchen«, sagte er und tätschelte ihr den Arm. »Das wird schon gut enden für uns. Das hat es noch jedes Mal.«

Sie blieb stehen und schaute ihm nach, während er durch den Gemeindesaal ging, Stühle unter die Tische schob und heruntergebrannte Kerzen aus den Ständern löste. Plötzlich spürte sie, wie ihr Tränen über die Wangen liefen.

Rigmor kam sofort angeradelt, nachdem Tryggve sie verständigt hatte, und Anki musste – wenngleich widerwillig – zugeben, dass ihre Gesellschaft besser war als keine. Selbst wenn Rigmor bisweilen etwas barsch wirkte, so wusste sie doch, wie man mit Menschen in Schock oder Trauer umging. Während Anki sich in der Sauna aufwärmte, rumorte sie in der Küche. Inspizierte Speisekammer, Kühlschrank und Tiefkühler und bereitete dann etwas zu essen zu. Gekochter Lachs mit Kartoffeln, dazu eher liebliche, altbewährte Remoulade aus Ei, Senf, Essig und Schlagsahne. Erst vor ein paar Tagen hatte Anki die Eier von einem Hof in Ardre gekauft, gar nicht weit von Mullvald entfernt. Das Eigelb war fantastisch, und so bekam Rigmors Soße eine besonders satte Farbe. Der Lachs mit der Soße füllte sanft wie Baumwolle den Magen, als Anki nach dem wärmenden Saunagang das Essen zu sich nahm. Der Schüttelfrost war abgeklungen, und sie hatte sich wieder etwas beruhigt.

Zum Nachtisch machte Rigmor Kaffee und stellte Waffelröllchen bereit, die sie in weiser Voraussicht mitgebracht hatte.

»Hier passiert gerade definitiv zu viel«, sagte sie und warf Anki über den Rand der Kaffeetasse einen bekümmerten Blick zu. »Und Sie sind doch gerade erst angekommen. Das Pferd ist fast in Ihrem Stall verendet. Dass die Leute sich darüber das Maul zerreißen, kann man fast noch nachvollziehen. Aber das Blutbad in der Kirche sollte man Ihnen wirklich nicht anlasten.«

»Wie meinen Sie das?«

»Sie wohnen eben direkt neben der Kirche«, sagte Rigmor leichthin.

Anki nickte, und plötzlich war ihr nach Weinen zumute. Gerade noch hatte Rigmor so nett für sie gekocht, und dann tischte sie ihr Gerüchte auf, die über sie im Umlauf waren.

»Rigmor, Sie glauben aber doch an meine Unschuld, oder etwa nicht?«, fragte sie und schluckte ein paarmal.

Sie wollte nicht weinen. Nicht jetzt. Vielleicht später, wenn sie allein war, kurz vorm Einschlafen.

»Natürlich glaube ich daran«, antwortete sie. »Man sollte niemanden ohne Beweise verurteilen.«

23

Montag, 29. September

Es fiel ihr nicht leicht, Solveigs unnatürlich weißes Gesicht mit der schrecklichen Wunde am Hals aus dem Bewusstsein zu verbannen. Mechanisch erledigte Anki an diesem Montag ihre Aufgaben im Stall, während sie darüber nachdachte, was in Solveigs letzten Stunden wohl passiert war. Vermutlich hatte sie wie gewöhnlich im Stall gearbeitet. Oder war sie irgendwohin gegangen? Hatte sie eine Verabredung und war auf dem Weg ihrem Mörder in die Arme gelaufen? Obwohl sie mit den buchstäblich mistigen Stiefeln sicher nicht einfach aufgebrochen wäre. Wahrscheinlich war sie ihren Pflichten auf dem heimischen Hof nachgegangen, wurde dort ermordet und anschließend mit der Schubkarre in Ankis Laube gebracht. Camilla Persson hatte kein großes Interesse an dieser Theorie gezeigt, sondern immer wieder gefragt, was Anki vorher getan hatte und warum.

Es war ein Rätsel. Was hatte Solveig verbrochen, das einen Mord rechtfertigte? Die Tat hatte etwas außerordentlich Aggressives, was so gar nicht zu Solveigs zurückhaltender Art und ihrer eher blassen Persönlichkeit passte. Es gab keine Anzeichen von sexueller Gewalt, weder vor noch nach dem Tod. Tryggve hatte ihr eher widerwillig von den Erkenntnissen seiner ehemaligen Kollegen berichtet.

Anki wusste nicht viel über Solveig. Offenbar hatte sie den

Großteil ihres Lebens für Agneta von Pers gearbeitet. Eine sonderbare Paarung. Solveig war so etwas wie ein Dienstmädchen gewesen, hatte gegen Kost und Logis und ein kleines Taschengeld für Agneta gearbeitet. Anki ging nicht aus dem Kopf, wie Agneta mit ihr umgesprungen war.

Sie schaufelte den Mist in der Box auf, öffnete die Tür und kippte ihn in die Schubkarre.

»Du bist doch ein feiner Kerl«, sagte sie und tätschelte Austri, bevor sie aus der Box trat. »Ich frage mich wirklich, welche Leichen Agneta und Solveig im Keller haben.«

Sie holte Bürste und Striegel und knöpfte sich Osk vor, indem sie ihr mit langen, gleichmäßigen Zügen über das Fell strich. Die kleine Stute genoss die Behandlung sichtlich, blieb ganz still stehen und schloss die Augen. Das Geräusch der Bürste und das Kratzen des Striegels hatten fast etwas Meditatives.

Als Coin vor wenigen Tagen beinahe in ihrem Stall gestorben wäre, hatte sie noch überlegt, ob Solveig als Täterin infrage kam. Sie hätte ein starkes Motiv gehabt, wenn man bedachte, wie Agneta sie behandelte. Aber jetzt war Solveig aus dem Rennen, und Anki musste umdenken.

Wer sonst hatte ein Motiv, dem feinen Fräulein von Pers zu schaden? In gewisser Weise richteten sich beide Taten gegen sie. Britta Jakobsson kam ihr in den Sinn. Nach außen hin wirkte sie solide, trat wie eine zuverlässige und tüchtige Frau auf, hegte aber offensichtlich seit vielen Jahren einen Groll gegen Agneta. Sie hätte Coin durchaus vergiften können. Aber was Solveig anging, war die Lage kniffliger. Solveig und Britta waren gut befreundet gewesen. War es denkbar, dass jemand seine beste Freundin umbrachte? Das kam natürlich darauf an, wie gut man wirklich befreundet war. Anki ließ die Bürste sinken und starrte einen Augenblick ins Leere. Und dieser Schmierfink, mit dem sie verheiratet war? Der schien beinahe jeder Frau nachzustellen. Wenn er und Solveig etwas miteinander gehabt hatten, wäre das ein starkes Motiv für Britta.

Ragnar selbst konnte natürlich auch wütend auf Agneta sein und ihr an die Kehle wollen. Hundertprozentig hatte sie ihn abgewiesen, was ihn wiederum in seiner Ehre gekränkt haben musste. Aber deshalb gleich morden, nein, dazu war das Motiv zu schwach und er darüber hinaus sicher zu feige, der alte Waschlappen. Sein Mut reichte gerade mal dazu aus, um nach den Brüsten anderer Frauen zu grapschen, wenn seine Ehefrau gerade nicht hinsah.

Was Rigmor anging, die war hart im Nehmen und wusste mit Krisensituationen umzugehen. Auf ihre Art war sie sogar fürsorglich. Anki führte sich noch einmal vor Augen, dass sie Rigmor und die anderen erst seit Kurzem kannte. Hatte Rigmor eigentlich Freunde? Oder eine Familie? Es sah nicht danach aus.

Die Pfarrerin Catharina und den Kantor Hasse konnte sie ebenfalls nicht ausschließen. Aber ließen sich diese jungen, fröhlichen Menschen, die für die Kirche arbeiteten – und das noch dazu richtig gut –, mit einem Mord in Verbindung bringen? Sicher nicht. Allerdings wusste Catharina als Pfarrerin vielleicht mehr über Solveig und das Leben in der Gemeinde. Möglicherweise lohnte sich ein Besuch im Gemeindehaus. Kaum hatte Anki das gedacht, klopfte jemand an die Stalltür.

»Kommen Sie rein!«, rief sie und schlug den Staub aus der Bürste. »Rück mal ein Stück, Osk«, sagte sie sanft und striegelte auf der anderen Seite weiter.

»Hallo, ich wollte nur kurz schauen, wie es Ihnen geht.« Catharina Svensson erschien in der Türöffnung.

»Kommen Sie doch herein«, antwortete Anki und hörte selbst, wie übereifrig sie klang. »Wie lustig, ich habe gerade an Sie gedacht.«

»Da können Sie mal sehen. Wenn man vom Teufel spricht.«

Catharina trug eine praktische schwarze Jacke, blaue Jeans, und am Hals schimmerte weiß der kleine Priesterkragen.

»Wie kommen Sie denn zurecht?«, fragte sie Anki. »Sie mussten ja schon einiges, zum Teil wirklich Schreckliches durchmachen.«

Anki nickte. Da hatte sie wirklich recht. Sie ging aus der Box, um die Wurzelbürste zu holen, und entwirrte dann Osks dichten Schweif. Der war ganz verzottelt, ließ sich aber sehr gut bearbeiten, indem man Strähne für Strähne lockerte und durchbürstete. Das hatte sie schon früh im Stall in Stockholm gelernt. In den Reitschulen standen bestimmt auch heute noch wunderbar gepflegte Pferde, bei all den kleinen Mädchen, die nur zu gern tagein, tagaus striegelten, kämmten und Hufe auskratzten.

»Mir geht es so weit gut, ich komme schon zurecht«, antwortete sie. »Aber es ist wirklich sehr nett, dass Sie extra vorbeischauen. Ich kann an nichts anderes denken als daran, wer das nur getan hat. Aber das geht uns wohl allen so. Und warum? Der Gedanke hält mich sogar in den Nächten wach.«

Catharina schüttelte betrübt den Kopf und trat zu der Box, in der Osk stand. Sie streckte die Hand aus und streichelte das weiche Maul der Stute.

»Holen Sie sich doch eine Möhre von dort drüben«, bot Anki an und deutete mit der Bürste auf einen Eimer. »Sie wird Sie noch lieber mögen, wenn Sie ihr etwas Leckeres anbieten.«

Catharina folgte ihrem Rat und sprach dann leise mit dem Pferd, während Anki weiterbürstete.

»Hass«, sagte Anki nach einer Weile. »Kann man so sehr hassen, dass man jemanden umbringen möchte?«

Catharina erschauderte.

»Ja, Hass kann einiges auslösen. Während meiner seelsorgerischen Arbeit habe ich schon eine ganze Menge zu Ohren bekommen.«

Anki riskierte eine sehr direkte Frage.

»Dann wissen Sie sicher mehr über den vorliegenden Fall. Zum Beispiel, wer es getan haben könnte?«

»Nein«, antwortete Catharina rundheraus. »Und selbst wenn ich etwas wüsste, könnte ich nichts sagen. Weder zu Ihnen noch jemand anderem.«

»Nicht einmal, wenn es um Mord geht?«

»Nicht einmal dann. Zumindest nicht, wenn ich darüber etwas in der Beichte erfahren habe. Die Schweigepflicht ist absolut bindend.«

»Und der Polizei dürfen Sie auch nichts sagen?«

»Nein.«

Anki dachte nach. Es musste unfassbar schwer sein, mit den Gedanken und Problemen anderer Menschen konfrontiert zu werden, ohne selbst befreiend darüber sprechen zu können.

»Hier wurde die frühere Besitzerin des Hofs von ihrem eigenen Pferd zu Tode getrampelt«, sagte Catharina unvermittelt. »Wussten Sie das?«

Anki erstarrte.

»Nein. Ich wusste, dass die frühere Eigentümerin gestorben ist, mehr aber nicht. Sie wurde wirklich von ihrem Pferd zu Tode getrampelt?«

»Ja. Das war unglaublich tragisch. Barbro starb am Ostersamstag ganz allein hier drin. Sie wurde erst am nächsten Tag von ihrem Partner gefunden, aber da war es schon zu spät.«

»Barbro …«, sagte Anki lang gezogen. »Ja, genau. Ich habe den Nachlass von Barbro Lundin gekauft.«

»Die meisten nannten sie Babsan.« Catharina lachte auf. »Das klingt in meinen Ohren unglaublich retro.«

»Hatten die drei viel miteinander zu tun? Ich meine Agneta, Solveig und Barbro?«

»Überwiegend, ja.« Catharina nickte. »Sie waren wohl früher in den Sommerferien oft zusammen im Reitlager.«

Anki trat aus Osks Box und zog die losen Pferdehaare aus der Wurzelbürste.

»Ich habe eine Thermosflasche mit Kaffee mitgebracht«, fuhr Catharina fort und holte ihren Rucksack. »Möchten Sie eine Tasse? Ich weiß ehrlich gesagt nicht, wie man in Ruhe mit Menschen sprechen soll, wenn man es nicht über einer Tasse Kaffee tut.«

Also verließen sie den Stall und setzten sich in den Garten. Das blau-weiße Band flatterte noch immer im Wind. Ausnahmsweise krochen die Kriminaltechniker nicht im Garten herum, vielleicht untersuchten sie noch einmal die Laube. Ihr Wagen stand nach wie vor in der Nähe. Möglicherweise waren sie aber auch nach nebenan zum Reiterhof gegangen und inspizierten dort den Stall oder Solveigs Zimmer. Sicher wollten sie herausfinden, was das Opfer in den letzten Stunden vor seinem Tod gemacht hatte, um eventuelle Spuren zu sichern.

Die Kursteilnehmerinnen waren am Morgen mit der ersten Fähre abgereist, aber am Vorabend noch bei Anki vorbeigekommen, um sich zu verabschieden. Bei dieser Gelegenheit erzählten sie, dass die Polizei sie ordentlich in die Mangel genommen hatte, bevor sie die Abreise genehmigten.

»Sagen Sie«, wandte Anki sich an Catharina und deutete auf die Plastikbänder der Polizei, »würden Sie mir helfen, die Gartenmöbel umzustellen, damit wir das Elend nicht mehr sehen müssen?«

»Selbstverständlich«, erwiderte die Pfarrerin und griff beherzt nach dem Tisch.

Als sie alle Gartenmöbel auf die andere Seite des Hauses geschleppt hatten, holte Catharina ihre Mitbringsel aus dem Rucksack. Ein paar aufgetaute Zimtschnecken in einem Plastikbeutel, zwei Stück Sandkuchen, eine Thermosflasche und zwei Becher.

Anki nahm sich eine Zimtschnecke. »Wie ist es Ihnen eigentlich ergangen, als Sie neu hergezogen sind?«

Catharina schraubte die Kanne auf und goss dampfenden Kaffee in die Becher.

»Als ich herzog, war Barbro gerade verunglückt. Das war meine erste Beerdigung auf dieser Insel, kein Vergnügen, das kann ich Ihnen sagen.«

Anki konnte das gut nachvollziehen. Catharina, die sie auf Ende dreißig schätzte, hatte keinen leichten Start erwischt.

»Ich habe mich sehr allein gefühlt«, fuhr sie fort. »Als wäre ich aufs Land verbannt worden, wobei mich niemand gezwungen hat herzukommen. Ich hatte einfach keine Vorstellung davon, wie einsam es in so kleinen Dörfern sein kann. Und dann auch noch dieses tragische Unglück.«

»War Hasse damals noch nicht da?«

Catharina lächelte.

»Doch, doch. Aber der Kantor ist nicht gerade jemand, an den man sich im Ernstfall wendet. Wenngleich er wahnsinnig nett ist.«

»Sie sind also kein Paar?«, rutschte es Anki heraus.

Sie glaubte nicht wirklich daran, aber vielleicht konnte sie Catharina mit der Frage aus der Reserve locken. Sie schämte sich ein bisschen, aber nur ein bisschen. Weil sie so aufdringlich war.

»Wollten Sie nicht eigentlich mehr über Mullvald wissen statt über mein Privatleben?«

Catharina bedachte sie mit einem vielsagenden Blick und wischte ein paar Krümel vom Tisch.

»Ja, natürlich«, antwortete Anki. »Entschuldigung.«

Bevor sie weitersprach, bot die Pfarrerin Anki ein Stück Sandkuchen an.

»Soweit ich weiß, hat Agneta von Pers den Großteil ihres Lebens hier verbracht. Der Hof wird seit Generationen innerhalb der Familie weitervererbt, und sie war als Kind jeden Sommer hier.«

»Eine Sommergotländerin«, fasste Anki zusammen.

»Genau. Ihr recht betuchter Vater war noch dazu großzügig genug, den Hof einer Stockholmer Reitschule zur Verfügung zu stellen, die im Sommer Reitlager auf Gotland veranstaltete.«

»Das klingt toll«, sagte Anki.

Sie selbst hatte ihren Eltern vor den Sommerferien Jahr für Jahr in den Ohren gelegen, um auch einmal ins Reitlager zu dürfen, aber das war ein Luxus, den sie sich nicht leisten konnten.

»Sie ist dann vor fünfundzwanzig, dreißig Jahren nach Gotland gezogen«, fuhr Catharina fort. »Für die Gemeinde war dieser Zuwachs natürlich ein Gewinn. Sie ist sehr geschäftstüchtig, lässt sich immer wieder neue Reitkurse einfallen und lockt die Menschen nicht nur in diese Ortschaft, sondern überhaupt auf die Insel. Jeder auf Gotland kennt sie, und sie steht jedes Jahr auf der Gästeliste, wenn die hohen Tiere im Sommer ihre Feste für die einflussreichen Persönlichkeiten der Insel abhalten.«

Anki schaute Catharina fragend an.

»Und das ist wichtig?«

»Sehr wichtig«, lachte diese. »Da wird längst nicht jeder eingeladen.«

»Aber Sie doch sicher auch?«

Catharina schüttelte den Kopf, und damit kehrten sie zum eigentlichen Gesprächsthema zurück.

»Und Solveig und Barbro?«, wollte Anki wissen.

»Beide von der Insel. Solveig ist – ich meine natürlich war –, so etwas wie eine Reitlehrerin und viele Jahre bei Agneta angestellt.«

»Wenn Sie mich fragen, war sie eher so etwas wie ein Stallknecht«, fügte Anki an, und Catharina widersprach nicht.

»Am wenigsten weiß ich natürlich über Barbro«, sagte Catharina. »Im Unterschied zu Solveig arbeitete sie wohl nicht ihr ganzes Leben lang für Agneta.«

»Nicht?«

»Nein, Barbro hatte Familie. Kinder und Enkel. Ich durfte

sie bei der Beerdigung kennenlernen. Sie widmete sich der Arbeit mit den Pferden erst wieder, als die Kinder ausgeflogen waren. Vielleicht wollte sie deshalb nicht mehr auf Agnetas Hof wohnen, sondern hat sich etwas Eigenes gekauft. Trotzdem soll sie nicht sonderlich glücklich gewesen sein.«

24

»Barbro Lundin war kein glücklicher Mensch«, sagte Rigmor, als Anki am gleichen Nachmittag zum Kaffeetrinken bei ihr vorbeischaute. »Der Tod muss eine Erleichterung für sie gewesen sein. Tryggve war allerdings trotzdem in sie verliebt.« Sie schob ihr den Teller mit dem Gebäck zu. »Bedienen Sie sich. Zum Tunken.«

Anki machte große Augen, und die Kinnlade klappte ihr hinunter. Wegen dem, was sie gerade erfahren hatte, und wegen dem, was auf dem Teller vor ihr lag. Wenn sie von jeder Sorte eins probierte, musste sie sicher noch am Tisch die Jeans aufknöpfen.

»Tryggve? Die beiden waren ein Paar? Gibt es wirklich jemanden, der etwas an diesem Murrkopf findet?«

Sie inspizierte den Gebäckteller und erkannte blitzschnell, dass da sieben verschiedene Gebäcksorten vor ihr lagen, darüber hinaus noch die allgegenwärtigen Gotlandbrezeln.

»Meine Güte, Rigmor!«, stieß sie hervor. »Sie wollen mich wohl mästen. Es ist wirklich beeindruckend, was Sie alles backen. Erklären Sie mir doch, was da so gut duftet.«

»Die Blätterteighörnchen mit Sahne heißen Scharfschützen, und diese feinen Teilchen sind Gorån-Waffeln, sehr aufwendig herzustellen«, erklärte Rigmor und deutete auf die entsprechenden Teilchen. »Außerdem gibt es Waffelröllchen, weil ich die selbst so unglaublich lecker finde. Das da sind gefüllte Mandelförmchen, und die Marmeladenplätzchen kennen Sie bestimmt schon. Dann sind da noch Schokoladenblätter und weiche Pfefferkuchen. Und machen Sie sich keine Sorgen. Was Sie nicht schaffen, gebe ich Ihnen mit.«

»Das geben Sie mir mit?«

»Aber sicher, so machen wir das auf Gotland. Jeder soll alles probieren können.«

Anki ließ die Gotlandbrezeln erst einmal aus, auch wenn das unhöflich war, und griff als Erstes zu einem Scharfschützen. Sie schmeckten unfassbar gut. Woher sie wohl ihren eigenartigen Namen hatten?

Anki warf einen Blick aus dem Wohnzimmerfenster. Rigmor wohnte wirklich nicht schlecht, genoss einen direkten Blick aufs Meer. Gerade war vor dem Fenster alles ruhig, im Sommer sah das vermutlich ganz anders aus, wenn massenweise Touristen am Haus vorbeispazierten, den Weg entlangradelten oder mit dem Auto vorbeifuhren.

»Sie haben es hier wirklich sehr schön«, sagte Anki und nahm sich ein Schokoladenblatt.

»Ach ja, es ist schon in Ordnung. Etwas einsam zu dieser Jahreszeit, aber im Sommer ist hier einiges los.«

»Und zum Baden haben Sie es definitiv auch nicht weit.«

»Das stimmt! Ich kann jeden Abend einfach hinuntergehen und eine Runde schwimmen. Das ist purer Luxus, aber das darf man sich schon wert sein.«

Anki verspürte einen Hauch von Neid, obwohl sie sich in ihrem eigenen Haus sehr wohlfühlte. Wenn sie näher am Strand wohnte, dann würde auch sie weit über die Sommersaison hinaus schwimmen gehen. Ein schnelles abendliches Bad im September, damit ließen sich bestimmt auch die Freundinnen aus Stockholm ködern.

»Erzählen Sie mir doch noch ein bisschen über Barbro Lundin«, sagte Anki, um zum Wesentlichen zurückzukehren.

»Und um Himmels willen auch über Tryggve! Dass die beiden zusammen waren, ist ja wirklich hochinteressant.«

Rigmor biss in eins der Waffelröllchen.

»Über Barbro gibt es gar nicht so viel zu sagen. Sie hatte ein schwaches Nervenkostüm, müssen Sie wissen. Ein Glück, dass es Tryggve gab. Der hatte es allerdings wahrlich nicht leicht mit ihr.«

»Und dann stirbt sie auf so tragische Weise.«

Rigmor stand auf und holte die Kaffeekanne aus der Küche, um nachzuschenken.

»Das kann man wohl sagen«, seufzte sie, als sie zurückkam, »wenn man vom eigenen Pferd getötet wird. Ich verrate Ihnen mal etwas...«

Sie lehnte sich vor und senkte die Stimme, als könnte jemand sie belauschen, obwohl sie allein und Fenster und Türen geschlossen waren.

»Tryggve hat zwar nie etwas in die Richtung gesagt, aber ich bin mir sicher, dass sie betrunken war.«

Schon richtete sie sich wieder auf und presste beflissen die Lippen aufeinander.

»Und deshalb hat das Pferd so reagiert, meinen Sie?«, wollte Anki wissen.

»Ja, na sicher! Man kann sich Tieren doch nicht nähern, wenn man nach Alkohol riecht, so etwas dulden die ganz und gar nicht. Und eine andere Erklärung gibt es nicht. Sie hatte sehr liebe Pferde, genau wie Sie.«

Still dachte Anki über das nach, was sie gerade gehört hatte. Außerdem musste sie sich noch ein paar Gebäckstücke einverleiben, ihre backfreudige Gastgeberin ließ nicht locker. Dennoch war nach einer weiteren gezuckerten Brezel Schluss. So viel Gebäck bekam ihr nicht, noch dazu mochte sie diesen ganzen Süßkram gar nicht so gern.

»Was für ein entsetzlicher Tod«, sagte sie schlussendlich und erschauderte.

»Da haben Sie recht«, erwiderte Rigmor. »Agneta und Solveig hat das sehr mitgenommen, wie Sie sich vorstellen können. Die eine verlor eine ihrer Sklavinnen, die andere ihre beste Freundin.«

»Waren Britta und Solveig nicht auch eng befreundet? Ich meine, ich hätte so etwas gehört.«

Nachdenklich kaute Rigmor auf einem Mandelförmchen.

»Doch, doch. Sie haben sich vor über einem Jahr beim Nähen kennengelernt. Die Pferdedecke, Sie erinnern sich? Ein herausragendes Kunstwerk, aber viel zu kostbar für ein Pferd, wenn Sie mich fragen.«

»Und jetzt ist auch Solveig tot«, sagte Anki, die mit dem Thema noch nicht fertig war.

»Ja, furchtbar. Und wir werden verhört, als wären wir alle Verbrecher«, seufzte Rigmor.

»Das ist wahrlich keine Freude, aber die Polizei macht auch nur ihre Arbeit. Ich frage mich, wie es Britta wohl geht.«

Rigmor schnaubte.

»Der alte Drachen kommt sicher klar. Sie hat Ragnar, und manchmal habe ich den Eindruck, sie lebt von Boshaftigkeit und Tratsch allein.«

»Ach ja?«

Anki war zweifellos an weiteren Informationen über Britta interessiert, da würde sie später noch mal nachhaken, aber erst einmal gab es noch ein paar andere Dinge, über die sie mehr erfahren wollte.

»Agneta von Pers ist eine sehr entschlossene Person«, setzte sie an.

Rigmor stieß ein trockenes Lachen aus.

»Entschlossen! Das ist nur die Spitze des Eisbergs. Solveig hat gesagt, Agneta war schon immer so. Noch dazu ein Einzelkind.«

»Verwöhnt also?«

»Das hat zumindest Solveig gesagt. Die beiden kannten sich

von Kindesbeinen an, waren schon zusammen im Stall, als sie gerade erst laufen konnten.«

Pferdemädchen, ganz wie Anki. Sie hatte Pferde geliebt, jede freie Minute im Stall verbracht und ihre Bücher und Mäppchen mit Pferdenamen vollgekritzelt. Erst nach und nach waren die Namen der Beatles hinzugekommen. Die Zukunft wirkte damals strahlend und völlig frei von dunklen Wolken. Ganz sicher auch für die drei Mädchen. Von denen nun schon zwei gestorben waren. Erst Barbro, dann Solveig.

Anki, die ganz in Kindheitserinnerungen versunken war, zuckte zusammen, als Rigmor sie ansprach.

»Entschuldigung, was haben Sie gesagt?«

»Dass ich nicht Vollzeit arbeite, weil die Gemeinde das gar nicht zahlen könnte. Außerdem ist das auch nicht nötig. Ich habe eine Dreiviertelstelle, das passt mir ganz gut, so habe ich noch etwas Freizeit.«

»Was machen Sie denn, wenn Sie freihaben? Backen?«, fragte Anki und kicherte.

Rigmor nickte ernst. Anki unterdrückte ein Lachen. Hatte Rigmor gar keine anderen Interessen? Es schien ihr ein wenig einseitig, mit den Händen immer nur in der Teigschüssel zu hängen. Oder jeden Freitag eine Suppe zu kochen. Das ganze Jahr über.

»Aber Sie werden doch noch etwas anderes machen?«, hakte Anki nach. »Spazieren gehen? Freunde treffen? Familie?«

»Ich gehe zu Fuß zur Arbeit und zurück, aber das würde ich nicht als Freizeitbeschäftigung bezeichnen. Nun, ich lese recht viel. Der Bücherbus kommt einmal im Monat vorbei, den verpasse ich äußerst ungern.«

Schau an, dachte Anki. Ein Bücherwurm. Dann würden sie auf jeden Fall immer ein Gesprächsthema haben.

»Ein Bücherbus? Vielen Dank für den Hinweis. Schließlich kommt man von hier aus nicht jeden Tag zur Bibliothek. Was lesen Sie denn am liebsten?«

»Am liebsten Kochbücher«, antwortete sie. »Gerade erst habe ich eins mit ganz neuen Rezepten entdeckt. Manchmal auch Krimis. Aber nehmen Sie doch noch etwas vom Gebäck.«

Sie schob Anki den Kuchenteller hin. Anki würde es niemals wagen, einen Krimi zu lesen, wenn sie allein im Haus war. Nein, für sie gab es von nun an nur noch Pferdebücher. Vielleicht noch die ein oder andere unschuldige historische Romanze. Sie dachte an den ersten Abend hier in Mullvald, als Ragnar geklopft und versucht hatte, sich aufzudrängen. Wenn sie da gerade einen Krimi gelesen hätte, wäre sie vor Schreck erstarrt. Oder aber ihr wäre das Blut in den Adern gefroren, wie Anki und ihre Sandkastenfreundinnen es in einer solchen Situation sagen würden.

»Rigmor, wie gut kennen Sie eigentlich Ragnar?«

»Recht gut. Er ist mein Kollege, das heißt, wir sehen uns fast jeden Tag. Wenigstens zur Mittagspause. Wieso fragen Sie?«

»Ach, aus keinem bestimmten Grund. Er ist abends bei mir vorbeigekommen, als ich gerade eingezogen war. Wollte wissen, ob ich Hilfe brauche.«

»Soso. Nun, er ist ziemlich geschickt und kann alles Mögliche, das lässt sich wirklich nicht leugnen, aber er ist natürlich ...«

Rigmor hielt sich hastig die Hand vor den Mund.

»Ist was?«, hakte Anki nach.

Rigmor kniff den Mund zusammen und lächelte kurz.

»Ach, nichts. Nehmen Sie doch noch einmal nach, und erzählen Sie mir von Ihren Pferden. Als Kind bin ich auch mal geritten, ich fände es spannend zu hören, wie das heutzutage ist.«

›Aufdringlich‹ war vielleicht das Wort, vor dem Rigmor zurückschreckte, aber offenbar wollte sie nicht weiter darüber sprechen.

Anki erzählte von ihrem Kindheitstraum, den sie sich jetzt als Witwe hatte erfüllen können. Dass sie endlich frei war und sich nicht im Geringsten dafür schämte, das so zu empfinden. Es fiel ihr leicht, sich mit Rigmor zu unterhalten.

Als Anki aufbrach, stellte Rigmor ihr eine Tüte mit Gebäck zusammen, ganz wie sie es versprochen hatte. Ein schöner Brauch, besonders kleine Kinder freuten sich immer sehr über Kekse und Kuchen. Die hatte Anki natürlich nicht, aber so konnte sie zumindest etwas anbieten, wenn überraschend Besuch zum Kaffeetrinken kam.

»Das mit Tryggve und Barbro«, sagte Rigmor, als Anki schon die Hand auf die Türklinke gelegt hatte.

»Ja?«

»Barbros Tod hat ihn sehr hart getroffen, und er hat den Verlust noch nicht verwunden, das sollten Sie wissen. Sehen Sie es ihm ein wenig nach, wenn er schlecht gelaunt ist.«

Auf dem Weg nach Hause klingelte Ankis Handy. Beschämt starrte sie auf das Display und drückte dann auf Annehmen.

»Hallo, Jenny!«

»Mama! Was ist denn auf der Insel los? Wieso hast du dich nicht gemeldet?«

»Tut mir leid, hier ging es hoch her«, antwortete sie vage.

Ihre Tochter schnaubte.

»Ja, das ist uns schon klar. Es hätte trotzdem nicht geschadet, wenn du dich kurz gemeldet hättest, um zu sagen, dass es dir gut geht. Ich habe im Netz gelesen, dass eine ältere Frau ermordet worden ist. Noch dazu in deinem kleinen Ort, da kannst du dir sicher vorstellen …«

Anki konnte sich allerdings vorstellen … Wie nachlässig von ihr, den Kindern nicht mitzuteilen, dass ihr nichts passiert war. Sie hatte nicht damit gerechnet, dass der Mord über Gotland hinaus auf Interesse stieß.

»Entschuldige, Jenny, darüber habe ich gar nicht nachgedacht. Mir geht es gut. Na ja, so gut, wie es eben gehen kann, wenn man eine tote Frau im Garten gefunden hat.«

Ihre Tochter sog scharf die Luft ein und schrie:

»Was? Du hast sie gefunden? Das ist doch völlig verrückt!«

Anki blieb stehen und schaute für einen Moment auf das Meer hinaus. Der Wind blies heftig, sodass sie manchmal nicht verstand, was Jenny sagte. Deshalb verließ sie schon bald den Küstenstreifen und schlug einen uralten Pfad durch den Wald ein, von dem sie wusste, dass er sie bis nach Hause bringen würde.

»Mama, du verstehst aber schon, dass wir uns Sorgen machen, oder?« Jenny klang nun etwas sanfter.

»Natürlich verstehe ich das«, sagte Anki, »und es war wirklich dumm von mir, mich nicht zu melden. Du, noch etwas anderes. Meinst du, Molly hat Lust, mich in den Herbstferien zu besuchen? Sie darf gern jemanden mitbringen. Dann können sie so viel reiten, wie sie wollen.«

Darüber freute Jenny sich, das war unüberhörbar. Für Molly und ganz sicher auch für sich selbst.

»Darauf hat sie sicher große Lust, aber dann wird ihr Bruder vermutlich eifersüchtig. Der will doch auch mal seine Oma besuchen.«

Anki konnte sich sehr gut vorstellen, dass Elvin auch herkommen wollte. Reiten interessierte ihn nicht, aber sie würde ihn schon irgendwie beschäftigen. Er war sechs Jahre alt und hatte ziemlich viel Energie. Sie würden zu zweit Abenteuertouren unternehmen, während die Mädchen mit den Pferden ausritten. Molly war schließlich schon zwölf, sie kam sicher ganz wunderbar allein zurecht.

»Elvin ist hier auch sehr herzlich willkommen«, sagte sie. »Dann habt ihr ein paar Tage für euch, du und Andreas. Das passt doch sicher bestens.«

25

Dienstag, 30. September

Trotz all der tragischen Ereignisse musste Anki ihre Pferde bewegen. An den Abenden studierte sie die Karten der näheren Umgebung, um neue Wege zu finden, und tagsüber ritt sie an der frischen Luft oder arbeitete im Stall. Obwohl sich ihre Gedanken fast unaufhörlich um die schrecklichen Vorfälle drehten, kamen sie während der Ausritte manchmal zur Ruhe.

Sie hatte eine spannende Strecke entdeckt, die jenseits von Agnetas Hof verlief. Rigmor hatte ihr erzählt, dass dort vor ungefähr fünfzig Jahren noch die Eisenbahn fuhr. Als kleines Mädchen war sie nämlich noch mit dem Schienenbus bis nach Visby gefahren.

Anki wollte sich den Weg einmal genauer ansehen und hoffte, dass er noch in einem guten Zustand war, denn dann stand ihr ein langer und herrlicher Galopp mit Osk bevor. Besonders viel hatte es bisher nicht geregnet, der Herbst präsentierte sich ungewöhnlich trocken, insofern sollte der Boden sich bestens für ihr Vorhaben eignen. Nur in der Nacht nach Solveigs Tod waren, zum großen Ärger der Kriminaltechniker, mehrere Schauer niedergegangen.

Dass hier einmal Schienen gelegen hatten, war kaum zu übersehen, dachte Anki, als sie schließlich auf den Weg stieß. Die ehemalige Zugstrecke verlief schnurgerade, und sie konnte sehr weit gucken. Auf beiden Seiten der Strecke lag dichter Wald.

»Dann mal los, Osk!«, rief sie und presste dem Pferd die Schenkel in die Seiten.

Ihre Zurufe brachten Leben in die kleine Stute, und schon galoppierte sie los. Anki fand schnell den Rhythmus und passte sich dem Takt an. Die Baumstämme flogen nur so vorbei, sie passierte ein Stoppelfeld, dann einen großen Hof, und ein Stück weiter konnte sie einen Kirchturm erahnen. Das musste Kajpe Kviar sein, der Nachbarort, von dem sie schon häufiger gehört, den sie aber noch nicht besichtigt hatte. Sicher gab es einen Weg dorthin, aber dieser Ausflug musste vorerst warten. Jetzt wollte sie einfach weiter geradeaus.

Osk machte keine Anstalten, langsamer zu werden, und so galoppierten sie weiter, hinein in das nächste Waldstück. Die Hufe schlugen dumpf auf den Weg auf. Nicht mehr lange und Anki würde die Stute zügeln, damit sie sich erholen konnte.

Der Weg bog leicht nach links ab, und völlig unerwartet machte Osk einen Satz zur Seite. Durch den heftigen Ruck verlor Anki den Halt, und ehe sie sichs versah, rutschte sie aus dem Sattel und fiel in den trockengelegten Graben.

Erschüttert rappelte sie sich auf und stellte zufrieden fest, dass sie nichts verlernt hatte, sie hielt die Zügel noch immer in der rechten Hand. Osk starrte den Weg hinauf, die Ohren weit nach hinten gezogen. Anki folgte ihrem Blick. Ein Hund kam geradewegs auf sie zugerannt. Tryggve Fridmans abscheulicher Hund. Von seinem Herrchen fehlte jede Spur.

Anki kletterte schnell aus dem Graben. Die Bestie kam immer näher, also hob sie abwehrend die Hand.

»Halt!«, schrie sie. »Halt!«

Und tatsächlich blieb der Hund stehen, setzte sich mitten auf den Weg und legte den Kopf schief. Was für eine hinterhältige Töle, so leicht ließ sie sich nicht besänftigen. Im selben

Moment knackte es im Gebüsch, und Tryggve kam mit großen Schritten aus dem Wald gerannt.

»Putte! Hierher!«, rief er.

»Wieso zur Hölle ist Ihr Hund im Wald nicht angeleint?«, brüllte Anki.

Die Angst vor dem, was hätte passieren können, überwältigte sie, und schon war ihr der Fluch herausgerutscht.

»Ich bin vom Pferd gefallen«, schrie sie außer sich. »Diese Bestie müssen Sie doch anleinen.«

Tryggve wusste offenbar nicht, was er sagen sollte. Anki legte die Zügel über Osks Kopf, steckte ihren linken Fuß in den Steigbügel und schwang sich wieder in den Sattel.

»Er hat ein bisschen herumgeschnüffelt, das machen Hunde eben draußen in der Natur«, erklärte Tryggve. »Wahrscheinlich hat ihn das Pferd angelockt.«

Sie war zu aufgebracht, um auf seine blöden Ausreden zu reagieren. Also war es Osks Schuld, dass der vermaledeite Köter stiften ging und sie fast zu Tode erschreckte? Glücklicherweise hatte sie den Sturz gut überstanden, aber es hätte genauso gut schlimm ausgehen können. Dieser verdammte alte Knacker! Hatte nicht mal genug Anstand, sie um Entschuldigung zu bitten oder wenigstens nachzufragen, ob alles in Ordnung war. Sie nahm die Zügel auf und trieb das Pferd an, ohne sich noch einmal umzuschauen.

Den restlichen Ausritt ging sie langsam an. Sie ließ Osk am langen Zügel schreiten, denn sie brauchte ein wenig Zeit, um sich zu beruhigen.

Eine kurze Melodie ertönte aus ihrer Innentasche. Anki zog das Handy hervor und warf einen schnellen Blick aufs Display, bevor sie den Anruf annahm.

»Hallo, Lena!«, begrüßte sie ihre Stockholmer Freundin.

»Selber hallo«, erwiderte Lena. »Wie geht es dir in dem kleinen Ort mit Mord und allem Drum und Dran? Das ist wirklich unfassbar!«

»Du, ich will gerade nicht mehr über diesen Mord sprechen«, sagte Anki, »Ich bin mit dem Pferd unterwegs und versuche, auf andere Gedanken zu kommen.«

Lena hatte vollstes Verständnis, und sie fanden auch so genug andere Themen.

»Wie läuft es denn mit dem Reiten?«, fragte sie.

Anki musste lachen und zügelte Osk. Sie hatten eine saftig grüne Lichtung erreicht, deshalb ließ sie die Stute grasen und telefonierte in Ruhe.

»Ach, danke der Nachfrage. Ich bin erst vor ein paar Minuten in einen Graben gerasselt, habe mir aber glücklicherweise nichts getan.«

Sie erzählte ihr die Kurzfassung des Zwischenfalls mit dem Hund und seinem grimmigen Herrchen, und Lena lachte herzlich.

»Mein Gott«, sagte sie. »Erinnerst du dich an damals, als sich unsere Welt nur um Pferde drehte? Das waren noch Zeiten.«

»Wir waren total pferdeverrückt«, stimmte Anki zu. »Nichts anderes zählte.«

»Aber Spaß hatten wir«, sagte Lena. »Ich war völlig vernarrt in dieses alte Zugpferd namens Magnum. Dabei hatte der fast gar keine Energie mehr mit seinen dreißig Jahren. Einer unserer Reitlehrer, du weißt schon, einer dieser Drillmeister, kam eines Samstagmorgens auf die glorreiche Idee, dem Rentner noch einmal Feuer unterm Hintern zu machen. Ich sollte ihn ordentlich mit der Peitsche antreiben.«

»Was?«, fragte Anki. »Wie gemein.«

»Das kannst du laut sagen«, erwiderte Lena. »Himmel, wie der abging. Der sprang nur so durch die Halle, und ich rutschte im Sattel herum wie ein Stück Butter auf einer heißen Kartoffel.«

Anki lachte laut, das konnte sie sich bildlich vorstellen.

»Lach du nur«, sagte Lena. »Das hätte böse enden können,

aber ich hab mich irgendwie oben gehalten, bis der Reitlehrer den alten Kerl besänftigen konnte.«

»Hast du deshalb mit dem Reiten aufgehört?«, fragte Anki. »Du warst die Erste von uns, die nicht mehr in den Stall kam.«

»Das weiß ich nicht mehr, aber es hat sicher mit hineingespielt. Außerdem haben sich meine Interessen einfach verlagert. Plötzlich zählten Jungs, Musik und das alles, du weißt schon.«

»Die Hitparade!«, stimmte Anki zu. »Dafür hätten wir getötet. Kannst du dich noch an *She Loves You* von den Beatles erinnern? Wann war das noch mal?«

»Im November und Dezember 1963. Der Song war jede Woche auf Platz 1, außer an einem Samstag, als das Programm ausfiel«, antwortete Lena wie aus der Pistole geschossen.

»Warum denn das?«, wollte Anki wissen. »Und was hast du bitte für ein extrem gutes Gedächtnis?«

Osk bewegte sich, sie hatte ein neues Grasbüschel entdeckt, und Anki ließ sie gewähren. Es war richtig schön, nach diesem schrecklichen Erlebnis mit dem Hund mit Lena zu sprechen.

»Das war der 22. November. Weißt du nicht mehr, was da passiert ist? Im Radio lief den ganzen Tag lang traurige Musik, und auf die Hitparade wartete man vergeblich.«

Anki dachte angestrengt nach, kam aber nicht darauf.

»Also Anki«, rief Lena übertrieben schockiert, »an dem Tag wurde Kennedy in Dallas erschossen.«

26

Mittwoch, 1. Oktober

Anki nahm den Kalender von der Wand und blätterte um, das Oktoberbild zeigte eine Landschaft in Jämtland. Die Bäume schillerten in den Farben des Herbstes, das Gras leuchtete saftig grün und im Hintergrund drängte sich ein idyllisches Dorf um eine Kirche. Ein friedlicher Ort, genau wie Mullvald sein sollte. Sicher würde das Dorf langsam, aber sicher wieder zum Alltag zurückkehren, sobald die Polizei den Mord aufgeklärt hatte, am besten auch gleich die Verwüstung in der Kirche und Coins Vergiftung. Aber was, wenn nicht? Anki wagte nicht, darüber nachzudenken.

Der Morgennebel lichtete sich, und Anki entschied sich für einen Ausritt mit Austri durch den Wald Richtung Udden. Sie hatte die vage Idee, Britta zu besuchen und ihr auf den Zahn zu fühlen. Sie war schließlich gut mit Solveig befreundet gewesen und konnte vielleicht etwas Licht ins Dunkel bringen. Der gestrige Sturz hatte ihr einen prachtvollen blauen Fleck auf der linken Pobacke beschert, aber das würde sie nicht vom Reiten abhalten.

Auf der Geländekarte hatte sie einen Weg entdeckt, der an einem Herrenhaus vorbeiführte. Danach musste sie nur noch ein paar Höfe passieren, bevor sie auf schmalen Pfaden durch unberührte Natur reiten konnte.

Austri schien froh, endlich rauszukommen. Er verfiel nur

zu willig in den Tölt. Tölten war wie schweben. Glich nichts anderem. Nicht dem holperigen Trab oder dem schnellen, vergnüglichen Galopp. Tölten war bequem, fast philosophisch. Es verjagte die Gedanken an den Mord, während sie im Einklang mit Austri mühelos voranglitt.

Als sie sich den Höfen näherten, reduzierte Anki das Tempo. Es konnte schließlich jederzeit ein Kind oder ein Auto auf die Straße rasen und Austri erschrecken. Auch wenn der Wallach nicht gerade einen schreckhaften Eindruck machte. Da hatte man mit Warmblütern mehr Sorge, die gern schon beim Knistern eines Blattes zusammenzuckten.

Nach dem Tölt ließ sie Austri entspannt an langen Zügeln gehen. Doch kaum waren sie langsamer unterwegs, kehrten Ankis Gedanken zurück zu den grässlichen Vorfällen in ihrem Stall und der Laube und der ewigen Frage, wer wohl hinter alldem steckte.

Der letzte Hof gehörte den Jakobssons. Anki hörte schon von Weitem laute Stimmen. Schnell griff sie nach den Zügeln, sodass Austri im Schutz einer Scheune stehen blieb. Von dort konnte sie der Unterhaltung gut folgen. Das reichte ihr aber nicht, sie wollte auch etwas sehen. So leise und vorsichtig wie möglich trieb sie Austri tiefer in die Einfahrt. Das Tor zum Hof war geschlossen, aber da war ein kleines Fenster, verschmutzt und von Fliegendreck verkrustet. Trotzdem konnte sie beobachten, was auf dem Hof vor sich ging, ohne selbst entdeckt zu werden.

»Glaub ja nicht, Ragnar«, hörte sie Brittas Stimme, »dass ich nicht weiß, was du treibst. Dass ich nicht mitbekomme, wie du jede nächstbeste Brust angrapschst, in jeden Po kneifst, der sich dir bietet, sobald ich dir den Rücken kehre.«

Ragnars Arme hingen schlaff hinunter, und er starrte seine Frau entgeistert an. Sie war so wütend, dass ihr beim Sprechen der Speichel aus dem Mund flog.

»Aber du sollst wissen, dass ich das sehr wohl mitbekomme«,

schrie sie weiter. »Ich bekomme weit mehr mit, als du dir vorstellen kannst, ich habe nämlich meine Augen und Ohren überall.«

Ragnar schwieg eisern. Hielt es wohl für klüger, den Ausbruch einfach nur zu ertragen. Britta machte einen Schritt auf ihn zu. Stand mit erhobenem Zeigefinger direkt vor ihm.

»Außerdem habe ich euch gesehen«, keifte sie.

Er blinzelte und wich zurück.

»Wen gesehen?«, fragte er. »Was meinst du?«

»Ich habe gesehen, was zwischen dir und Solveig gelaufen ist. Du hast wohl gedacht, ich weiß nichts davon.«

Britta grinste breit. Ragnar hingegen wirkte verängstigt, keine Spur seiner sonst so selbstsicheren Art.

»Ich stand hinter dem Hof und hatte freie Sicht in ihr Schlafzimmer. Dass sie es wagte! Ausgerechnet die Frau, die ich für meine beste Freundin hielt.«

Ragnar glotzte stumm vor sich hin, offenbar unfähig, auch nur ein Wort zu sagen.

»Und noch etwas, Ragnar«, brüllte Britta weiter. »Es ist erbärmlich, wie du Jahr für Jahr versuchst, mit dieser Freiherrin anzubandeln.«

»Freiherrin?«

»Ja, Agneta von Pers. Wenn du nicht damit aufhörst, sage ich dir eins: Dann hast du deine letzte Chance in diesem Hause vertan!« Sie wischte sich die Hände an der Schürze ab. Die Wangen leuchteten rot, und auf der Stirn stand ihr sichtbar der Schweiß.

»Ich verstehe immer noch nicht, was Agneta getan haben soll, dass du so wütend auf sie bist.«

Brittas Augen wurden schmal.

»An das, was diese Hexe getan hat, erinnert sich niemand. Aber eine Britta Jakobsson vergisst nichts. Und niemand soll es wagen, mir weiszumachen, dass sie sich in all den Jahren geändert hat.«

Anki nahm die Zügel auf und trieb Austri aus der Einfahrt. Dann ritt sie um die Scheune herum und erhaschte gerade noch einen Blick auf Britta, die davonstampfte. Der Schmierfink hob den Kopf und grinste, als herrschte Friede, Freude, Eierkuchen. Seine Miene verriet nicht im Entferntesten, dass hier gerade ein heftiger Streit stattgefunden hatte.

»Sieh an, sie ist mit ihrem Pferd unterwegs«, sagte er. »Kommt sie denn zurecht?«

Anki nickte stumm. Was für eine eigenartige und altertümliche Art zu sprechen. Anki wollte zwar gern mehr über diesen Mann herausfinden, war aber gleichzeitig auf der Hut. Seine Frau hatte schließlich vollkommen recht. Er konnte seine Finger einfach nicht bei sich behalten.

»Wollen Sie nicht auf einen Kaffee hereinkommen?«, fragte Ragnar. »Es ist Zeit für den Vormittagskaffee. Ich glaube, Britta setzt ihn gerade auf.«

Sie zögerte. Aber das war die goldene Gelegenheit, zu erfahren, was die beiden über den Mord an Solveig dachten.

»Ihre Frau ist also auch zu Hause?«

Er grinste, und Anki lief es eiskalt den Rücken hinunter.

»Natürlich ist sie zu Hause. Binden Sie das Pferd dort drüben bei der Scheune an. Da steht es sicher, während Sie ein Tässchen mittrinken.«

Anki saß ab und führte Austri zur Scheune, wo sie ihn an einem Eisenring festmachte. Und zwar mit dem typischen Knoten, den sie seit Kindertagen verwendete. Er war ihr praktisch in Fleisch und Blut übergegangen, der Panikknoten. Wenn man ein Pferd beispielsweise schnell aus einem brennenden Stall holen musste, brauchte man nur an dem längeren Ende des Führstricks zu ziehen, und der Knoten löste sich.

»Ach, Sie sind das also«, hörte Anki eine Frauenstimme unmittelbar hinter sich.

Anki fuhr herum und schaute Britta ins Gesicht.

»Ihr Mann hat gesagt, ich kann einen Moment hereinkommen, weil Sie sowieso gerade Kaffee kochen.«

Britta ging zu Austri und streichelte ihm über den schwarzen Hals, ließ ihre Finger durch die silbrig weiße Mähne gleiten und rieb mit der anderen Hand über seinen Nasenrücken. Austri stupste sie in die Seite, in Erwartung einer Möhre oder eines Stücks hartem Brot.

»Wie ich sehe, ist das nicht Ihr erster Kontakt mit einem Pferd«, sagte Anki. »Sie wissen, wie man sich ihnen nähert.«

Britta drehte sich zu ihr um, ohne Austris Mähne loszulassen. Ihr Gesicht leuchtete regelrecht, sie sah ganz anders aus als vorhin, als sie ihren Mann angeschrien hatte.

»Ich bin als Kind mal geritten, wie eigentlich jedes Mädchen. Aber mit der Zeit wurden andere Dinge interessanter. Ich hörte auf und lernte dann recht bald meinen Mann kennen.«

»Das war bei mir ganz ähnlich«, sagte Anki verständnisvoll. »Allerdings habe ich mein Leben lang gegrübelt, warum ich nicht dabeigeblieben bin. Jetzt hat sich die Gelegenheit geboten, und ich bin sozusagen eine ›Zurückgekehrte‹.«

Britta schaute sie verständnislos an.

»Na, das ehemalige Pferdemädchen kehrt auf ihre alten Tage zum Reiten zurück. Das ist mittlerweile fast ein Trend. Wenig erstaunlich, wenn man bedenkt, wie fantastisch es ist, mit einem dieser Schätze durch Wiesen und Wälder zu reiten.«

Britta riss sich von Austri los, als Ragnar sich näherte.

»Ach, natürlich. Der Kaffee ist gleich fertig.«

Sie eilte ins Haus, und Anki blieb ihr dicht auf den Fersen. Sie wollte dem Schmierfink keine Gelegenheit geben, ihr zu nah zu kommen.

Schon bald saßen sie im Garten um den gedeckten Tisch. Dieser erste Oktobertag zeigte sich von seiner besten Seite. Man konnte sehr gut in einer Jacke draußen sitzen. Und so hatte Anki gleichzeitig Austri im Blick.

»Fühlen Sie sich wohl im ehemaligen Pfarrhaus?«, fragte Britta und hielt ihr den Teller mit Gebäck hin.

Überall die obligatorischen gotländischen Brezeln, sorgfältig geflochten ohne Hagelzucker. Ganz einfache, unbeschreiblich leckere Teilchen. Anki musste wirklich aufpassen, wenn sie ihre Linie halten wollte.

»Das kann ich mit Ja beantworten, auch wenn der Auftakt nicht gerade der beste war«, antwortete Anki.

Ragnar sagte nichts, schlang nur schmatzend eine in Kaffee getunkte Brezel herunter.

»Die Polizei interessiert sich allerdings schon nicht mehr für das vergiftete Pferd«, fuhr Anki fort. »Coin lebt und ist mittlerweile wieder in seinen Stall umgezogen. Die Verwüstungen in der Kirche stufen sie als Jungenstreich ein. Der Mord an Solveig hat natürlich oberste Priorität.«

Am Tisch wurde es still, man hörte nur noch eine Fliege, die hartnäckig über dem Gebäckteller hin- und hersummte.

»Man könnte Sie verdächtigen«, sagte Ragnar irgendwann und grinste blöde. Kaffee lief ihm aus dem Mundwinkel das Kinn herunter. Anki wurde übel. Er sollte seine garstigen Witzchen für sich behalten, sie einfach in Ruhe lassen.

»Das ist nur zu naheliegend«, erwiderte sie so ruhig wie möglich, »schließlich lag sie in meiner Laube. Trotzdem habe ich nichts mit dem Mord zu tun.«

»Kann man Ihnen glauben?«, beharrte er und grinste immer noch.

»Es muss jemand gewesen sein, der einen Groll gegen Agneta von Pers und ihr Unternehmen hegt. Oder gegen Solveig.«

Britta warf ihrem Mann einen wachsamen Blick zu.

»Oder jemand, der etwas gegen Sie hat«, sagte Ragnar ohne Umschweife. Dann hielt er seine Tasse hoch, man sollte ihm nachschenken.

Britta schob Anki erneut den Teller hin, und die griff pflichtschuldig nach einem Haferplätzchen.

»Wieso könnte es nicht jemand aus Mullvald gewesen sein?«, fragte sie.

»Das versteht sich doch von selbst«, erwiderte Britta schnippisch.

Wieder wurde es still am Tisch. Ragnar aß schmatzend eine weitere Brezel, und Britta starrte ins Leere. Wie konnte Anki die beiden nur wieder zum Reden bringen? Wie ihnen weitere Informationen entlocken?

»Haben Sie denn wirklich nichts gesehen oder geahnt?«

»Sie sollten nicht so viele Fragen stellen«, sagte Ragnar.

Aber auf dem Ohr war Anki taub.

»Sie arbeiten doch manchmal auf dem Friedhof, nicht wahr? Ein paar Abende vor dem Mord haben Sie bei mir geklopft. Ach, jetzt erinnere ich mich wieder! Das war an dem Abend, an dem in der Kirche randaliert worden ist.«

Das holte Britta ins Hier und Jetzt zurück, sie starrte ihren Mann wütend an, der seinerseits Anki mit einem finsteren Blick bedachte.

»Nein«, sagte er kurz. »Wir wissen nichts.«

Diese kleine Retourkutsche hatte Anki sich nicht verkneifen können, und sie gab sich große Mühe, ihre Schadenfreude zu verbergen. Sobald sie fort war, würde er sich dem Verhör seiner Frau stellen müssen. Er hatte es nicht besser verdient.

27

Seit Anki Karlsson die arme Solveig gefunden hatte, hielt Tryggve sich so gut wie möglich vom Tatort fern. Drei Tage war das jetzt her. Drei Tage, in denen er nicht verhindern konnte, dass seine Gedanken ständig dorthin zurückkehrten. Er suchte nach Antworten.

Er ging seine gewohnte Runde mit Putte und warf den Technikern lange Blicke zu. Sie krochen noch immer auf den Knien in Barbros Laube herum. Richtiger gesagt natürlich in Ankis Laube. Er musste sich daran gewöhnen, dass das Haus nun dieser Schreckschraube gehörte. Erst gestern waren sie sich im Wald begegnet.

Die Techniker hatten mittlerweile einige Spuren gesichert und die Kriminalbeamten ihre Verhöre geführt. Bisher konnte niemand als Täter ausgeschlossen werden. Am wenigsten Anki. Es sprach eine Menge gegen sie. Die Dörfler hielten zusammen, so viel war klar. So war das immer, wenn etwas Dramatisches geschah.

Unweigerlich fühlte Tryggve sich an einen Prozess aus den Siebzigern erinnert. Der Fall drehte sich um einen mutmaßlichen Spion. Immer wieder geisterte er zu der Zeit als »Morjäv-Mann« durch die Presse, besonders im Norrbotten. Sanfrid Eriksson, wie er mit richtigem Namen hieß, lebte damals bereits seit fast dreißig Jahren in Morjäv, stammte aber ursprünglich aus Südschweden. Die Polizei nahm ihn im Herbst fest und ließ ihn zu Weihnachten aus Mangel an Beweisen wieder frei. Die Einwohner des Ortes hatten sich während dieser Zeit natürlich in der Presse über ihn ausgelassen. Nach dem Freispruch fragte ein Journalist, wieso sie Sanfrid alle für einen Verbrecher gehalten hatten, wo er doch nur ein einfacher, rechtschaffender Mann war, der in Morjärv lebte.

»Das ist doch nicht weiter verwunderlich, er stammte ja nicht von hier«, hatte einer geantwortet, der vermutlich norrbottnische Ahnen bis in die dunkle Vorzeit nachweisen konnte.

Tryggve schüttelte den Kopf bei dieser Erinnerung und fragte sich, wie lange man wohl an einem Ort leben musste, bis man wirklich aufgenommen wurde. Im Falle des armen Sanfrid hatten dreißig Jahre nicht ausgereicht, und Anki wohnte gerade mal zehn Tage in Mullvald.

Die meisten Bewohner Mullvalds waren hier aufgewachsen, die Familien lebten schon seit Generationen im Ort. Rigmors gehörte dazu, genauso Solveigs und Barbros. Tryggve seufzte. Das tat er jedes Mal, wenn er an Barbro dachte. Immer folgte unmittelbar ein tiefes Seufzen.

Auch Britta und Ragnar wohnten schon ihr ganzes Leben lang hier. Partnerwahl leicht gemacht: Sie heirateten einfach einmal quer über die Straße, und schon zog Ragnar in Brittas Elternhaus ein.

Tryggve selbst stammte auch von der Insel, zählte aber zu den Glücklichen, die innerhalb von Visbys Stadtmauern aufgewachsen waren. Aufs Land zog er erst, als sich ihm vor ungefähr zwanzig Jahren die Möglichkeit bot, das Haus am Meer zu kaufen. Und er bereute den Schritt keinen Tag.

Vor zwei Jahren war die Pfarrerin hergekommen. Tryggve hatte damals im Kirchenrat gesessen und erinnerte sich noch sehr gut an die hitzige Debatte, als es darum ging, Catharina anstelle des anderen Schwarzrocks einzustellen, den ein Teil des Rates unbedingt haben wollte. Durch die fröhliche Catharina Svensson erlebte der Kirchenbetrieb einen ordentlichen Aufschwung. Wenn sie bloß endlich heiraten und Kinder bekommen würde! Ein paar zusätzliche Einwohner würden Mullvald nicht schaden, außerdem verdiente der Pfarrhof ein bisschen mehr Leben. Der Kantor hatte Interesse an ihr, das war Tryggve nicht entgangen, aber er schien nur langsam voranzukommen. Natürlich galten weder der Kantor noch die Pfarrerin als echte Dorfbewohner, aber sie genossen mittlerweile immerhin das Vertrauen der Gemeinde.

Putte zog an der Leine, er wollte wieder nach Hause.

»Nein, mein Freund, so ein kurzer Spaziergang wird das nicht«, sagte er. »Du musst dich bewegen, ganz wie dein Herrchen.«

Blieb noch Agneta von Pers. Sie war nicht auf dem Hof geboren, allerdings befand er sich seit Langem in Familienbesitz. Solveig hatte auf dem Hof gewohnt und gearbeitet, seit Agneta hergezogen war. Statistisch gesehen war Agneta die Hauptverdächtige, wenn man davon ausging, dass der Täter im nächsten Umfeld des Opfers zu suchen war. Blieb die Frage nach einem Motiv.

Tryggve kam eine Idee, und er überquerte den Hof des alten Pfarrhauses. Einer der Kriminaltechniker sammelte gerade die Ausrüstung zusammen, brachte sie ins Auto und wechselte dabei ein paar Worte mit Klintvall. Anki Karlsson war nirgends zu sehen, und die Stalltür stand offen. Vermutlich machte sie wieder mit einem ihrer Pferde die Gegend unsicher.

»Aha, ihr seid also fertig.«

Mit Anders Klintvall hatte Tryggve ein paar Jahre zusammengearbeitet, bevor er in den Ruhestand gegangen war, aber er kannte ihn nicht so gut wie Mats Myrstedt. Mit Mats wäre es definitiv leichter gewesen, ins Gespräch zu kommen.

»Ja«, erwiderte Klintvall. »Wir sind fertig und dürfen nach Hause fahren, um zwei und zwei zusammenzuzählen. Aber du weißt ja, wie das läuft. Vermutlich müssen wir noch mindestens einmal wiederkommen. So lange muss der Bereich abgesperrt bleiben.«

»Das war eine scheußliche Wunde an ihrem Hals«, sagte Tryggve. »Habt ihr schon eine Vermutung, was als Mordwaffe infrage kommt?«

Klintvall öffnete die Tür zu seinem Wagen.

»Nein, da tappen wir noch völlig im Dunkeln. Natalie hat mich gestern angerufen, um mir zu sagen, dass sie noch nie eine vergleichbare Wunde gesehen hat.«

Tryggve schaute seinen ehemaligen Kollegen fragend an.

»Natalie?«

»Ach, das weißt du natürlich nicht. Natalie Edvardsson ist die neue Rechtsmedizinerin. Jung, attraktiv und blitzgescheit. Mit anderen Worten: lebensgefährlich«, lachte Klintvall.

Das Aussehen der Neuen interessierte Tryggve herzlich wenig, stattdessen fragte er sich, wie viele Mordopfer Natalie Edvardsson in ihren jungen Jahren wohl schon zu Gesicht bekommen hatte.

»Die Wundränder waren sehr ungleichmäßig«, sagte er also. »Ein schrecklicher Anblick, selbst für mich nach all den Jahren im Polizeidienst.«

Der Kollege nickte.

»Wir sortieren erst mal alle Informationen. Wenn wir wüssten, wer der Täter ist, hätten wir ihn oder sie längst verhaftet. Aber das ist dir sicher klar.«

Tryggve murmelte etwas Unverständliches und strich sich nachdenklich übers Kinn.

»Wo ist denn der Tatort? Habt ihr da schon Ideen?«

»Ich glaube nicht, dass sie in der Laube ermordet wurde«, antwortete Klintvall. »Die Kriminaltechniker auch nicht. Allerdings hat der Regen in der Mordnacht die Spurensuche erheblich erschwert. Aber wir werden schon noch herausfinden, wo sie umgebracht wurde. Da kannst du dir sicher sein.«

Tryggve winkte, als Anders Klintvall und die Kriminaltechniker abfuhren. Er war bereits tief in Gedanken versunken, und kaum waren die Autos außer Sichtweite, fischte er ein paar hellblaue Schutzüberzüge für die Schuhe aus der Tasche, forderte Putte auf, sich hinzulegen und nicht vom Fleck zu rühren. Dann hob er das blau-weiße Flatterband an und huschte darunter hindurch.

Er wollte Ankis Theorie nachgehen, wie die Leiche hergeschafft worden war. Angeblich hatte sie doch Reifenspuren im Gras gesehen, die von einer Schubkarre stammten. Darauf hatte sie doch sicher während des Verhörs hingewiesen, oder? Die Karre sollte nicht schwer zu finden sein. Er verließ die Laube, streifte die Schutzüberzüge ab und lief um den Stall. Dort lehnte tatsächlich Ankis Schubkarre, aber soweit er das sehen konnte, war daran nichts Verräterisches. Hätte die Reifenbreite mit den Spuren übereingestimmt, wäre sie außerdem längst beschlagnahmt worden.

Er ging zurück zur Laube und versuchte, die Spuren zu finden. Er grübelte. Schaute in die Ferne. Von Ankis Pfarrhaus gelangte man direkt auf den Friedhof. An den Gräbern vorbei, durch eine Lücke in der Hecke, schon war man bei Agneta von Pers.

»Komm, Putte«, rief er voller Eifer. »Jetzt gehen wir auf die Jagd.«

Die ganze Zeit über hielt Tryggve den Blick auf den Boden gerichtet. Wenn er sich nur genug Mühe gab, fand er vielleicht etwas, das die Kriminaltechniker übersehen hatten. Darin war er immer sehr gut gewesen. Auf dem Friedhof sah er sich besonders gewissenhaft um, der war schließlich nicht abgesperrt.

An der Ostwand der Kirche, direkt vor der Apsis, blieb er stehen. Er stützte sich an der Wand ab und untersuchte den Boden zu seinen Füßen. An einer Stelle sah der Kies anders aus, oder? Irgendwie eingedrückt. Außerdem war die Grasnarbe in einem Bereich von vielleicht zwanzig Zentimetern platt getreten. Um besser sehen zu können, hockte er sich hin.

Ja, durch seine jahrelange Erfahrung und mit ein bisschen Fantasie konnte man Reifenspuren in der taufeuchten Erde erkennen. Sein Puls beschleunigte. Ein vertrautes Gefühl. Tryggve kramte sein Handy hervor und fotografierte die Stelle. Die Jagdlust hatte ihn gepackt.

Die Polizei war mal wieder bei Agneta von Pers vorbeigekommen. Das wievielte Mal in Folge vermochte sie gar nicht mehr zu sagen. Seit Solveigs Tod hatte die Polizei ihren Hof praktisch übernommen. Die Beamten stellten den Flügel, in dem Solveig gewohnt hatte, komplett auf den Kopf. Aller Wahrscheinlichkeit nach eine völlig unnötige Aktion, es gab ja doch nichts zu finden. Agneta ging für gewöhnlich nicht dorthin, außer sie brauchte Kaffeepulver oder hatte eine Kleinigkeit zu besprechen. Früher, als sie noch jünger waren, verbrachten sie und Barbro manchmal gemütliche Abende dort, köpften eine Flasche Wein und sprachen über Pferde. In den letzten Jahren hatten sie sich beide in ihre Quartiere zurückgezogen, wenn der anstrengende Tag vorbei war. Die Arbeit forderte ihren Tribut.

Heute hatten zwei Polizisten bei ihr geklopft und mit einem Durchsuchungsbeschluss herumgewedelt, der ihren eigenen Wohnbereich betraf. Sie schnüffelten in ihrem Privatleben herum und suchten nach Geheimnissen. Eine Suche, die zu nichts führte. Agneta gehörte nicht zu den Frauen, die Tagebuch schrieben oder alte Liebesbriefe verwahrten. Die Polizei würde nichts finden. Darüber hinaus stellten sie ihr eine Unmenge von Fragen. Dieselben Fragen wie schon zuvor. Wieder und wieder. Vermutlich wollten sie verifizieren, ob sie an den schon gegebenen Informationen festhielt.

Solveig war über die Jahre so langweilig geworden. Es fiel äußerst schwer, sich vorzustellen, dass irgendein Verrückter mit ihr hatte schlafen wollen und sie dann auch noch ermordete. Solche Verrückten gab es natürlich, und niemand wusste, wo sie sich herumtrieben. Wenigstens konnte Agneta ein Alibi für den besagten Abend vorweisen. Zumindest teilweise. Die Kursteilnehmerinnen hatten sie zum Abschiedsessen eingeladen, und Agneta war so lange geblieben, wie sie konnte. Solveig war gar nicht aufgetaucht, aber darüber wunderte sich niemand ernsthaft. Sie zog sich einfach gern zurück. Agneta hatte sich gegen zehn verabschiedet und war noch einmal in den Stall gegangen. Dort betrachtete sie Coin von der Stallgasse aus. Näher wollte sie ihm nicht kommen, nicht nach der Abschiedsfeier. Dann quietschte das Scharnier der Stalltür, und Agneta war herumgefahren.

»Håkan! Was willst du denn um diese Uhrzeit hier?«

Der Hufschmied kam herein und tastete mit Blicken den Stall ab.

»Ich dachte, ich hätte meine Feile hier vergessen. Was offensichtlich nicht der Fall ist.«

Selbst in Arbeitskleidung hatte er Stil. Wahrscheinlich brach er reihenweise Herzen.

»Agneta, ich …«

»Ja?«

»Ach, das kann noch warten. Ich werde einfach noch einmal im Auto nach der Feile suchen. Gute Nacht.«

Er verschwand wieder, und Agneta wünschte Coin eine gute Nacht. Als sie den Stall verließ, sah sie, dass in Solveigs Schlafzimmer noch Licht brannte, allerdings war die Jalousie heruntergelassen. Das hatte sie auch der Polizei erzählt, aber ob das für sie von Interesse gewesen war, konnte sie nicht wirklich einschätzen.

Fehlte ihr Solveig? Sie war sich nicht sicher. Es gab so viel anderes zu regeln. Wenn sie nicht bald Unterstützung fand, würde sie in Arbeit ertrinken. Sie besaß viel zu viele Pferde, das konnte eine Person gar nicht allein leisten. Im schlimmsten Fall würde sie ein paar der Tiere verkaufen müssen.

Lustlos löffelte sie einen Joghurt mit etwas Müsli und Leinsamen in sich hinein. Außerdem versuchte sie, das Fruchtfleisch aus einer halben Pampelmuse zu graben, gab aber nach einer Weile auf und warf sie weg. Eigentlich war sie nicht einmal hungrig.

Sie musste in den Stall, die Boxen ausmisten. Am besten kontaktierte sie eine der Teilnehmerinnen des letzten Kurses. Gut möglich, dass sie Zeit hatte, für ein paar Wochen auszuhelfen. Ein Aufruf bei Facebook war vielleicht auch keine schlechte Idee, möglich, dass jemand nach einer Arbeit als Stallknecht suchte. Agneta brauchte Zeit, um mit Coin zu trainieren, sobald das wieder möglich war. Das war wichtiger als alles andere. Der Gesundheitszustand des Hengstes hatte sich durch ihre eingehende Pflege und die regelmäßigen Besuche der Tierärztin immens verbessert, die Chancen standen gut, dass er wieder ganz gesund wurde.

»Kommt, ihr Lieben!«, rief sie, und schon wuselten ihr die aufregten Setter um die Beine. »Dann stürzen wir uns mal wieder in die Arbeit.«

28

Tryggve kletterte durch das Loch in der Hecke auf Agneta von Pers' Grundstück und ging zum Misthaufen hinter dem Stall. Anki hatte ihn bei der Untersuchung der Leiche darauf aufmerksam gemacht, dass noch Mist an Solveigs Stiefeln klebte. Am Rand der Betonfläche, auf der die Pferdeäpfel abgeladen wurden, blieb Tryggve stehen. Eine Schubkarre oder Schaufeln konnte er nicht entdecken. Er trat näher an den Misthaufen heran, um nach Spuren oder Mustern zu suchen, ein aussichtsloses Unterfangen. Schließlich war der Stall seit dem Mord wiederholt ausgemistet worden und entsprechend Mist dazugekommen. Von den Schauern ganz zu schweigen. Wenn die Kriminaltechniker sich hier wirklich umgesehen hatten, so überraschte es kaum, dass sie auf nichts Sensationelles gestoßen waren.

Es rasselte hinter einer kleineren Tür, dann flog sie auf, und Tryggve sprang beiseite, damit er nicht umgefahren wurde. Erst erschien eine Schubkarre im Türrahmen, dicht gefolgt von einer wütenden Agneta von Pers.

»Tryggve!«, rief sie. »Was machst du auf meinem Misthaufen? Du hast mich zu Tode erschreckt!«

Ihre Wangen waren gerötet, doch selbst beim Ausmisten sah sie so elegant aus wie eh und je. Eine Perlenkette schmückte ihren Hals, die Bluse war makellos sauber, und darüber trug sie eine grüne, gesteppte Weste mit dem Logo des Hofs. Die gleiche Weste hatte Solveig getragen, als Anki sie fand. Statt der üblichen Lederstiefel trug Agneta heute grüne Gummistiefel an den Füßen. Eine Lady durch und durch, die offenbar schon wieder vergessen hatte, dass Tryggve sich unerlaubt auf ihrem Gelände herumtrieb.

»Mit dem Ausmisten habe ich mich noch nie aufhalten müssen«, fluchte sie. »Ich muss unbedingt jemanden finden, der hier aushilft.«

War sie wirklich so herzlos? Allein der Gedanke, Solveig gegen jemand Neues auszutauschen. Egal wen. Oder wollte sie nur überspielen, wie verzweifelt sie eigentlich war? Menschen reagierten unter Schock oder Trauer oft irrational. Tryggve nahm ihr die Schaufel ab und half dabei, den letzten Rest aus der Schubkarre zu kratzen.

»Das bekommst du schon hin«, sagte er, während er verstohlen den Blick über die Karre gleiten ließ. Sie sah makellos aus, aber klobig und schwer mit einer hölzernen Deichsel. Wieso besaß sie keine aus Leichtmetall?

»Sag mal, Agneta«, sagte er gedehnt. »Ist die neu?«

Sie sah ihn fragend an.

»Nicht die leiseste Ahnung«, entgegnete sie. »Ich persönlich muss mich normalerweise nicht mit so was befassen. Möglich, dass Solveig die gekauft hat. Ich habe sie bei der Arbeit nicht überwacht.«

»Verstehe. Putte und ich wollen dich nicht länger stören«, sagte Tryggve. »Hoffentlich findest du bald eine Hilfskraft. Darf ich mich noch ein bisschen auf dem Hof umsehen?«

»Wozu?« Agnetas Augen wurden schmal.

»Weil du einen sehr schönen, alten Hof besitzt, den ich mir noch nie richtig angeschaut habe, wie mir gerade aufgefallen ist.«

Agneta zuckte mit den Schultern und zog sich mit der klobigen Karre in den Stall zurück.

Tryggve sah sich um und strich sich nachdenklich übers Kinn. Die Schubkarre hatte gänzlich unbenutzt ausgesehen. Wohin kamen hier wohl alte, ausgediente Arbeitsgeräte? Auf allen Bauernhöfen, die er kannte, standen rostige Eggen, Pflüge und Heuwagen hinter der Scheune. Er rief nach Putte, ging am Misthaufen vorbei und steuerte die Rückseite der Scheune an. Und ganz recht, da erwartete ihn jede Menge Schrott. Tryggve sah sich um, stieß zunächst nur auf die üblichen Verdächtigen. Ein rostiger Heuwagen, der für Zugpferde gedacht war, und ein verrotteter Karren. Dahinter, nur dürftig von einer schiefen Sperrholzplatte und ein paar Strohballen verborgen, fand Tryggve, was er suchte. Er holte ein Paar Plastikhandschuhe aus der Tasche und zog sie über. Dann schob er die Sperrholzplatte beiseite, fasste nach den Gummigriffen, holte die Schubkarre ans Licht und untersuchte sie genau. Die dunklen Flecken, war das Blut? Um die Radnabe hatte sich vertrocknetes Gras gewickelt. Definitiv kein Heu, das musste relativ frisches Gras gewesen sein. Ohne zu zögern, löste er ein paar Halme, überließ aber die meisten den Kriminaltechnikern. Die würden hier einiges zu tun bekommen.

Er nahm den gleichen Weg zurück und untersuchte den Boden rund um die Hecke. Auf der Seite des Friedhofs war das Gras tadellos gemäht, auf Seite des Reiterhofs lagen lose Halme. Hier hatte erst kürzlich jemand gesenst oder das lange Gras elektrisch getrimmt. Tryggve eilte zurück zum Stall. Putte, den das viele Hin und Her offenbar langweilte, legte sich kurzerhand an die Hecke und wartete auf sein Herrchen.

»Fein«, sagte Tryggve. »Bleib da liegen, wir gehen gleich.«

Ziemlich außer Atem erreichte er den Stall, wo er auf Agneta traf, die sich mit ihrem geliebten Pferd beschäftigte.

»Ist er wieder auf dem Damm?«, fragte Tryggve.

Agneta schüttelte traurig den Kopf.

»Noch nicht, aber er kommt jeden Tag mehr zu Kräften.

Das Turnier in Schottland nächsten Monat kann ich trotzdem vergessen.«

»Wie ärgerlich«, sagte Tryggve. »Kannst du mir sagen, wer sich um das Gras hinten bei der Hecke kümmert?«

Agneta kam aus der Box und trat zu Tryggve in die Stallgasse.

»Das Stückchen Grün, das sich Wiese schimpft? Das macht Ragnar Jakobsson, wenn es nötig ist. Warum fragst du?«

»Reine Neugierde«, antwortete Tryggve. »Dank dir sehr.«

Dann ging er zurück zu Ankis Hof, setzte sich auf einen der Gartenstühle und wartete. Putte machte es sich im Gras zu seinen Füßen bequem.

Nach vielleicht einer halben Stunde ritt Anki auf den Hof, und er musste zugeben, dass sie ziemlich unerschrocken aussah. Noch dazu gelenkig und dünn, wie die Rentner heutzutage waren. Passiv vorm Fernseher zu hocken, davon konnte keine Rede sein. Stattdessen lebten die 40er-Jahrgänge ihre zweite Jugend. Machten einen auf 60er-Jahre, hörten Hippiemusik und trampten durch Europa, *yeah, yeah, yeah*.

»Sieh an«, sagte sie hochnäsig und stieg vom Pferd. »Was wollen Sie?«

Sie war natürlich noch sauer wegen des Vorfalls im Wald. Er hielt ihr die Grashalme hin.

»Ich möchte zwar nicht, dass Sie sich in die Ermittlungen einmischen«, sagte er, »aber ich finde, dass Sie ein Recht darauf haben, hiervon zu erfahren.«

»Wovon denn?«, wollte sie wissen.

»Ihre Vermutung zum Tatort stimmt. Der Mord wurde nicht in Ihrer Laube verübt. Die Leiche wurde mit einer Schubkarre hergebracht, vermutlich aus Agneta von Pers' Stall.«

»Woher wissen Sie das?«

»Schauen Sie sich die Halme mal etwas genauer an«, sagte er. »Fällt Ihnen etwas auf?«

Sie blinzelte.

»Vertrocknet«, stellte sie fest.

»Wie lange schon, was meinen Sie?«

»Ich bin keine Botanikerin, aber ich schätze, dass es sich nur um ein paar Tage handelt. Ganz so trocken wie das Heu auf meinem Heuboden sind sie nicht. Wo haben Sie die gefunden?«

Er erzählte ihr von der Schubkarre, die versteckt zwischen den rostigen Altgeräten stand, von der Unterhaltung mit Agneta und davon, wie er die Wiese an der Hecke untersucht hatte.

»Gute Arbeit«, sagte Anki.

Tryggve räusperte sich.

»Also, eigentlich bin ich der pensionierte Kriminalpolizist von uns beiden – vierzig Jahre Berufserfahrung übrigens.«

Anki setzte sich zu ihm und ließ das Pferd grasen, behielt aber die Zügel in der Hand. Ihre Wangen waren nach dem Ausritt ganz rosig, sehr ansehnlich.

»Das ist mir nicht entgangen«, antwortete sie. »Und weil Sie, wie Sie sagen, so ein erfahrener Polizist sind, was halten Sie denn für die Mordwaffe? Ist es nicht üblich, jemandem den Hals mit einem scharfen Gegenstand aufzuschlitzen?«

Sofort fuhr sie sich mit der Hand an den Hals, der bloße Gedanke schien sie zutiefst zu verstören.

»Wenn ich Ihnen erzählen würde, auf wie viele Arten man jemandem den Hals aufschlitzen kann, würden Sie mir vermutlich nicht glauben«, antwortete Tryggve.

»Es kommen also viele Mordwerkzeuge infrage?«

»Ja, viele andere. In Solveigs Fall waren die Wundränder auffällig gezackt und ausgefranst. Der Gerichtsmedizinerin ist noch nie etwas Vergleichbares begegnet. Allerdings hat sie auch noch nicht so viel gesehen.«

»Sie aber schon?«

»Sicher mehr als eine junge Gerichtsmedizinerin. Und ich

kann wohl einschätzen, dass man mehr als ein scharfes Messer braucht, um so eine Wunde zu verursachen.«

Er sah, wie Anki erschauderte.

29

Donnerstag, 2. Oktober

Die Entdeckung der Schubkarre und der Grashalme hatte Ankis Gedankenmaschinerie in Gang gesetzt, wenngleich es auch noch ein wenig durcheinanderging. Ein beherzter Ritt durch den Wald würde sicher Abhilfe schaffen. Schon während ihres lange zurückliegenden Lehramtsstudiums waren einige ihrer Aufsätze nach dem Laufen entstanden. Die Bewegung und die frische Luft sorgten für Klarheit im Kopf, und danach fiel es spielend leicht, einen Gedankengang auf Papier zu bannen.

Natürlich musste Anki die Pferde eigentlich abwechselnd bewegen, trotzdem wählte sie heute erneut Austri, der einem Ausflug in die Natur genauso freudig entgegensah wie sie.

Zunächst ging es im Schritt eine kleine Straße entlang. Austri war richtig aufgeregt und wollte am liebsten gleich losgaloppieren, sodass Anki ihn erst einmal zurückhalten musste.

»Ruhig Blut, mein Kleiner«, beruhigte sie das Pferd und klopfte ihm gegen den Hals. »Gleich darfst du dich austoben. Sobald wir in den Wald abbiegen, kannst du loslegen.«

Er bewegte die Ohren, als würde er genau verstehen, was Anki sagte. In diesem gemäßigten Tempo konnte sie in Ruhe die Natur und die herrlichen Herbstfarben genießen. Ein Holunderbusch trug wunderschöne gelb-rote Blätter und schwarze Beeren. An einem anderen Baum leuchteten Wildäpfel. Die Blätter der Espen in einer der Hofeinfahrten zitterten, und ab und zu fiel eins zu Boden, das schon ganz gelb geworden war. Den Weg säumten eine ganze Menge Höfe, und Anki fragte sich neugierig, wer dort wohnte. Glückliche Menschen, hoffte sie. Wenn man bedachte, wie schnell man von hier zum Meer kam, mussten die Bewohner einfach zufrieden sein. Was hatte der Makler noch einmal zu ihr gesagt? Ach ja, dass das Meer nur fünf Maklerminuten entfernt lag. Wie witzig diese Verkäufer immer daherredeten.

Wenn sie auf diesem Weg blieb, würde sie bald den Waldstrand erreichen und kurz darauf die Küste und das Meer.

Zunächst passierte sie aber noch ein paar Höfe. Vor einem stand ein Mann am Tor und harkte Laub zusammen. Sie kannte ihn nicht, hatte ihn aber sicher in der Kirche gesehen. Grüßen musste sie ihn natürlich trotzdem.

»Hallo!«, rief sie. »Super Wetter heute, nicht wahr? Bestens geeignet für ein bisschen Gartenarbeit.«

Wie schön das war, in einem Alter zu sein, in dem man nicht mehr davor zurückschreckte, jemanden anzusprechen. Der Mann hob allerdings die Hand, fuhr einfach mit seiner eintönigen Arbeit fort, ohne Interesse an einem kleinen Austausch zu signalisieren. Er schaute sie bloß kurz erschrocken an und nickte, als sie auf seiner Höhe war. Sie hatte große Lust, abzusteigen und ihn zu fragen, ob er ein Alibi für die Mordnacht vorweisen konnte. Aber sie musste einsehen, dass es doch Grenzen gab. Der alte Mann war vermutlich einer der Einwohner Mullvalds, die entschieden hatten, dass Anki die von der Polizei gesuchte Mörderin war.

Bestimmt nahm sie die Zügel auf und bog auf einen Weg ein, den auf der einen Seite Wald säumte, auf der anderen Seite Felder. Eine lange, gerade Strecke mit einem Streifen Grün in der Mitte tat sich vor ihr auf. Das Pferd verfiel sofort in den Tölt. Es wollte sich endlich bewegen. Der Wind wehte Anki angenehm kühl ins Gesicht, und Austri in dieser eigenartigen

Gangart zu folgen weckte in ihr wieder das Gefühl zu schweben.

»Lauf, Austri, lauf!«, feuerte sie das Islandpferd an und fühlte sich wieder wie ein Kind.

Ein Fasan stob aus dem Straßengraben, und Austri sprang erschrocken zur Seite. Anki verlor das Gleichgewicht, griff in die Mähne, um sich oben zu halten, und nach den Zügeln, um das Pferd zu verlangsamen.

»Gut so. Das war nur ein Fasan, kein Grund zur Sorge. Und jetzt geht's weiter!«

Bis zum Waldrand waren es noch ein paar hundert Meter, weshalb sie Austri zu einem erfrischenden Galopp antrieb. Austris sahneweiße Mähne flatterte, so schnell waren sie unterwegs. Der Wind fuhr auch in Ankis Kleidung, und es kitzelte im Bauch.

Als sie in den Wald eintauchten, reduzierte sie das Tempo wieder und ließ das Pferd an langen Zügeln gehen. Der Weg gabelte sich. Den linken kannte sie, den war sie schon einmal entlanggeritten. Der rechte wirkte wesentlich spannender, verwachsen wie er war. Austri schien ganz ihrer Meinung, das Gras stand hoch, und schon fing der Hengst an zu fressen.

»Nein, nein, mein Freund«, sagte Anki bestimmt und nahm die Zügel wieder auf. »Gefressen wird zu Hause, aber wir können trotzdem gern diesen Weg nehmen.«

Austri trottete nur zu gern weiter, auch wenn es ihn um ein paar Leckerbissen brachte. Das hohe Gras wippte Anki gegen die Stiefel, trockene Samen blieben an ihrer Reithose hängen. Neugierig fragte sie sich, wohin der Weg sie führte.

An einer scharfen Kurve blieb Austri abrupt stehen und spitzte die Ohren, der Körper angespannt.

»Was ist los? Was hörst du?«, flüsterte Anki sanft. Gleichzeitig lauschte sie selbst.

Sie trieb ihn wieder an, langsam und wachsam schritt er durch die Kurve. Und da hörte auch sie endlich etwas. Ganz schwach. Musik. Klassische Musik. Sie stammte offenbar von einem Ort etwas weiter vor ihnen. Anki lenkte Austri zwischen die Kiefern, Farne bedeckten den Boden. Sie hatten sich schon braun verfärbt und welkten vor sich hin. Ein paar Äste knackten laut. Zu dumm, dass sie so viel Lärm machten. Besser, sie kehrten auf den Weg zurück, denn vielleicht legte derjenige, der dort Musik hörte, keinen gesteigerten Wert auf unerwartete Besucher. Langsam ging es im Schritt weiter Richtung Musik. Die Melodie kam Anki bekannt vor. Klassische Kirchenmusik. Just diese Sequenz, hatten sie die nicht bei Christers Beerdigung gespielt? Wie hieß sie noch gleich? *Panis angelicus*? Ja, genau. Brot des Himmels oder Engelsbrot. Ein schöner Titel und eine schöne Melodie. Es hatte ihr sehr gut gefallen, bei der Beerdigung. Aber hier? Mitten im Wald? Das war mehr als sonderbar.

Plötzlich endete der Wald, und Anki und Austri standen auf einer grünen Lichtung. Drei kleine Häuser aus geteertem Holz drängten sich dort dicht aneinander. Eine Holzfällerhütte, ein Geräteschuppen und ein Verschlag für Brennholz. So sah es jedenfalls aus. Und die Musik, die bis hinauf zum Himmel und den Engeln schallte. *Panis angelicus*.

Näher wagte Anki sich nicht heran, sie kehrte lieber um. Ein gutes Stück entfernt hielt sie an, um weiter zu lauschen. Man konnte sich durchaus fragen, was für ein Sonderling sich mitten in den Wald zurückzog, um Beerdigungsmusik zu hören. Der Ort war so friedlich, eine Oase, an die jemand vor langer Zeit seine Hütten gebaut hatte. Eine Überraschung mitten im Wald, ein wahrer Rückzugsort. Allerdings auch ein Ort, an den sich vielleicht jemand begab, der etwas zu verbergen hatte. Sie erschauderte.

»Weißt du was?«, fragte Anki und streichelte über Austris Hals. »Wir kommen ein andermal wieder, wenn niemand hier ist. Ich werde versuchen herauszufinden, wem die Hütte gehört.«

Anki presste Austri die Schenkel in die Seiten, um nach Hause zu reiten, und da erst fiel ihr das Auto auf. Es stand etwas verborgen zwischen den Fichten, und Anki war sich sicher, dass sie es schon einmal gesehen hatte. Es gehörte dem Hufschmied.

Für einen Augenblick verharrte sie reglos und schaute sich um. Dann entschloss sie, sich auf ihren gut ausgeprägten Orientierungssinn zu verlassen und einfach quer durch den Wald nach Hause zu reiten. Das hatte sie zwar noch nie ausprobiert, aber es würde schon gut gehen. Austri trottete zuverlässig vorwärts, und schon bald tauchte Mullvalds Kirchturm über den Baumwipfeln auf. Jetzt war es nicht mehr weit bis nach Hause.

Als sie von der Landstraße auf ihren Hof abbog, näherte sich ein Auto aus der anderen Richtung und fuhr auf den Pfarrhof. Wieder das Auto des Hufschmieds. Anki wollte nicht neugierig erscheinen, aber es war einfach unmöglich, nicht hinüberzuschauen. In der Zeit, die sie für den Ritt durch den Wald gebraucht hatte, war Håkan hergefahren. Er musste die Hütte, kurz nachdem sie aufgebrochen war, verlassen haben.

Die Beifahrertür öffnete sich, und die Pfarrerin stieg aus. Sie winkte Håkan noch einmal fröhlich zu, bevor sie im Pfarrhaus verschwand. Genau in dem Moment bog der Kantor auf seinem Fahrrad um die Ecke.

Håkan hupte kurz, als er Hasse passierte. Hasse trat kräftig in die Pedale, um den Hügel bis zum Gemeindehaus zu bewältigen. Anki saß ab und blieb noch einen Moment an der Einfahrt stehen, tat so, als würde sie etwas an den Steigbügeln einstellen. Schon fuhr Håkan an ihr vorbei, sein zufriedener Gesichtsausdruck sprach Bände. Dieser hinreißende Mann hatte also die Pfarrerin am Haken!

Anki schob die Steigbügel hoch und löste schon mal den Sattelriemen, bevor sie Austri in den Stall führte. Gerade als sie ihm den Sattel abnehmen wollte, klingelte ihr Handy. Sie holte es hervor. Ein unbekannter Anrufer. Widerwillig hob Anki ab. Es war Camilla Persson.

»Wir möchten Sie gern morgen um eins auf dem Polizeirevier sprechen. Passt das?«, fragte sie.

»Ja«, antwortete Anki. »Worum geht es?«

»Verhör«, sagte Camilla Persson knapp.

»Ich habe Ihnen doch schon alles erzählt.«

»Noch nicht ganz«, sagte die Polizistin und fügte noch hinzu: »Es sind neue Fragen aufgetaucht.«

30

Freitag, 3. Oktober

Kaum vom Verhör in Visby zurückgekehrt, öffnete Anki den Kühlschrank sperrangelweit. Lustlos schaute sie hinein. Nichts sprach sie direkt an, es war auch kaum noch etwas drin. Die vielen Fragen zu beantworten hatte sie erschöpft, und phasenweise hatte sie sich richtig machtlos gefühlt. Hauptsächlich ging es in dem Verhör um die Schubkarre. Tryggve hatte seine Kollegen natürlich über seine Entdeckung in Kenntnis gesetzt, und Anki hatte nach bestem Wissen und Gewissen geantwortet. Jetzt war sie völlig ausgelaugt.

»Ich könnte mich natürlich selbst zum Essen einladen«, sagte sie laut. »Ja, das leiste ich mir nach all der Aufregung einfach.«

An ihrem ersten Tag in Mullvald hatte sie unten am Hafen eine Räucherei entdeckt, die gleichzeitig ein Fischrestaurant war. Sie schnappte sich das Fahrrad und fuhr über gotländisches Felsengelände, vorbei an ein paar niedlichen alten Häuschen, die sich an diesem hübschen Fleckchen Erde zusammenkauerten. Eins stach besonders hervor; gelb und mit feinen Holzschnitzereien verziert, wie man sie nur selten zu Gesicht bekam. Wer immer dort wohnte, genoss einen beneidenswerten Ausblick aufs Meer.

Sie radelte weiter. Ehe sie am Fischrestaurant ankam, passierte sie eine Handwerkerscheune, die zu dieser Jahreszeit leider geschlossen hatte, und eine entzückende, alte Pension. Eine lange Steinbrücke führte direkt zum Hafen, wo ein großer Schwarm Möwen in Gesellschaft von einer Gruppe Kormorane saß. Es ging kein Wind, das Meer lag ganz still da.

Mehrere Autos parkten vor dem Restaurant. Ein gewöhnlicher Streifenwagen stand neben dem Bus der Kriminaltechniker, den sie mittlerweile nur zu gut kannte. Klar, dass auch sie mal etwas essen mussten, auf ihrer Suche nach Hinweisen. Die Polizeibeamten waren von Tür zu Tür gegangen, um die Anwohner zu befragen, während die Kriminaltechniker noch durch Ankis Sträucher krochen. Höchstwahrscheinlich hatten sie auch Solveigs Habseligkeiten durchsucht, offenbar ohne eine Spur des Mörders zu finden.

»Zu diesem Zeitpunkt können wir nichts über eventuelle Tatverdächtige veröffentlichen«, hatte der Pressesprecher am frühen Abend in den Lokalnachrichten verkündet. Anki hatte sich den Beitrag, kurz bevor sie aufgebrochen war, angesehen. Kein Wunder, es gab ja auch keine dringend Tatverdächtigen. Die Hinweise reichten nicht aus, um jemanden zu verhaften.

Im Restaurant angelangt, bestellte sie die Fischsuppe nach Art des Hauses und ein Glas Weißwein. Der nette Gastwirt riet ihr zu einem erfrischenden Riesling, und sie folgte der Empfehlung nur zu gern. Er hatte sie herzlich begrüßt und sich als Gerhard Klein vorgestellt. Dann erzählte er, dass ihm dieses Restaurant und der Ableger in Kajpe Kviar gehörten. Dort sollte sie möglichst an einem Samstagabend vorbeischauen, wenn sich auch die Dorfbewohner im Restaurant zusammenfanden. Sie versprach ihm, bei Gelegenheit einmal hinzufahren, nahm die Visitenkarte entgegen und ging in den Teil des Restaurants, der zur Küste zeigte. Das Lokal hatte große Fenster, und die Aussicht über das Meer konnte besser nicht sein.

Am anderen Ende des Raums in einer Ecke erspähte sie bekannte Gesichter: Ragnar, Britta, Rigmor und Hasse. Sie unterhielten sich angeregt, doch kaum bemerkte Hasse sie, nickte er vielsagend in die Runde, und schon verstummte das Gespräch. Sie winkte ihnen zu, aber nur Rigmor grüßte hastig zurück. Die anderen schauten demonstrativ in eine andere Richtung und nahmen dann das Gespräch wieder auf.

Anki setzte sich so gelassen sie nur konnte an einen Tisch in einiger Entfernung. Wenn sie ungestört sprechen wollten, sollten sie das auch können.

In einer anderen Ecke saßen die Polizeibeamten. Die Kriminaltechniker hatten die Schutzanzüge abgelegt und trugen Alltagskleidung. An ihrem Tisch saß außerdem Tryggve, der die Augenbrauen hochzog, als er sie sah.

Die anderen aßen, doch Tryggve hatte keinen Teller vor sich. Nur kurze Zeit später kam sein Essen, offenbar hatte auch er auf die Fischsuppe nach Art des Hauses gesetzt. Er stand auf und kam mit seinem Teller zu Anki an den Tisch.

»Ist es in Ordnung, wenn ich Ihnen Gesellschaft leiste?«, fragte er.

»Natürlich, gern«, sagte sie und entschied, die Streitaxt zu begraben. »Ich sollte es mir wohl nicht mit Ihnen verscherzen, schließlich sind Sie gerade der Einzige, der etwas mit mir zu tun haben will«, fügte sie mit einem Lächeln hinzu.

Ihr fielen Rigmors Worte ein, man solle mit Tryggve nicht zu hart ins Gericht gehen, weil Barbros schrecklicher Tod ihn bis ins Mark erschüttert hatte. Auch nach mehr als zwei Jahren belastete ihn der Verlust noch. Außerdem hatte der Mord an Solveig vermutlich alte Wunden aufgerissen.

»Ach, das da drüben in der Ecke ist doch nur ein Redaktionstreffen von *Das Neuste aus Mullvald*«, erwiderte Tryggve, und dann lächelte auch er.

Ankis Suppe kam. Eine ganze Weile aßen die beiden schweigend.

»Ich möchte mich noch für den Zwischenfall mit Putte letztens entschuldigen«, sagte Tryggve irgendwann, und Anki sah ihm an, dass ihm diese Worte nicht leicht über die Lippen kamen.

»Angenommen«, erwiderte sie.

»Wie läuft es denn bei denen?«, fragte sie dann und nickte zu den Polizisten. »Bei Ihren Kollegen, meine ich.«

»Sie stecken fest. Im Moment gibt es jedenfalls keinen Verdächtigen.«

»Können Sie ihnen denn nicht helfen? Ich schätze, dass es Ihnen geradezu unter den Nägeln brennt. Aber berichtigen Sie mich gern, sollte ich damit falschliegen.«

Tryggve legte den Löffel beiseite und stützte den Kopf auf die gefalteten Hände.

»Ich gehe davon aus, dass das bei Ihnen nicht anders aussieht«, sagte er. »Unter Ihren Nägeln brennt es doch sicher ebenfalls.«

»Unter meinen? Keineswegs. Aber ich kann nicht abstreiten, dass ich ständig über das nachdenke, was geschehen ist.«

»Sie wollen Ihre Nase tiefer hineinstecken«, sagte Tryggve.

Anki ignorierte das mit der Nase, aber sie hatte eine Idee. Eine glänzende Idee, wenn sie es so bedachte.

»Ich habe einen Vorschlag«, setzte sie an.

»Schießen Sie los«, antwortete er, und sie erahnte einen Funken Interesse in seinen Augen.

Die Suppe schmeckte einfach fantastisch, Anki gönnte sich noch ein paar Löffel, bevor sie mit ihrer Idee herausrückte.

»Schließen wir Frieden, Tryggve Fridman.«

Er zog die Augenbrauen hoch.

»Frieden?«

»Jawohl.«

Tryggve brach ein Stück Brot ab und tunkte es in die Suppe.

»Tja, so schwer kann das nicht sein. Sofern Sie aufhören, sich so stur und mürrisch aufzuführen.«

»Ich bin doch nicht mürrisch! Sie sind der Griesgram von uns beiden.«

Auf diesen Einwand ging Tryggve nicht mal ein.

»War das alles? Dass wir Frieden schließen?«, wollte er stattdessen wissen.

»Nein. Ich schlage vor, dass wir zusammenarbeiten. Was meinen Sie? Wollen wir diesen Grünschnäbeln mal zeigen, wie man so einen Fall löst?«

Sie nickte fast unmerklich zu dem Tisch, an dem seine ehemaligen Kollegen saßen.

Tryggve versuchte, ein Lachen zu unterdrücken, was ihm nicht wirklich gelang.

»Das klingt nach einer guten Idee«, sagte er. »Ich war kurz davor, etwas Ähnliches vorzuschlagen.«

»Im Ernst?«, fragte sie. »Dass ich das anrege, ist die eine Sache. Aber wie kommen Sie denn darauf, dass ich überhaupt zur Zusammenarbeit tauge? Ich bin eine alte Lehrerin, keine Polizistin.«

»Meine Spürnase verrät es mir«, sagte er. »Und der vertraue ich. Ohne die wäre meine berufliche Laufbahn alles andere als glänzend verlaufen.«

Anki ließ sich von seinem Lachen anstecken, was ihnen ein paar böse Blicke von den Polizisten einbrachte. Sogar Rigmor schaute missbilligend herüber.

»Abgemacht«, sagte sie und streckte die Hand aus. »Wir sollten dieses Treffen an anderer Stelle fortsetzen. Hier können wir schließlich nicht vertraulich sprechen.«

Tryggve wischte sich mit der Serviette den Mund ab und lehnte sich zu ihr hinüber.

»Zu mir?«, fragte er vielsagend.

»Oder zu mir«, entgegnete sie und stand lächelnd auf.

Anki machte eine einladende Geste, und Tryggve ließ sich auf dem Sofa nieder. Sie hatte die blau-weißen Tassen angerichtet, die sie an ihrem allerersten Tag in Mullvald gekauft hatte. Auf dem Heimweg waren sie bei Tryggve vorbeigegangen, um

Putte zu holen. Und Anki erlebte eine Überraschung. Tryggve wohnte nämlich just in dem gelben Haus mit den feinen Holzschnitzereien, an dem sie auf dem Hinweg vorbeigeradelt war.

»Sie trinken doch Tee, oder? Das ist Lapsang Souchong. Dazu kann ich jedoch nur etwas Käse und hartes Brot anbieten. Der Käse ist allerdings richtig lecker. Es ist Stavfa Blå, und das Brot habe ich selbst gemacht. Damit erschöpft sich meine Backkunst allerdings auch schon.«

Tryggve nickte, und so goss sie ihm etwas Tee ein, bevor sie sich selbst versorgte. Sofort verströmte der Tee sein rauchiges Aroma.

»Ich habe das nicht gewusst«, setzte sie an, »aber jetzt bin ich klüger.«

Tryggve nahm sich ein Stück Würfelzucker und versenkte es im Tee.

»Sie sprechen in Rätseln.«

»Also«, fuhr sie fort. »Ich habe nicht verstanden, wieso Sie meinen Stall nicht betreten wollten.«

Sie schnitt sich etwas vom Käse ab und legte ihn auf ein Stück Brot. Tryggve seufzte und rührte in der Tasse.

»Wer hat es Ihnen erzählt?«

»Eine Frau namens Rigmor, falls Ihnen der Name etwas sagt.«

Tryggve lachte auf.

»Ich hätte ja auf Britta getippt, die weiß auch sehr gut Bescheid. Mitunter weiß sie mehr über einen als man selbst.«

»Trauer äußert sich auf so unterschiedliche Weise«, sagte sie. »Ich bin auch verwitwet.«

»Ach, das wusste ich nicht.«

»Nein. Wie auch? Es ist noch gar nicht lange her. Einerseits kann ich Sie also verstehen, anderseits nicht.«

»Sie drücken sich wirklich sehr kryptisch aus.«

Anki sank in ihrem Sessel zurück.

»Vielleicht haben Sie eine wunderbare Beziehung mit Ihrer

Frau geführt, meine glich eher einer kleinen Hölle«, gestand sie. »Mein Mann ist keinen Tag zu früh gestorben, finde ich. Selbst wenn das in Ihren Ohren sicher entsetzlich klingt. Zehn Jahre lang habe ich ihn neben der Arbeit gepflegt. Und davor ...«

Sie hob die Tasse zum Mund und nippte vorsichtig an dem heißen Tee.

»Und davor?«

»Davor war er ein notorischer Fremdgeher. Mein Spürsinn hat sich dadurch ausgebildet, dass ich ihm und seinen Affären nachspionierte. Eine sehr interessante Erfahrung und nicht wirklich schwierig, wie ich gestehen muss.«

»Ein reines Naturtalent! Sie sind also Autodidaktin. Wunderbar, dann sollten Sie wirklich Ordnung in diesen Wirrwarr bringen können.« Tryggve grinste schelmisch. »Sagte ich nicht, dass ich eine alte Bullenspürnase habe?«

Anki versank in Gedanken. Sie müsste nur die Zusammenhänge erkennen, die Fäden verknüpfen, dann würde sie begreifen, wer hinter all den Taten steckte. Tryggve saß vermutlich auch oft da und versuchte, alte Mordfälle zu lösen, deren Spuren schon lange erkaltet waren.

Tryggve räusperte sich.

»Ich beschäftige mich in der Freizeit allerdings schon lange nicht mehr mit meinen abgelegten Fällen, oder wie sagt man heute in den Fernsehserien? Mit *cold cases*?«

Jetzt lachte sie auf.

»Nicht? Das habe ich mich wirklich gerade gefragt.«

»Nein, es gibt genügend pensionierte Polizeibeamte, die das machen. Insofern bin ich vielleicht ein bisschen eingerostet, versuchen wir aber trotzdem in diesem Fall mit System vorzugehen.«

Anki spitze die Ohren. Das sah sie nämlich ganz genauso.

»Vieles deutet auf Agneta von Pers«, fuhr er fort. »Das ist verwunderlich, schließlich ist sie eine geschäftstüchtige Frau, der dieses Dorf viel zu verdanken hat.«

Anki dachte nach.

»Geschäftstüchtig? Na ja, es ist nicht gerade ein Kunststück, ein Unternehmen aufzubauen, wenn man einen Hof, Geld und Durchsetzungsvermögen besitzt. Man könnte genauso gut sagen, dass sie das einfach nur abgenickt hat.«

»Da ist natürlich was dran. Aber trotzdem könnten nicht viele das leisten, was sie leistet. Außerdem locken ihre Kurse viele Gäste hierher, die sonst niemals nach Mullvald gekommen wären.«

»Die Dame imponiert Ihnen offenbar«, stellte Anki fest. »Aber Sie haben recht, vieles deutet auf sie hin. Erst wird Coin in meinem Stall vergiftet…«

»Glauben Sie eigentlich, dass das Pferd sterben sollte?« Tryggve sah sie fragend über seine Brillengläser hinweg an. »Dass es nur aus Versehen überlebt hat?«

»Nein, ich glaube, das war ein Warnschuss. Genau wie Sie gesagt haben. Eine Warnung für Agneta. Dass sie sich in Acht nehmen soll.«

»Ja, so sehe ich das auch.«

»Anfangs dachte ich noch, dass mich einfach jemand vergraulen will, aber davon bin ich abgekommen. Dazu fehlt irgendwie der Anlass. Allerdings biete ich mich natürlich als Sündenbock an, weil ich gerade erst nach Mullvald gezogen bin.«

»Da haben Sie zweifellos recht. Spinnen wir mal weiter. Was ist denn mit Agnetas Stallknecht? Könnte sie versucht haben, das Pferd zu vergiften?«

Anki dachte darüber nach. Solveig? Konnte es sein, dass eine Tiefreundin, ja sogar Pferdenärrin, so rachsüchtig war, dass sie sich an einem wertvollen Pferd vergriff? Und warum sollte sie das tun?

»Kann doch sein, dass Agneta ihr auf die Schliche gekommen ist und Solveig deshalb sterben musste«, schlussfolgerte Tryggve. »Schließlich darf man nicht mal in die Richtung dieses Pferdes sehen. Und Solveig stand ja ziemlich unter ihrem Pantoffel.«

»Ja, unterdrückt wurde sie«, stimmte Anki zu. »Agneta hatte nur Augen für das Pferd und hat die arme Solveig nach Strich und Faden ausgenutzt.«

Tryggve fuhr sich nachdenklich übers Kinn und ließ den Blick durch Ankis Wohnzimmer streifen.

»Vielleicht hat Agneta ja dunklere Seiten, als ich mir vorstellen kann«, sagte er nachdenklich.

31

Montag, 6. Oktober

Eine neue Woche brach an. Vor genau acht Tagen hatte Anki die tote Solveig entdeckt, und noch immer verzeichnete die Polizei keine wesentlichen Fortschritte bei der Suche nach dem Schuldigen. Anki hatte das gesamte Wochenende damit verbracht, die letzten Umzugskartons auszupacken. Die Zeit war nur so verflogen. Am Samstag hatte sie einen Abstecher nach Visby gemacht, um in der Nähe des Osttores einen österreichischen Wein zu kaufen. Die Rebsorte sagte ihr nichts, woraus sie schloss, dass er auch ihren Stockholmer Freundinnen noch nicht bei einer ihrer unzähligen Weinproben begegnet war. Sofort hatte sie eine leise Sehnsucht nach den Freundinnen verspürt, weshalb sie sich größte Mühe gab, ihr Solodasein zu feiern. Diesmal, indem sie sich noch ein riesiges Krabbenbrötchen gönnte, das sehr gut zum Wein passte.

Sie hatte beobachtet, dass die Polizisten weiterhin von Tür zu Tür gingen oder bestimmte Personen zum Gespräch ins Gemeindehaus baten, wo sie so etwas wie ein temporäres Büro eingerichtet hatten. Es bot sich an, sofern sie schnell etwas nachprüfen oder ein weiteres Verhör führen wollten. Sie hatten die Schubkarre beschlagnahmt, genauso das kleine Grasbüschel, und rund um die Abkürzung zu Agnetas Hof flatterte blau-weißes Band.

Anki war ungeduldig, fühlte sich rastlos. Noch immer

konnte die Polizei den Täter nicht dingfest machen. Dabei war es doch das Wichtigste, herauszufinden, wer ein Motiv hatte. Wer ging so weit, dass er jemanden ohne einen stichhaltigen Grund tötete?

Britta war Solveigs beste Freundin gewesen. Sofern es in ihrem engeren Bekanntenkreis schwelende Konflikte gab, sollte Britta darüber Bescheid wissen. Über einen früheren Verlobten vielleicht, der aus Eifersucht verbittert war. Oder über einen Erbstreit zwischen Geschwistern, das wäre jedenfalls ein handfestes Motiv. Anki suchte Brittas Telefonnummer heraus und rief sie an.

Als sie das Telefonat beendete, war sie sehr zufrieden. Ihr Plan ging auf. Sie hatte ein bisschen Überzeugungsarbeit leisten müssen, bevor Britta zustimmte, sie auf einen Ausritt zu begleiten und Kindheitserinnerungen an ihre Zeit als Pferdemädchen wieder aufleben zu lassen. Anki würde Britta mit den Pferden abholen, dann musste diese nicht durch den ganzen Ort radeln.

»Und Sie können wirklich den weiten Weg mit zwei Pferden bewältigen?«, hatte Britta gefragt.

»Aber sicher«, antwortete Anki. »Ich könnte sogar zwei Extrapferde mitführen. Das sollten Sie mal sehen. Die Pferde laufen gern nebeneinander.«

Anki stieg in Austris Sattel, Osk würde sie als Handpferd mitführen. Und genau wie sie vorausgesagt hatte, spornten die Pferde einander an und tölteten fröhlich bis nach Udden.

Britta schlug ein küstennahes Naturschutzgebiet für den Ausflug vor.

»Darf man dort denn reiten?«, fragte Anki, die den empfindlichen Boden nicht zerstören wollte.

»Gerade da ist es erlaubt«, antwortete Britta, »zumindest, wenn wir uns an die gekennzeichneten Wege halten.«

Weil Britta nach den vielen Jahren erst einmal wieder ein

Gefühl fürs Reiten bekommen wollte, ritten sie zunächst ein gutes Stück im Schritt. Osk und Austri gefiel es merklich, zusammen unterwegs zu sein, Anki musste einige Male parieren und forderte Britta auf, dasselbe zu tun.

Auf einer Kalksteinklippe hielten sie inne und bewunderten die heranrollenden Wellen und den langen Sandstrand, der sich unterhalb der Klippe erstreckte. Anki deutete auf einen Vogel.

»Schauen Sie mal, was für ein schönes Tier!«

»Ein Gänsesäger«, sagte Britta. »Ein Weibchen. Das Männchen liegt dahinten auf dem flachen Stein beim Wasser.«

»Sie kennen sich ja gut aus!«

»Ach, so etwas weiß man halt, wenn man hier aufwächst. Das ist nichts Besonderes.«

»Wie lange ist es denn her, dass Sie das letzte Mal auf einem Pferd saßen?«, wollte Anki wissen.

Britta dachte nach.

»Das muss ... Mein Gott, wie die Zeit vergeht ... Das wird jetzt sicher fünfzig Jahre her sein. Und trotzdem weiß ich noch, wie es geht. Faszinierend.«

»Also als Jugendliche?«, hakte Anki nach. »Was sind Sie denn geritten?«

»Alles Mögliche«, antwortete sie ausweichend.

»Ich habe gehört, dass hier früher Reitlager veranstaltet wurden«, sagte Anki. »Daran haben Sie aber nicht zufällig teilgenommen, oder?«

»Doch, sicher! Aber darüber möchte ich nicht sprechen.«

Anki prallte fast zurück, so heftig war die Reaktion.

Sie beließ es vorerst dabei. Stattdessen ritten sie weiter, wegen der Kieselsteine rutschten die Pferde manchmal ab. Schließlich erreichten sie den Waldrand und entdeckten schon bald einen Weg, der direkt hineinführte.

»Den nehmen wir«, sagte Britta. »Der Boden ist weniger steinig, da können wir vielleicht sogar schneller reiten. Nach Hause führt er außerdem.«

Anki nickte und schloss zu ihr auf.

»Sie kannten Solveig ja sehr gut, können Sie sich vorstellen, wer ein Motiv hätte, sie umzubringen?«

»Keine Ahnung.«

»Nicht mal den Hauch einer Ahnung?«

»Nein.«

Anki ließ nicht locker.

»Sie sagen ja, dass Sie beste Freundinnen waren. Hätte Solveig Ihnen dann nicht anvertraut, wenn irgendetwas vorgefallen wäre?«

»Das hat sie natürlich«, antwortete Britta. »In den letzten Tagen vor ihrem Tod hatte sie schreckliche Angst.«

»Angst? Wissen Sie, wovor?«

Britta schüttelte den Kopf.

»Darüber darf ich nichts sagen. Das musste ich ihr hoch und heilig versprechen.«

Anki war drauf und dran, Britta zu erklären, dass es hier schließlich um Mord ging und man in so einem Fall durchaus eine Ausnahme machen und sagen konnte, was man wusste. Eine absolut bindende Schweigepflicht galt schließlich nur für die Pfarrerin.

»Hat sie vielleicht jemanden getroffen?«, hakte Anki nach. »Oder wurde sie bedroht?«

»Wollen wir nicht einfach weiterreiten?«

Anki nickte. Britta würde doch nicht nachgeben, das war offensichtlich.

Der Waldweg bot sich zum Traben an. Anki blieb mit Britta gleichauf und erklärte ihr, wie sie Osk zum Tölten brachte. Als sie kurz darauf das Tempo wieder reduzierten, hatte Britta Farbe auf den Wangen und ein Glitzern in den Augen.

»Ach, das hat großen Spaß gemacht!«, brach es aus ihr heraus. »Wieso habe ich überhaupt mit dem Reiten aufgehört?«

Sie ließen die Pferde an langen Zügeln gehen und blieben dicht beieinander.

»Hatte Solveig denn Familie?«, fragte Anki. »Kinder?«

»Nein, sie war kinderlos. Vermutlich ging es ihr deshalb auch nicht so gut. Sie hat ihr ganzes Leben für Agneta geopfert, hatte nichts Eigenes, wirklich traurig.«

»Wenn man Sie so reden hört, hätte es eigentlich umgekehrt sein müssen.«

Britta wandte sich im Sattel zu ihr um.

»Was meinen Sie? Wieso umgekehrt?«

»Wenn man ein Motiv sucht, dann klingt es doch eigentlich so, als hätte Solveig gute Gründe dafür gehabt, über einen Mord an Agneta nachzudenken. Und nicht andersherum.«

Britta verzog missbilligend den Mund.

»Schrecklich, was Sie da sagen! Solveig hätte niemals jemanden umgebracht. Außerdem sollte man nicht schlecht von den Toten sprechen.«

»Jemand, der Solveig sehr mochte, hätte ihr vielleicht helfen wollen …«

Britta riss so heftig an Osks Zügel, dass die Stute den Halt verlor und aufs Knie hinunterging.

»Was wollen Sie damit sagen?«

Wenn Tryggve von der Aktion erfuhr, würde er sich aufregen, dachte Anki. Er würde ihr einen Vortrag darüber halten, dass sie provozierte und sich selbst in Gefahr brachte. Trotzdem blieb sie dabei.

»Ich will damit sagen, dass ihr möglicherweise jemand helfen wollte und dabei die Falsche erwischt hat. Vielleicht sollte es eigentlich Agneta treffen.«

32

Dienstag, 7. Oktober

Anki hatte Tryggve zu sich eingeladen, um über ihre jüngsten Überlegungen den Täter betreffend zu sprechen. Sie saßen zusammen im Wohnzimmer, und zu Tryggves Füßen lag Putte. Anki hatte sich allmählich an den Hund gewöhnt, schließlich war er alles andere als blutrünstig, wie sie anfangs geglaubt hatte. Trotzdem traute sie ihm noch nicht über den Weg.

Wieder standen die blau-weißen Tassen auf dem Tisch, dazu weiße Leinenservietten. Diesmal servierte Anki Skorpor, eine andere Art hartes Brot. Immerhin selbst gemacht. Beim nächsten Mal würde sie sich an Scones versuchen und sie mit Marmelade und Sahne servieren. Oder sogar mit *clotted cream*, wenn sie richtig Eindruck schinden wollte. Die britisch anmutenden Tassen inspirierten dazu.

»Was wissen wir eigentlich sicher?«, fragte Anki. »Wer hat Solveig Sjödahl ermordet?«

Tryggve nahm ein Stück Brot und tunkte es in den heißen Tee. Dann schob er es schnell in den Mund.

»Was meinen Sie denn, Miss Marple?«, fragte er.

Das sagte er nicht mal böse, eher mit einem amüsierten Funkeln in den Augen.

»Ich kann besser denken, wenn ich schreibe«, sagte Anki.

Sie stand auf, ging ins Arbeitszimmer und holte einen Block.

Tryggve tunkte das nächste Stück Brot in den Tee, während Anki auf die Mitte der Seite Solveig schrieb.

»Agneta von Pers war ihre Vorgesetzte«, sagte sie und zog eine Linie, die Solveigs Namen mit der Abkürzung AvP verband. »Die Frau ist definitiv extrem launisch und würde vermutlich jedem den Hals aufschlitzen, wenn es mit ihr durchgeht.«

»Aber welches Motiv hat sie?«, hakte Tryggve nach. »Entschuldigen Sie diese kleinliche Frage, aber egal wie alt und eingerostet ich wirke, der Kriminalpolizist von uns beiden bin immer noch ich. Die wichtigsten Fragen sind *wie*, *wo*, *wer* und *warum*.«

Anki lehnte sich zurück und trank von ihrem Tee.

»Bisher können wir nur die Fragen nach dem Wo und dem Wer beantworten«, fasste sie zusammen. »Coins Vergiftung halte ich für eine Antwort auf die Frage nach dem Warum. Wenn zum Beispiel Agneta davon überzeugt war, dass Solveig ihr Pferd vergiftet hat…«

Tryggve nickte.

»Das wäre zumindest denkbar, wenn besagte Person ausreichend verrückt ist. Sonst noch Vorschläge?«

»Ragnar. Ragnar Schmierfink.«

Tryggve, der gerade an seinem Tee nippte, prustete los und tupfte dann erst mal den Tisch und sich selbst mit einer Leinenserviette ab.

»Schmierfink! Das ist das Beste, was ich seit Langem gehört habe. Ein wirklich passender Name für den geilen, alten Bock.«

»Er hat den Spitznamen bekommen, den er verdient«, sagte Anki. »Ich muss nur aufpassen, dass ich ihn nicht versehentlich in der Öffentlichkeit so nenne.«

»Wieso denn nicht?«, fragte Tryggve. »Damit muss er zurechtkommen. Aber zurück zur Sache, was könnte er denn für ein Motiv haben?«

»Ragnar war mit ihr in der Kiste«, antwortete Anki. »Die schüchterne Solveig ist wohl schwach geworden.«

»Ist das wahr, oder vermuten Sie das nur?«

»Es ist wahr«, beteuerte sie. »Ich weiß davon, weil ich eine gute Zuhörerin bin. Ich habe mitbekommen, dass Britta und Ragnar sich lauthals darüber stritten.«

»Vielleicht hat er also kalte Füße bekommen und sich Sorgen gemacht, dass es rauskommt«, sagte Tryggve.

»Er hat selbstverständlich nicht damit gerechnet, dass seine Frau bereits von dem Seitensprung wusste, aber da irrte er sich. Sollte er Solveig nur ermordet haben, damit seine Frau nichts davon erfährt, war er damit leider zu spät dran.«

»Vermutlich hatte er Angst, zu Hause rauszufliegen, das kann ich mir zumindest gut vorstellen. Der Hof gehörte nämlich Brittas Eltern. Schreiben Sie seinen Namen dazu«, forderte er sie auf.

»Wer bleibt dann noch übrig?«, fragte Anki und ging gedanklich noch einmal alle durch.

»Britta, Håkan, Rigmor, Catharina und Hasse«, zählte Tryggve an den Fingern ab. »Zumindest wenn wir uns auf das nähere Umfeld konzentrieren.«

»Die Pfarrerin können wir aber doch ausschließen«, sagte Anki.

»Seien Sie sich da nicht so sicher«, erwiderte Tryggve. »Zu diesem Zeitpunkt kann noch niemand ausgeschlossen werden. Nicht einmal wir beide.«

Sie schrieb die fünf Namen dazu. Dann saßen sie beide eine Weile schweigend da und grübelten über mögliche Motive, während der Tee langsam kalt wurde. Anki kam es vor, als arbeitete ihr Gehirn entsetzlich langsam, ihr wollte einfach nichts einfallen.

»Ich war heute mit Britta reiten«, brach sie irgendwann das Schweigen.

Tryggve hob die buschigen Augenbrauen.

»Tatsächlich? Hat es ihr gefallen?«

»Ganz sicher, zumindest am Anfang. Das hat sich dann ganz schnell geändert, als ich von dem Mord anfing.«

Tryggve nahm sich noch ein Stück Brot und warf ihr einen resignierten Blick zu.

»Sie konnten sich also wieder nicht zurückhalten, obwohl ich Sie gewarnt habe?«

Sie schüttelte lächelnd den Kopf.

»Was haben Sie denn gesagt, dass Sie Britta damit so die Laune verdorben haben?« Tryggve sammelte ein paar Krümel von seinem Hosenbein.

Anki wand sich ein bisschen.

»Tja, also… ich habe angedeutet, dass sie die Mörderin sein könnte. Dass der Täter es auf Agneta abgesehen, aber die falsche Frau erwischt hat.«

»Das haben Sie wirklich gesagt? Sie hängen wohl nicht sehr an Ihrem Leben. Mit solchen Anschuldigungen muss man sehr vorsichtig sein.«

»Ich weiß. Es ist mir einfach so herausgerutscht.«

Tryggve legte die Stirn in Falten.

»Haben Sie denn jetzt wenigstens einen Hinweis darauf, ob sie als Täterin infrage kommt?«

»Vielleicht. Sie weiß etwas von Solveig, das sie nicht verraten will.«

»Und weiter? Ich höre.«

»Sie war sehr gut mit Solveig befreundet, trotz des Seitensprungs ihres Ehemanns. Britta hatte offenbar Mitleid mit ihr, weil Solveig so ein elendiges Leben unter Agneta von Pers' Fuchtel führte.«

»Und Sie glauben…«

»… dass Britta sie umgebracht haben könnte. Ja, das glaube ich. Nur dass sie die Falsche erwischt hat. Eigentlich sollte es Agneta treffen. Den Verdacht hatte ich schon früher.«

Tryggve schwieg eine Weile, während er über das Gesagte nachdachte.

»Auch Ragnar käme als Täter infrage«, sagte er.

»Es könnte gut einer der beiden gewesen sein«, pflichtete Anki bei.

»An Fantasie mangelt es Ihnen jedenfalls nicht«, fasste Tryggve zusammen.

Auf diesen Spruch ging Anki gar nicht erst ein.

»Vielleicht lohnt es sich ja, darüber nachzudenken, dass der Täter es nicht auf Solveig, sondern auf Agneta abgesehen hatte«, sagte Anki. »Britta hielt die Idee übrigens für völlig verrückt.«

Tryggve nahm seine Tasse in die Hand und schaute hinein.»Das ist nicht schwer nachzuvollziehen«, sagte er, »so wie Sie in die Vollen gehen. Ist es möglich, noch ein wenig Tee zu bekommen?«

Bevor sie antworten konnte, hatte er bereits selbst nach der Teekanne gegriffen und sich nachgeschenkt.

»Ich muss übrigens gleich los, wenn ich pünktlich bei der Abendmesse sein will. Möchten Sie nicht mitkommen?«

Die Abendmesse war einfach und entspannend. Anki tat es richtig gut, in der Kirche zu sitzen und Catharina zuzuhören, die mit weicher und ruhiger Stimme die Predigt hielt. Anki überlegte, ob sie wirklich eine heimliche Liaison in einer kleinen Hütte im Wald auslebte. Die Orgelmusik setzte ein, und Anki sang mit. Hasse spielte so virtuos, dass die Engelchen vermutlich vor Rührung ein paar Tränchen verdrückten. Anki nahm sogar am Abendmahl teil. Das hatte sie seit ihrer Konfirmation nicht mehr getan, aber hier in der Kirche in Mullvald fühlte es sich völlig natürlich an. In der Schlange vor dem Altar wartete sie neben Ragnar, der sie zwar anstarrte, aber Abstand hielt.

Als sich die Gemeindemitglieder fünfundvierzig Minuten später vor der Kirche zerstreuten, blieb Anki noch einen Moment bei Tryggve stehen. Rigmor warf ihr vielsagende Blicke zu und verdrehte kindisch die Augen.

»Ich hoffe, Sie bekommen heute Nacht eine große Mütze Schlaf«, sagte Tryggve. »Versuchen Sie doch herauszufinden, wer außerdem noch ein Motiv haben könnte. Sobald wir das wissen, kommen wir der Wahrheit ein Stück näher. Und auch der Mordwaffe.«

»Und was haben Sie vor?«, fragte sie.

»Ich fahre morgen in die Stadt, um mich mit einem alten Kollegen zu treffen. Er soll für uns ein paar Leute überprüfen.«

33

Mittwoch, 8. Oktober

Der Bus fuhr die Haltestelle an, Tryggve stieg ein und nickte dem Busfahrer kurz zu. Nachdem er seine elektronische Fahrkarte an den kleinen Automaten gehalten hatte, schaute er sich nach einem Sitzplatz um und fand recht weit vorne einen. Lange fuhr er sowieso nicht mit, nur bis zum Zeitungsladen in Roma, wo er umsteigen musste. Der Anschlussbus würde um einiges voller sein als dieser. Vor der Abfahrt hatte er noch schnell Putte zu seinen Nachbarn gebracht, einem pensionierten Paar, das sich nur zu gern ein paar Stunden um ihn kümmerte. Die beiden waren geradezu vernarrt in den Hund, was glücklicherweise auf Gegenseitigkeit beruhte. Tryggve dachte einen Moment lang über den hohen Altersdurchschnitt in Mullvald nach. So sah es in vielen der ländlicheren Ortschaften aus, die nicht in unmittelbarer Nähe von Visby lagen. Dort wollten die jungen Familien wohnen, Häuser bauen und ihren Nachwuchs großziehen. Je weiter man sich von der Stadt entfernte, desto mehr glichen die Dörfer Rentnerreservaten.

»Geht's heute mal wieder in die Stadt?«, fragte der Busfahrer und warf Tryggve einen Blick über den Rückspiegel zu.

Er kam auch aus der Gegend, und sie kannten sich flüchtig.

»Ja, ein bisschen Abwechslung schadet nicht«, antwortete Tryggve. »Es tut ganz gut, auch mal was anderes zu sehen.«

»Schwere Zeiten in Mullvald. Hab davon in der Zeitung gelesen.«

Tryggve murmelte etwas Unverständliches. Unter keinen Umständen wollte er im Bus quasi vor Publikum über den Mord zu sprechen. Jeder einzelne Fahrgast würde unweigerlich die Ohren spitzen.

»Ich bin jetzt im Ruhestand«, sagte Tryggve. »Damit habe ich nichts mehr zu tun, mache nur noch, was ich will.«

Er lehnte sich zurück und schloss demonstrativ die Augen, um dem Fahrer zu signalisieren, dass er schlafen wollte.

Nach dem Umsteigen in Roma fand Tryggve nur noch einen Platz auf einem der Klappsitze ganz hinten im Bus an der Tür. Wohl fühlte er sich dort nicht, außerdem sah man von hier aus nur Seitenstreifen und Straßengraben. Er war erleichtert, als sie endlich in Visby ankamen.

Einen Moment lang stand er da, den Blick auf die Stadtmauer gerichtet, und überlegte, was er als Nächstes tun sollte. Mit dem Kollegen war er erst gegen Mittag verabredet, bis dahin galt es, ein paar Stunden totzuschlagen. Keine schwere Aufgabe in einer Stadt wie Visby. Es war sonnig, die Luft knackig kalt, und noch dazu war es ungewöhnlich windstill. Ein bisschen Bewegung konnte nicht schaden, und die Stadtmauer lockte. Er entschied sich für einen Spaziergang entlang der alten Ringmauer bis hinunter zum Meer. Sein altes Jagdrevier, in dem er als Kind umhergerannt war und Ritter, Indianer, Räuber und Gendarm gespielt hatte. Schöne Erinnerungen.

Am Wasser angelangt, würde er einfach nach links abbiegen, der Strandpromenade ein Stück folgen, dann den Almedalen-Park durchqueren und sich in die Bibliothek setzen, um einen Kaffee zu trinken.

Der Schweiß stand ihm auf der Stirn, als er eine Dreiviertelstunde später endlich die Bibliothek erreichte. Um seinen Kreislauf anzuregen, hatte er ein ordentliches Tempo vorgelegt, jedoch nichts zu trinken dabeigehabt. Deshalb steuerte er zuerst den Tresen an, bestellte eine Flasche Wasser und ärgerte sich über die unnötigen Kosten, schließlich hätte er sich einfach eine Flasche von zu Hause mitbringen können.

»Außerdem noch einen Kaffee, bitte«, sagte Tryggve zu der jungen Bedienung. »Einen großen. Und einen Schokomuffin.«

Er bekam seine Bestellung auf einem Tablett und begab sich damit zu den Sesseln. Von dort aus genoss man einen fantastischen Blick über den Almedalen-Park. Wie wunderschön das war, hier zu sitzen und durch die großen Fenster zu schauen. Mauer, Pulverturm und ein paar alte Häuser rahmten die Grünanlage ein, und im Hintergrund reckten sich die drei Türme der Domkirche dem Himmel entgegen. Nirgendwo in Schweden gab es eine vergleichbare Stadt, deshalb war Tryggve auch recht stolz darauf, in Visby geboren zu sein.

Schnell organisierte er sich noch das *Svenska Dagbladet.* Die Lokalzeitung bekam er nach Hause, aber eine der großen Tageszeitungen gönnte er sich wochentags für gewöhnlich nicht. Freitags kaufte er sich im Supermarkt in Ljugarn immer die *Dagens Nyheter,* weil er süchtig nach dem Kreuzworträtsel war. Es war ein kniffliges Vergnügen, dem er sich für gewöhnlich bei einem Glas Whisky in seinem Gewächshaus widmete.

Auch das *Svenska Dagbladet* berichtete ausführlich von dem Mord in Mullvald, was ja nur zu verständlich war. Schließlich wurde in Schweden nicht jeden Tag eine Frau ermordet. Auch das vergiftete Pferd und die blutige Verwüstung in der Kirche hatten sie nicht ausgelassen. Die alten Nachrichten wurden also gleich noch einmal aufgewärmt. Lag vielleicht ein Fluch auf Mullvald? Mit Fragen dieser Art beschäftigten sich die Zeitungen nun schon seit ein paar Tagen, wenngleich das *Svenska Dagbladet* sich etwas sachlicher und zurückhaltender gab als die Kollegen der Abendpresse.

Tryggve war vollkommen in die Zeitung vertieft, als sein Handy klingelte. Die alten Bibliotheksregeln, die früher absolute Ruhe vorgeschrieben hatten, saßen immer noch tief, weshalb er nur mit einem intensiven Gefühl der Scham den Anruf seines ehemaligen Kollegen Mats Myrstedt annahm.

»Hast du etwas herausgefunden?«, fragte er.

»Zum Teil«, antwortete der Kollege. »Da sind zumindest ein paar dabei, deren Westen nicht gerade weiß sind.«

»Hast du über Mittag Zeit?«, fragte Tryggve.

»Selbstverständlich! Wenn du mich einlädst, bin ich sofort dabei.«

»Na, das ist doch das Mindeste, was ich tun kann«, erwiderte er. »Was meinst du? Halb zwölf im Isola Bella? Dann sind noch nicht alle da, und wir finden bestimmt ein Eckchen, in dem wir ungestört reden können.«

Das Mittagsbuffet im Isola Bella war hervorragend und reichhaltig. Der Tisch bog sich unter den italienischen Delikatessen. Selbst wer auf Pizza aus war, fand sie hier. Tryggve mochte das Restaurant aus zwei Gründen: wegen des Essens und der Atmosphäre. Noch dazu hatte es das ganze Jahr über geöffnet, im Gegensatz zu den meisten anderen Lokalen in der Stadt. Kaum war die letzte Sommerveranstaltung vorbei, schlossen sie ihre Tore. Für gewöhnlich geschah das am Tag nach der Mittelalterwoche.

Nach dem Essen gönnte sich Tryggve einen doppelten Espresso, während sein Kollege nur einen normalen Kaffee trank. Tryggve schüttete etwas Zucker auf den Kaffeelöffel und ließ ihn in die Tasse sinken.

»Du hast dir in Thailand definitiv einen Sonnenbrand geholt, alter Freund«, sagte er. »War der Urlaub schön?«

»Das kann man wohl sagen«, antwortete Myrstedt, »aber leider sind mir dadurch die Ermittlungen in eurem Mordfall durch die Lappen gegangen.«

»Ja, so ist das. Neue Besen sollen auch kehren.«

Mats Myrstedt und Tryggve Fridman hatten neunundzwanzig Jahre lang zusammengearbeitet. So lange lebte Mats schon auf der Insel. Die beiden waren ein perfektes Team und hatten zusammen viele Fälle aufgeklärt. Die Chemie stimmte einfach zwischen ihnen. Myrstedt war nicht glücklich darüber, dass Tryggve in Rente gegangen war, aber lange musste auch er nicht mehr arbeiten. Kommenden Sommer blühte ihm ebenfalls der Ruhestand. Ein Tausendsassa war er in jedem Fall, das wusste Tryggve.

»Sehr interessant, was du da herausgefunden hast«, sagte Tryggve leise, nachdem er dem knappen Vortrag seines Kollegen gelauscht hatte.

Myrstedt nickte.

»Sag mal, könntest du den hier für mich im Auge behalten?«, fragte er und zog einen braunen DIN-A4-Umschlag hervor. »Ich muss mal eben zur Toilette.«

Tryggve verstand den Wink sofort. Er schob einen Finger unter die Lasche und fischte seine Lesebrille aus der Tasche. Der Umschlag war nicht zugeklebt, und so zog er ohne große Probleme einen Stapel Blätter heraus und überflog sie sofort mit geschultem Blick. Als sein Kollege von der Toilette zurückkehrte, verstaute Tryggve die Blätter wieder im Umschlag, nahm die Brille ab und lehnte sich zurück. Dann verschränkte er die Arme vor der Brust.

»Ist dir was aufgefallen?«, fragte Myrstedt.

»Allerdings«, sagte Tryggve. »Die haben alle was auf dem Kerbholz. Von Drogenhandel bis zu Nervenzusammenbrüchen ist alles dabei. Und dann noch Körperverletzung und Trunkenheit, sogar Gefängnis.«

Mats lächelte schwach, trotz der Tragik der Angelegenheit.

»Und alles hängt zusammen«, fuhr Tryggve fort.

»Ja, schon seit den Sechzigern«, pflichtete Myrstedt bei.

Vor mehr als fünfzig Jahren. Tryggve versuchte sich zu erinnern. Was hatte er damals gemacht? War in einer teuren Bognerjacke und Playboyschuhen herumgelaufen und hatte sich zum Entsetzen seiner Eltern das Nackenhaar lang wachsen lassen. Damals hielt man das für ungepflegt. Wenn er manchmal die alten Schwarz-Weiß-Fotos aus dieser Zeit betrachtete, fand er, dass der junge Mann auf den Fotos absolut nicht ungepflegt aussah. Ganz im Gegenteil. Er machte einen sehr gepflegten Eindruck. Aber die ältere Generation musste sich eben aufregen. So war das ja schon immer.

»Danke vielmals, Mats«, sagte er.

»Ich habe zu danken, für das Essen. Gehen wir noch zusammen zurück?«

»Nein, ich werde mich wieder in die Bibliothek setzen oder dem Fornsalmuseum einen Besuch abstatten, bis der nächste Bus kommt. Und du musst schließlich schnell zurück an die Arbeit. Wir hören voneinander!«

Anfang der Sechziger, dachte er, als Mats aufgebrochen war. Hatten die Mädchen da mit den Miniröcken angefangen?

Tryggve trat auf die Södra Kyrkogatan hinaus und blickte nach rechts zur Domkirche. Vielleicht ging er doch lieber dorthin und genoss für einen Moment die Ruhe. Er könnte eine Kerze für Barbro anzünden und über all das nachdenken, was er gerade erfahren hatte. Myrstedt war fleißig gewesen. Teils hatte er einfach recherchiert, teils im Fahndungsregister nachgeschlagen, wo die Polizei das Tagwerk der Klein- und Großkriminellen dokumentierte. Tryggve legte die kurze Wegstrecke bis zur Domkirche in gemächlichem Tempo zurück, just als er vor dem großen Portal stand, klingelte sein Handy.

»Hallo, Anki hier. Sind Sie noch in der Stadt? Ich bin nämlich auch gerade hier, brauchte etwas aus dem Eisenwarengeschäft. Wenn Sie möchten, nehme ich Sie mit zurück.«

»Oh, danke, das wäre großartig. Dann muss ich nicht auf den Bus warten, und zu erzählen gibt es auch einiges.«

»Dann kommen Sie doch zu diesem kleinen Platz, wie hieß er noch gleich? Zum Södertorg, ich bin in ein paar Minuten da«, sagte sie und fügte, ohne eine Antwort abzuwarten, hinzu: »Bis gleich!«

Er starrte einen Moment auf sein Handy, bevor er es wieder wegsteckte. Dann zuckte er mit den Schultern und machte sich auf den Weg zum Södertorg.

Das gelbe Auto war nicht zu übersehen, es stand direkt gegenüber von dem neuen Bekleidungsgeschäft. Dort hatte früher das uralte Restaurant Brinken zu Tisch gebeten, aber das war schon lange Vergangenheit. Tot und begraben. Es gab einfach zu viele andere, viel modernere Lokale, die um Gäste konkurrierten.

Er öffnete die Beifahrertür und faltete sich in das kleine Auto.

»Verdammt winzig sind diese neumodischen Kisten«, murmelte er und zog die Tür zu.

»Sie haben es ja trotzdem hereingeschafft«, sagte sie. »Und? Was konnten Sie herausfinden?«

»Ein paar recht interessante Informationen«, erwiderte Tryggve. »Mein Kollege hat mir eine sehr gute Zusammenfassung geliefert.«

Anki steuerte den Wagen von dem Platz und folgte den verwinkelten Straßen hinunter zum Hafen.

Als sie das ehemaligen Gefängnis passierten, das nun eine Jugendherberge war, fasste Tryggve sich ein Herz.

»Anki«, sagte er.

»Ja?«

»Seit wann tragen Mädchen noch mal Miniröcke?«

Für einen kurzen Moment ließ sie die Straße aus den Augen und schaute ihn verblüfft an.

»Wie kommen Sie denn jetzt darauf?«, fragte sie. »Ist das wichtig für die Ermittlungen?«

»Nein, nein, ich habe einfach darüber nachgedacht. Seit wann noch mal?«

»1964«, antwortete sie. »Da gab es plötzlich Designer wie

Mary Quant und Courrèges. Vidal Sassoon war der angesagteste Friseur von allen. Ich hatte alles, was kurz war. Die Frisur, den Rock und die Stiefel dazu. Es dauerte nicht lange, bis ich mir die erste Blasenentzündung einfing, weil ich unter dem Rock nicht warm genug angezogen war. Deshalb kann ich mich auch so gut an die Jahreszahl erinnern.«

Er nickte.

»Einige der Personen, die Mats Myrstedt für mich überprüft hat, waren zu der Zeit auch recht umtriebig«, sagte Tryggve. »Allesamt keine Lämmer.«

»Wer war das schon?«, fragte Anki zurück. »Sind Sie denn ein bisschen klüger als vorher?«

»Wenn Sie damit meinen, ob ich jetzt weiß, wer der Täter ist, muss ich Sie leider enttäuschen.«

34

Freitag, 10. Oktober

Catharina faltete den Brief, den sie gerade gelesen hatte, und steckte ihn zurück in den Umschlag, legte ihn in den Tresor der Sakristei und verschloss diesen sorgfältig. Den Schlüssel verstaute sie an einer geheimen Stelle, die nicht einmal der Hausmeister oder der Küster kannte. Selbst Rigmor wischte dort nie Staub. Einen Moment blieb sie vor dem Tresor stehen und dachte darüber nach, wie sie an den Brief gekommen war.

Er hatte die Kirche betreten, als sie gerade das nächste Konfirmandentreffen plante. Ihr schwebte ein Orientierungslauf oben in Gothem vor, und der wollte gut durchdacht sein. Catharina zog sich mit ihren Vorbereitungen für gewöhnlich in die Kirche zurück, die Umgebung wirkte sich positiv auf ihre Kreativität aus. Er war zu ihr gekommen und hatte ihr den Brief mit den Worten überreicht, dass sie von Anfang an als Empfängerin dafür vorgesehen gewesen war.

Er sprach sehr leise, und dann hatte Catharina plötzlich ein Geräusch im hinteren Teil der Kirche gehört. Als wäre jemand über den Steinboden gehuscht und dabei auf eine der losen Platten getreten. Sie war herumgefahren, konnte aber niemanden entdecken. Wie gewöhnlich war ihre lebhafte Fantasie also mit ihr durchgegangen, sie bildete sich so leicht Dinge ein.

Nach ein paar Minuten war der Mann wieder gegangen,

und wenig später tauchte Hasse auf, setzte sich an die Orgel und spielte. Catharina hatte den wunderschönen Tönen gelauscht und sich dabei etwas Vortreffliches für die Konfirmanden überlegt.

Jetzt war es allerdings höchste Zeit, nach Hause zu gehen. Catharina machte noch einen Abstecher in den hinteren Teil der Kirche, um sich von Hasse zu verabschieden. Als sie den kleinen Raum hinter der Orgel betrat, lächelte er sie an. Dieses Lächeln hatte Catharina von Anfang an gemocht. Ihr war klar, dass er Interesse an ihr hatte, sie war ja nicht blind. Und obwohl Hasse ein guter Mensch war und sie ein sehr tiefes Verständnis für den Beruf des anderen hatten, konnte sie sich trotzdem nicht vorstellen, ihr Leben mit ihm zu teilen. Ein schönes Lächeln reichte eben nicht aus.

»Bist du auf dem Weg nach Hause?«, fragte er.

»Ja, es ist spät und ja auch schon dunkel. Willst du mitkommen? Wenn du magst, koche ich uns was.«

Das war eine spontane Idee, eigentlich hatte sie nicht vorgehabt, ihn einzuladen. Aber so musste sie nicht allein im Dunkeln nach Hause gehen. Hasse schaute erwartungsvoll von den Tasten zu ihr auf. Der arme Kerl, sie wollte ihm wirklich keine falschen Hoffnungen machen, aber einmal würde er doch mit ihr zu Abend essen können, ohne gleich zu glauben, dass es etwas bedeutete?

»Gerne! Ich kann nur leider noch nicht weg. Ich möchte das Postludium für Sonntag üben.«

Sie lehnte sich vor und warf einen Blick auf die Notenblätter.

»*Jesus bleibet meine Freude*«, las sie. »Ich mag Bach, das wird sicher toll.«

»Dann sind wir ja einer Meinung«, erwiderte Hasse. »Ich kann gleich noch schnell bei mir vorbeigehen und eine Flasche Wein holen. Morgen steht schließlich keine Taufe oder Trauung an.«

Es sprudelte nur so aus ihm heraus, wenn er aufgeregt war.

»Stimmt, morgen können wir ausschlafen«, sagte Catharina. »Meine Predigt ist auch schon fertig, also muss ich mich nicht auf den letzten Drücker daransetzen. Freie Samstage sind wirklich eine Seltenheit.«

Sie beobachtete Hasses Hände, die über die Tasten flogen, ohne dass die Orgel einen Laut von sich gab. Quasi eine Trockenübung. Eigentlich bot sich der Abend geradzu dafür an, nach Visby zu fahren und einmal wieder richtig auszugehen. Wie schön es wäre, sich auf ein Date zu freuen und für einen Abend das berufliche Umfeld gegen ein alltägliches in einem Lokal zu tauschen. Freie Samstage waren selten. Wie schade, dass Håkan ausgerechnet an diesem Wochenende oben auf Fårö Pferde beschlagen musste.

»Wie schön, dass du hergezogen bist, Hasse«, sagte sie. »Es tut gut, dir beim Spielen zuzuhören. Normalerweise ist es hier so still und leer.«

»Bist du etwa nicht gern allein in der Kirche?«

Sie schüttelte den Kopf.

»Nicht nach Einbruch der Dunkelheit. Puh, nein, ich bin ein ziemlicher Feigling und grusle mich total. Besonders jetzt nach dem Mord an Solveig.«

Sie kramte in ihrer Tasche nach der Stirnlampe und setzte sie auf.

»So«, sagte sie mit einem nervösen Lachen. »Jetzt traue ich mich hinaus und das Stück bis zum Pfarrhof.«

Hasse schenkte ihr ein Lächeln, zog einen der Knäufe und widmete sich wieder ganz seinem Johann Sebastian. Catharina winkte kurz und verließ die Kirche.

Draußen blieb sie einen Augenblick stehen und schaute sich um. War da nicht gerade ein Schatten um die Ecke verschwunden? Raschelte es nicht im trockenen Laub?

»Ist da jemand?«, fragte Catharina laut in die Dunkelheit.

Keine Antwort. Nein, sie bildete sich das nur ein. Sie war

wirklich ein Hasenfuß! Am besten packte sie den Stier bei den Hörnern und ging genau da lang, wo das eingebildete Rascheln herkam, auch wenn das ein Umweg war. So musste sie einmal komplett um den Ostteil der Kirche herum, nur um sich zu beweisen, dass dort nichts war. Der Lichtkegel der Stirnlampe leitete sie, und energischen Schrittes umrundete sie die Apsis. Sie blieb einen Moment stehen. Lauschte. Da näherten sich wirklich Schritte. Sie hörte es ganz deutlich.

35

Eine halbe Stunde später schloss Hasse die Kirche ab und legte den Schlüssel auf den kleinen Vorsprung oberhalb des Portals. Es wussten zwar alle, wo der Schlüssel lag, trotzdem behielten sie es so bei. Nur unmittelbar nach der blutigen Verwüstung in der Kirche hatte Catharina den Schlüssel für ein paar Tage an sich genommen und ihn in ihrem Dienstzimmer verwahrt. Aber jetzt befand er sich wieder an seinem angestammten Platz.

Hasse nahm den direkten Weg zum Tor. Er dachte darüber nach, dass Catharina Angst im Dunkeln hatte. Er konnte sie verstehen, in Mullvald war in den letzten Tagen eine Menge passiert. Die Arme hatte reihenweise Trostgespräche führen müssen. So hatte Catharina das genannt. Sie war bestens dafür geeignet, so empathisch und natürlich, wie sie immer auftrat. Wie lieb von ihr, noch kurz bei ihm an der Orgel vorbeizuschauen und mit ihm zu sprechen. Schlank und schön sah sie in ihrer Jeans und dem Priesterhemd aus. Er dachte nicht daran aufzugeben. Obwohl er gesehen hatte, wie Håkan Hemlin mit ihr flirtete. Was hatte der Hufschmied schon mit ihr gemein? Er kam nie zum Gottesdienst und hätte seine liebe Not, sich in das Leben einer Pfarrerin einzufügen. Vermutlich war er nicht mal gläubig. Mit so jemandem konnte Catharina sich doch nicht zusammentun. Vielleicht würde Hasse ihr ja an diesem Abend ein bisschen näherkommen, und sie würde endlich einsehen, dass er der einzig Richtige für sie war. Schließlich hatte sie ihn zum Abendessen eingeladen und nicht den Hufschmied. Das war seine Nacht.

Der Pfarrhof lag still und dunkel vor ihm, nur die Außenbeleuchtung ging automatisch an, als Hasse sich näherte. Er bewältigte die Stufen mit drei Sprüngen und drückte die Klinke hinunter. Wie sonderbar, die Tür war verschlossen. Manchmal war Catharina durchaus ein wenig zerstreut, möglich, dass sie aus purer Gewohnheit hinter sich abgeschlossen hatte. Sie war schließlich in der Stadt aufgewachsen, da ließ man Türen nicht so gern unverrigelt. Hasse umrundete das Haus, öffnete stattdessen die Kellertür und ging hinein.

»Hallo!«, rief er, als er die Kellertreppe hinaufstieg. »Catharina?«

Er schaltete das Licht im Flur ein und schaute sich um. Offenbar war sie wirklich nicht zu Hause. Wahrscheinlich hatte sie sich auf dem Rückweg noch mit jemandem verquatscht. Er ging in die Küche und schaltete auch dort das Licht ein. Das Geschirr vom Frühstück stand noch auf der Arbeitsfläche; eine Teetasse und Eierschalen auf einer Serviette. Im selben Moment fiel ihm ein, dass er ihr versprochen hatte, eine Flasche Wein von zu Hause mitzubringen. Zaghaft öffnete er den Kühlschrank und fand einen Riesling und einen spanischen Cava. Es war sicher kein Problem, einen dieser Weine zu nehmen, dann würden sie Hasses Flasche ein andermal zusammen genießen. Vielleicht konnte er sich ja gleich am Wochenende mit einem Essen revanchieren.

Trotzdem kam es Hasse sonderbar vor, dass sie nicht zu Hause war, schließlich hatte sie ihn ja eingeladen. Sie hätte doch angerufen, wenn sie sich verspätete oder aus irgendeinem Grund doch plötzlich keine Zeit mehr hatte. Hasse schaute nach, ob er eine SMS bekommen oder einen Anruf verpasst hatte, aber nichts dergleichen. Also wählte er ihre Nummer, lauschte dem Freiton, aber dann meldete sich nicht Catharina selbst, sondern ihre Mailbox.

»*Hallo, Sie sind verbunden mit der Pfarrerin der Gemeinde Mullvald …*«

Hasse legte auf, ohne die Ansage bis zum Schluss zu hören. Stattdessen ging er durch das ganze Haus und sah sich in allen Zimmern nach ihr um, und das waren gar nicht mal so wenige. Er schaltete das Licht im unbeheizten Obergeschoss ein und schaute in jede Kammer. Mit jedem leeren Zimmer wuchs seine Unruhe. Er rannte hinunter in den Keller und steckte den Kopf in den Heizungs- und den Vorratsraum. Selbst in die Sauna, aber Mullvalds großer Pfarrhof war und blieb verlassen.

Schnell zog er Jacke und Schuhe wieder an und lief den gleichen Weg zurück zur Kirche, den er gekommen war. Im selben Augenblick schoss aus der Einfahrt zu Agneta von Pers' Reiterhof ein Wagen, der Richtung Fernstraße raste. Hasse, der sich durch einen Sprung in den Straßengraben in Sicherheit gebracht hatte, versuchte auszumachen, um wessen Auto es sich handelte. Aber bevor er etwas erkennen konnte, war es schon hinter der nächsten Kurve verschwunden.

Der Friedhof lag im Dunkeln, nur der Eingangsbereich wurde notdürftig von den Straßenlaternen beleuchtet. Oben auf dem Hügel brannte Licht im Gemeindehaus. Hasse atmete erleichtert auf. Natürlich, da steckte sie also. Ihr war sicher noch etwas eingefallen, das sie erledigen musste, und sie hatte darüber das versprochene Treffen vergessen.

Doch gerade als er das Gemeindehaus erreichte, erlosch das Licht und die Eingangstür öffnete sich.

»Hasse?«, sagte die Frau, die auf die Treppe hinaustrat.

»Rigmor?«

»Ja«, antwortete sie und schloss die Tür hinter sich ab. »Du siehst aus, als hättest du ein Gespenst gesehen. Ich bin hier gerade fertig und kann endlich nach Hause radeln. Gut, dass Freitag ist.«

»Hast… hast du… Catharina gesehen?«, stotterte er. »Ist sie hier gewesen?«

»Heute Abend, meinst du? Du gibst wohl nie auf, du liebeskranker Musiker«, lachte sie.

Hasse reagierte nicht auf ihre Stichelei.

»Ja, natürlich heute Abend. Hast du sie nun gesehen?«

Rigmor legte die Stirn in Falten und dachte nach.

»Lass mich mal überlegen… Wir sind uns seit dem Nachmittagskaffee nicht mehr begegnet, glaube ich. Sie ist direkt danach in die Kirche gegangen. Oder zu einem Hausbesuch, das weiß ich nicht mehr so genau, ich hatte so viel zu tun. Britta war hier und hat mir beim Fensterputzen geholfen. Sie ist gerade erst mit dem Fahrrad los.«

Das kleine bisschen Hoffnung, das in Hasse aufgekeimt war, während er den Hügel hinaufeilte, erstarb so schnell, wie es gekommen war.

»Es muss etwas passiert sein!«, platzte er heraus.

Rigmor fasste ihn am Arm.

»Jetzt beruhig dich«, sagte sie. »Was soll denn passiert sein?«

Verstand die Frau denn nicht? Catharina war spurlos verschwunden!

»Hör zu!«, sagte er und riss sich von ihr los. »Als sie die Kirche verlassen hat, wollte sie direkt nach Hause. Sie hat mich zum Essen eingeladen, ich wollte nachkommen, sobald ich mit dem Üben fertig war.«

Offensichtlich fiel ihm das Atmen schwer.

»Du bist nur nervös, nach allem, was hier in der letzten Zeit passiert ist«, sagte Rigmor bestimmt. »Hast du sie auf dem Handy angerufen?«

»Natürlich habe ich das! Sie ist nicht drangegangen.«

»Versuch es doch noch einmal«, schlug sie vor.

Also wählte Hasse ihre Nummer. Wieder nur der Freiton. Auf der Fernstraße donnerte ein Lastwagen vorbei und zerriss die Stille. Catharina hob nicht ab. Seufzend gab Hasse auf.

»Dann ist sie sicher noch in der Kirche«, sagte Rigmor, als er aufgelegt hatte. »Hast du da schon nachgesehen? Vielleicht ist sie auch bei Anki. Komm, wir sehen dort nach.«

Also gingen sie zusammen den Hügel hinunter. Hasse war dankbar für die Gesellschaft. Bei Mullvalds Neuzugang brannte Licht, aber durchs Fenster konnte Hasse niemanden erkennen.

»Freitagabend«, sagte Rigmor. »Wahrscheinlich sitzt die feine Dame in der Sauna und lässt es sich gut gehen.«

Hasse klopfte laut an Ankis Tür und drückte die Klinke hinunter. Abgeschlossen. Vermutlich hatte Rigmor recht. Anki saß in der Sauna und konnte sie nicht hören.

Panik ergriff ihn mit ihren großen, unbarmherzigen Klauen. Seine Gedanken sprangen haltlos umher, und er konnte seine Atmung einfach nicht unter Kontrolle bringen.

»Was sollen wir denn nur tun?«, fragte er. »Sie war bei mir in der Kirche, und dann wollte sie nach Hause, um zu kochen. Aber im Pfarrhof war es still wie in einem Mausoleum. Sie ist dort nie angekommen.«

Hatte der Wagen, der vorhin von Agnetas Hof gerast war, vielleicht etwas damit zu tun? Rigmor legte ihm beruhigend den Arm um die Schultern.

»Dann schauen wir eben noch einmal gründlich nach«, entschied sie. »Zuerst in der Kirche. Ich habe eine Taschenlampe und eine Stirnlampe dabei.«

Catharina hatte recht. Es war gruselig, im Dunkeln über den Friedhof zu gehen. Wie dankbar er für die Stirnlampe war. Vor dem Kirchenportal blieb Rigmor stehen und drückte die Türklinke herunter.

»Abgeschlossen. Wir sehen sicherheitshalber trotzdem mal nach.« Sie holte den Schlüssel vom Vorsprung und schloss auf.

»Hier drin ist es kohlrabenschwarz«, sagte sie. »Da ist ganz bestimmt niemand drin. Ich schlage vor, wir gehen erst einmal um die Kirche herum. Nimm du die Nordseite, dann nehme ich die Südseite. Wir treffen uns an der kurzen Seite wieder.«

»Vor der Apsis«, präzisierte er.

»Natürlich, vor der Apsis«, wiederholte Rigmor.

Hasse ging langsam an der fensterlosen Nordseite entlang. Der Seite, auf der die gefallenen Seelen ruhten, Menschen, die sich das Leben genommen hatten oder kriminell gewesen waren.

Die Stirnlampe leuchtete ihm den Weg, aber er sehnte sich nach mehr Licht. Schnell zog er sein Handy hervor und suchte nach der Taschenlampen-App. Er versuchte die unschönen Fantasien über Tote, die zum Leben erwachten, zu unterdrücken, machte sich stattdessen ganz gerade und schritt langsam voran, den Lichtkegel schräg vor sich auf den Boden gerichtet. Trotzdem stolperte er fast über etwas im Gras, eine Art Bündel. Er atmete heftig ein. Dann schrie er.

»Rigmor!«

Er hätte sie gar nicht rufen müssen, sie war fast neben ihm.

»Großer Gott«, flüsterte sie. »Die arme Frau!«

Hasse sank neben ihr auf die Knie, drehte die Frau vorsichtig um und schaute in ein paar leere Augen. Am Hals klaffte eine grässliche Wunde.

»Catharina«, schluchzte er. »Meine geliebte ...«

Wer konnte so grausam sein? Wer konnte etwas so Schreckliches tun? Ihm war, als würden sich alle Eingeweide in ihm zusammenziehen und gleichzeitig aus ihm herauswollen. Wieder spürte er Rigmors Hand auf der Schulter.

»Ich verständige die Polizei«, sagte sie entschieden.

36

Anki hatte es sich in ihrem Lieblingssessel vor dem Fernseher bequem gemacht und das Abendessen auf einem Tablett angerichtet. Salat mit frischem Gemüse, gebeiztem Lachs und einem Berg Krabben von Gerhards Fischrestaurant. Dazu hatte sie sich ein Glas Sekt eingeschenkt und läutete nun den Freitagabend mit einer Talkshow ein.

Sie trank einen großzügigen Schluck Prickelwasser, das hervorragend schmeckte, obwohl es nicht mal teuer gewesen war.

»Wer braucht schon richtigen Champagner?«, sagte sie laut und prostete dem Talkshowmoderator Pekka Heino und seinen Gästen zu. »Ihr habt sicher auch nur Cava in euren Gläsern.«

Dann schob sie sich ein paar Krabben in den Mund und schnitt ein Stück vom Lachs ab. Motorengeräusche ließen sie aufhorchen. Es klang, als würden mehrere Autos die Straße zwischen Haus und Friedhof entlangfahren. Blaulicht flackerte durchs Wohnzimmer. Anki legte die Gabel weg, trat ans Fenster und schaute hinaus. Zwei Polizei- und ein Rettungswagen standen unmittelbar vor dem Friedhofstor. Ein paar Menschen gingen umher. Sie verschwanden hinter der Kirche, sodass sie nichts mehr erkennen konnte. Irgendetwas sehr Ernstes musste vorgefallen sein.

Als die Polizisten Scheinwerfer und ein kleines weißes Zelt

aufstellten, das sie nur zum Teil sehen konnte, wurde Anki ganz kalt. Eilig holte sie ihr Telefon vom Couchtisch und wählte Tryggves Nummer.

Bis es endlich an ihrer Tür klopfte, hatte sie bereits das Abendessen in Frischhaltedosen umgefüllt und in den Kühlschrank gestellt. Der Appetit war ihr gründlich vergangen.

»Kommen Sie doch herein«, sagte sie und griff nach Tryggves Arm. »Was ist denn passiert?«

Putte trottete hinter ihm ins Haus und wedelte unbekümmert und eifrig mit dem Schwanz, als er Anki sah. Vorsichtig streichelte sie ihm über den Rücken.

Tryggve setzte sich aufs Sofa und nahm dankbar das Glas Sekt entgegen, das sie ihm anbot.

»Catharina ist tot«, sagte er bekümmert. »Ermordet.«

»Die Pfarrerin?«, flüsterte Anki und sank auf ihren Sessel. »Das darf nicht wahr sein.«

Er nickte. Sein gebräuntes Gesicht schien seit ihrem letzten Treffen noch tiefere Falten bekommen zu haben.

»Wie?«, fragte Anki, obwohl es ihr schwerfiel, selbst dieses eine winzige Wort hervorzubringen, ohne dass ihr die Stimme brach.

»Auf die gleiche Art wie beim letzten Mord«, sagte Tryggve. »Man hat ihr den Hals mit einem stumpfen Gegenstand aufgeschlitzt.«

Sie schlug die Hände vor den Mund. Grässlich, sich vorzustellen, wie sich das anfühlen musste. Und die lebensfrohe Catharina zu verlieren, die so viel für die Kirche bewirkt hatte.

»Wer hat sie gefunden?«, fragte sie.

Tryggve leerte das Glas zur Hälfte und stellte es ab, bevor er antwortete.

»Hasse. Er sagt, sie hat ihn zum Abendessen eingeladen, aber als er bei ihr ankam, war sie nicht da. Er hat sich Sorgen gemacht und ist zurück zur Kirche gegangen. Zusammen mit Rigmor hat er sie dann gefunden.«

»Hasse zum Abendessen bei Catharina?«, fragte sie. »Das ist ja merkwürdig.«

Sie holte die Flasche aus dem Kühlschrank und füllte beide Gläser auf.

»Merkwürdig?«, fragte er. »Wieso?«

»Also, natürlich kann sie ihn zum Essen eingeladen haben, aber ich glaube, dass es ihr ein ganz anderer Mann angetan hat. Einer, mit dem es sogar hätte ernst werden können.«

Tryggve starrte sie an.

»Wer denn?«, fragte er. »Ich habe sie nie mit jemandem gesehen.«

»Ihr Männer bemerkt auch nichts«, beklagte Anki sich. »Unsereins ist aufmerksam, sieht die kleinen Andeutungen und dergleichen.«

Er winkte ab.

»Schon gut, schon gut. Aber von wem sprechen Sie denn nun?«

»Dem Hufschmied. Dem Mann, der Pferde beschlagen und Wundermittel brauen kann. Ich glaube, zwischen den beiden lief etwas.«

Tryggve starrte eine ganze Weile völlig perplex vor sich hin, offenbar brauchte es seine Zeit, um diese Neuigkeiten zu verarbeiten.

»Håkan Hemlin«, sagte er dann. »Wo ist er denn dann an einem Abend wie diesem?«

»Oben in Fårö«, antwortete Anki. »Er soll dort ein paar Pferde beschlagen und bleibt das ganze Wochenende über. Ich hatte ihn gefragt, ob er nicht vorbeikommen kann, um sich meine Pferde einmal anzusehen.«

Es war schon spät gewesen, als Rigmor endlich nach Hause hatte radeln können. Der arme Hasse war gerade da aufgekreuzt, als sie aufbrechen wollte. Und er war so aufgewühlt gewesen, dass sie gar nicht anders gekonnt hatte, als ihm bei der Suche nach Catharina zu helfen. Wobei er nicht gerade ruhiger geworden war, nachdem sie sie gefunden hatten. Da lag sie am Boden, die Pfarrerin, ihre Chefin, dieser junge, geschmeidige Körper. Das war ein Anblick, den Rigmor ihren Lebtag nicht vergessen würde.

Sie hatte das Gemeindehaus wieder aufschließen müssen, um Hasse und die Polizisten in einen der Gesprächsräume zu lassen. Dann hatte sie sowohl Kaffee als auch Tee gekocht, dazu Brot und Käse bereitgestellt. Die Polizisten blieben sicher die ganze Nacht über dort, da konnten sie die eine oder andere Stulle und dazu einen Kaffee gut vertragen. Sie selbst hatten sie natürlich auch verhört. Jetzt blieb ihr nichts anderes übrig, als abzuwarten. Sie war davon überzeugt, dass es nicht bei diesem einen Verhör bleiben würde, immer tauchten unweigerlich weitere Fragen auf.

Nun starrte sie aus dem Wohnzimmerfenster, draußen herrschte pechschwarze Nacht. Der Wind hatte aufgefrischt, die Wellen schlugen gegen die Steine unten am Strand. Ein dramatisches und regelmäßiges Geräusch, sehr aufreibend. Ohne ihre Tabletten würde sie sicher nicht einschlafen können. Sie streckte sich nach der Dose und schraubte den Deckel ab, spülte die Tablette mit ein paar Schlucken Wasser hinunter. Dann schüttelte sie sich ein Kissen zurecht, deckte sich mit einer Wolldecke zu und rollte sich auf dem Sofa zusammen. Sie schaffte es einfach nicht mehr bis ins Bett. Die Fenster knackten in ihren Rahmen. Hatte sie die auch ordentlich verschlossen? Rigmor fielen die Augen zu. Ein Ast schlug gegen das Fenster, und sie hob noch einmal kurz die Lider. War da ein Gesicht vor der Scheibe? Der Fensterrahmen knirschte. Die Wirkung der Tabletten setzte ein, und Rigmor fiel in einen tiefen Schlaf.

37

Samstag, 11. Oktober

Die Flaggen sämtlicher Höfe wurden an diesem Samstag nach und nach auf Halbmast gesenkt. Die Nachricht vom Tod der Pfarrerin verbreitete sich wie ein Lauffeuer. Ermordet vor ihrem Arbeitsplatz. Das war so unglaublich grauenvoll, nur schwer zu verstehen und kaum zu akzeptieren. Wieder flatterte blau-weißes Band, und diesmal um den Mittelpunkt des Dorfes, die uralte, weiß gekalkte Kirche.

Anki beobachtete die düstere Szenerie auf dem Weg zum Stall. Das einzig Positive war, dass diesmal nicht ihr Grundstück einer akribischen Untersuchung unterzogen wurde. Sie empfand großes Mitgefühl für Hasse und Rigmor, die Catharina gefunden hatten. Der Anblick der Toten würde den beiden sicher noch lange in Erinnerung bleiben.

Wieder würde man sie alle verhören, was sie natürlich über sich ergehen lassen mussten. Hoffentlich führte die Polizei die Verhöre wenigstens in Mullvald durch. Sie wollte nicht immer und immer wieder in die Stadt fahren.

Nachdem sie Tryggve gegenüber Catharina und den Hufschmied erwähnt hatte, war er gleich zu seinen Kollegen auf den Friedhof gelaufen, um sie zu informieren.

»Sie haben sofort seine Handynummer herausgesucht und ihn angerufen«, erzählte er zurück im alten Pfarrhaus. »Wie

Sie darauf kommen, dass er auf Fårö ist, kann ich mir allerdings nicht erklären.«

»Na, das hat er mir gesagt, als ich ihn am Donnerstag anrief, um einen Termin für meine Pferde auszumachen«, antwortete sie.

»Dann wurde das wohl abgesagt«, sagte Tryggve, »er war nämlich zu Hause. Die Kollegen haben ihn sofort abgeholt. Er wird gerade in Visby verhört. Bleibt die Frage, ob er nicht sofort als Tatverdächtiger in Untersuchungshaft kommt.«

»Wieso das? Was ist denn das für ein Unsinn?«

»Es besteht ein Anfangsverdacht«, erklärte Tryggve. »Außerdem will Hasse gesehen haben, wie der Hufschmied am Abend des Mordes mit seinem Wagen aus der Einfahrt des Reiterhofes raste.«

Das konnte sich Anki absolut nicht vorstellen. Was für ein Motiv sollte er denn haben?

»Eifersucht«, antwortete Tryggve, nachdem sie ihren Einwand geäußert hatte. »Es gibt unzählige Fälle, in denen der Freund der Mörder ist. Entweder glauben sie, die Freundin geht fremd, oder aber sie hat Schluss gemacht, und dann knallt ihnen die Sicherung durch.«

»Nein, nein, ich bin mir sicher, dass das hier nicht der Fall ist.«

»Laut Hasse hatte Catharina ihn zum Essen eingeladen. Wenn Håkan das herausgefunden hat, könnte das der Auslöser gewesen sein.«

Anki dachte nach.

»Håkan sagt Catharina also, dass er das Wochenende auf Fårö verbringt, und kaum dreht er ihr den Rücken zu, lädt sie einen anderen Mann zum Essen ein. Schon geht die Fantasie mit dem Hufschmied durch, und er malt sich aus, dass hinter diesem Treffen mehr steckt als einfach nur zwei Freunde, die zusammen essen. Das ungefähr schwebt Ihnen vor?«

»Ja, ungefähr«, sagte Tryggve.

»Das kann ich mir nicht vorstellen«, erwiderte Anki. »In dem Fall hätte er doch Hasse totgeschlagen.«

»Nicht, wenn man krankhaft eifersüchtig ist«, hielt Tryggve dagegen. »Dann will man die Frau bestrafen.«

Das konnte ja an sich stimmen, aber Anki glaubte einfach nicht, dass Håkan ein krankhaft eifersüchtiger Typ war. »Und welchen Grund hätte er, Solveig umzubringen?«

»Es muss ja nicht zwangsläufig derselbe Täter sein«, sagte Tryggve. »Sie haben doch sicher schon einmal von Trittbrettfahrern gehört, oder? Dass sich jemand zu einer Tat inspirieren lässt, ist gar nicht so ungewöhnlich.«

Auch dagegen protestierte Anki. Sie war davon überzeugt, dass es sich um denselben Täter handelte. Er überraschte seine Opfer von hinten und schlitzte ihnen auf makaberste Weise den Hals auf.

Als sie jetzt die Tür zum Stall öffnete, seufzte sie tief. Osk und Austri begrüßten sie sogleich mit leisem Wiehern.

»Hallo, meine Lieben«, sagte sie und ging in Austris Box. »Ich bin so froh, dass ich euch habe. Da draußen ist alles einfach nur schrecklich.«

Austri stupste ihr in die Seite und tastete mit dem Maul ihre Hosentasche ab. Nicht einmal an die Möhre hatte sie gedacht. Sie grub die Finger in seine dichte weiße Mähne und streichelte mit der anderen Hand über sein Maul. Dann fing sie an, hemmungslos zu weinen.

Es dauerte eine ganze Weile, bis sie sich wieder gefangen hatte. Sie schnäuzte sich und atmete einmal tief durch. Das Weinen hatte den Druck ein wenig verringert, jetzt konnte sie sich dem Ausmisten widmen und ihre Lieblinge füttern. Einen Ausritt hatte Anki für heute nicht eingeplant. Von Tryggve wusste sie, dass der Dekan extra aus der Stadt anreiste, um einen Gedächtnisgottesdienst für Catharina zu halten.

Rigmor und Britta standen in der Küche, schmierten Brote und kochten Kaffee, als Anki hineinschaute und fragte, ob sie helfen konnte. Die beiden fleißigen Frauen waren schwarz gekleidet und trugen weiße Schürzen. Sie führten Arbeiten aus, die sie beide wohl im Schlaf beherrschten, wussten instinktiv, dass die Menschen etwas zu essen und zu trinken brauchten, wenn die Welt um sie herum ins Wanken geriet. Gutes Essen und viel Kaffee. Doch heute arbeiteten beide schweigend und steif nebeneinander. Rigmor sah blass aus und hatte dunkle Ringe unter den Augen.

»Wie geht es Ihnen, Rigmor?«, fragte Anki.

Britta hielt inne.

»Ich musste bei ihr vorbeifahren und sie wecken.«

»Ja, ja«, sagte Rigmor und warf einen Blick auf die Armbanduhr. »Ich musste eine Schlaftablette nehmen. So heftig wirken die normalerweise nicht, die Wirkung hat immer noch nicht ganz nachgelassen«

»Das muss manchmal einfach sein«, warf Anki tröstend ein.

»Aber sie haben ihn geschnappt«, sagte Britta. »Das ist doch gut.«

»Wen meinen Sie?«, fragte Anki.

»Den Hufschmied. Ist doch klar, dass er es war. Da hätten wir auch gleich draufkommen können, schließlich stammt er nicht von hier.«

»Ausnahmsweise bin ich mal deiner Meinung«, sagte Rigmor. »Er hat die Pfarrerin so lüstern angesehen, konnte wohl die Konkurrenz nicht ertragen. Was für eine Erleichterung für Hasse, dass sie ihn gekriegt haben.«

Anki schüttelte den Kopf.

»Ich glaube nicht, dass Håkan Hemlin der Täter ist.«

Rigmor, die ein paar Brote mit Schinken belegte, hielt inne und starrte aus dem Fenster. Anki ging zu ihr und stellte sich neben sie.

»Sie sind ja gerade mit Ihren Gedanken ganz woanders«, sagte sie. »Worüber denken Sie nach?«

Rigmor schüttelte sich und verteilte weiter Schinken auf den Broten.

»Das war sehr merkwürdig gestern Nacht«, sagte sie.

»Was denn?«

»Kurz bevor die Tablette anfing zu wirken, war mir, als hätte jemand vor meinem Fenster gestanden und mich beobachtet. Ich war so müde, dass ich auf dem Sofa geblieben bin. Ich habe es einfach nicht mehr bis ins Schlafzimmer geschafft.«

»Was?«, entfuhr es Britta. »Davon hast du vorhin ja gar nichts erzählt. Hast du dir das vielleicht nur eingebildet?«

»Nein, ich bin mir fast sicher. Das war wirklich unheimlich, aber wer es gewesen sein könnte, weiß ich nicht.«

Anki legte ihr die Hand auf den Arm. Das klang wirklich beunruhigend, was sie da erzählte. Sie entschied, später noch einmal nachzuhaken, ob Rigmor doch eingefallen war, wer sie da möglicherweise durch das Fenster beobachtet hatte. Jetzt war dafür einfach nicht der richtige Moment.

»Kann ich Ihnen denn irgendwie unter die Arme greifen?«, fragte sie.

»Sie können die Kerzen anzünden«, antwortete Rigmor und unterdrückte ein Gähnen. »Dann sieht es schön aus, wenn die Städter kommen. Sie sind schon unterwegs und sollten in einer Viertelstunde hier eintreffen. Wie schade, dass der Bischof nicht selbst kommen kann, da doch so etwas Schlimmes passiert ist.«

»Wo ist der Bischof denn?«, wollte Anki wissen.

»Irgendwo in Südostasien. Das Bistum Visby ist auch für die Auslandsgemeinden zuständig, sonst könnte man wohl auch nicht von einem Bistum sprechen. Aber wir sollten nicht klagen, der Dekan ist ein guter Mann, der weiß, was er tut.«

Sie gab Anki ein Feuerzeug, und die ging von Tisch zu Tisch, um die Kerzen anzuzünden. Ihre beruhigende Wirkung konnte man in Momenten wie diesen wirklich brauchen. Anki warf einen Blick aus dem Fenster auf die bizarre Szene, die sich davor bot. Die Kriminaltechniker krochen in ihren blauen Schutzanzügen zwischen den alten Grabsteinen herum, um nach Spuren des Täters zu suchen. Etwas entfernt vor der Friedhofsmauer stand Tryggve und unterhielt sich mit einem Mann, den sie nicht kannte. Ein früherer Kollege, wie sie annahm. Bei der langjährigen Erfahrung, die er hatte, war es sicher gut, wenn er den Jüngeren mit Rat und Tat zur Seite stand. Wobei gute Ratschläge von pensionierten Kollegen vermutlich genau das waren, was sie nicht hören wollten.

Ein graublauer Wagen fuhr den Hügel hinauf, an dessen Seiten das Wappen der Schwedischen Kirche prangte. In klaren, weißen Lettern stand dort, dass die Gemeinde der Domkirche zu Visby diesen Wagen nutzte. Der Dekan Martin Helgesson und zwei weitere Priester stiegen aus, ein Mann und eine Frau.

Martin Helgesson wählte seine Worte mit Bedacht und beschönigte trotzdem nichts. Er hatte ein bewundernswertes Talent, die schrecklichen Ereignisse zwar direkt anzusprechen, sich dabei aber trotzdem mitfühlend und sanft auszudrücken. Der brutale Mord an seiner Kollegin hatte ihn spürbar getroffen. Er betonte die unendliche Tragik, aber auch, dass es in der Zukunft Platz für Vergebung geben würde. Doch bis dahin waren Wut und Verzweiflung durchaus angemessen. Gerade brauchten sie alle Trost und jemanden, der zuhörte.

»Wir alle wünschen uns eine Erklärung, um verstehen zu können, aber man kann nicht immer alles verstehen.«

Anki lauschte aufmerksam seinen Worten. Sie gehörte definitiv zu denjenigen, die sich eine Erklärung wünschten, am liebsten sogar alles verstehen würden, aber wie sollte das gehen? Wer hatte zunächst Solveig und dann Catharina ermordet? Was war das Motiv? Es gab einfach keinen Zusammenhang, zumindest keinen, den Anki bisher finden konnte.

Sie schielte zu Tryggve hinüber, der tief in Gedanken versunken an die Decke schaute. Und doch musste er ihren Blick gespürt haben, denn schon schaute er zu ihr und lächelte schwach. Anki reckte sich nach einer Zuckerbrezel. Rigmor backte wirklich abwechslungsreich. Letztes Mal waren es noch Salzbrezeln gewesen, die Britta sehr gelobt hatte, woraufhin sie sich über die simple Zubereitung des Gebäcks unterhalten hatten.

Anki setzte sich gerade hin und konzentrierte sich wieder auf den Dekan, der gerade alle anwesenden Gemeindemitglieder im Namen des Herrn segnete. Anki schaute sich heimlich um. Mats Myrstedts Nachforschungen hatten einige dunkle Geheimnisse der Dorfbewohner zutage gefördert. Agneta von Pers hatte vor ein paar Jahren eine Bewährungsstrafe wegen Körperverletzung abbüßen müssen, Ragnar wegen Trunkenheit am Steuer, mehrfach. Håkan war wegen Steuerbetrugs zu einer Geldbuße verurteilt worden. Und sowohl Britta als auch Rigmor hatten in der Vergangenheit mit einer Reihe ernsthafter psychischer Beschwerden zu kämpfen. Und höchstwahrscheinlich konnte man bei einem oder einer von ihnen noch Vandalismus, eine Vergiftung und zwei Morde hinzuzählen.

Anki wurde bei dem Gedanken eiskalt.

38

Das warme Wasser floss über Ankis nackten Körper. Nach dem Besuch im Gemeindehaus war sie doch lange mit Austri ausgeritten. Am Strand, unmittelbar an der Sandkante entlang, den frischen Herbstwind immer im Gesicht. Der Rückweg führte im Schritt über kleinere Pfade, und das bot ihr Gelegenheit, über die Menschen nachzudenken, die sie in den vergangenen Wochen kennengelernt hatte. Sie erinnerte sich an den Streit zwischen Britta und Ragnar. Dabei hatte sie erfahren, dass Britta alles andere als gut auf Agneta von Pers zu sprechen war. Und später auf dem Ausritt hatte sie so eigenartig auf den Verdacht reagiert, dass es vielleicht die falsche Person erwischt hatte. Damals ging es um Solveig. Jetzt lag die Sache noch einmal anders. Die Pfarrerin hatte ihr Leben lassen müssen, aber wer profitierte davon?

Nach dem Ausritt tat die Dusche richtig gut. Anki warf die Sauna an, wollte sich dort noch ein kühles Bier gönnen und den Samstagnachmittag damit vergolden. Sie achtete immer darauf, dass das Bier nur kühl und nicht eiskalt war. Im letzteren Fall schmeckte es nämlich weit weniger intensiv und ließ sich nicht so sehr genießen.

Es war eine kleine, feine Sauna aus grob verarbeitetem Holz. Anki goss ein paar Kellen Wasser auf die Steine, Dampf schlug ihr entgegen und legte sich wie eine wärmende Decke um ihren ausgekühlten Körper. Dann trank sie einen Schluck Bier und dachte an nichts mehr. Hier in der Sauna rückte die brutale Wirklichkeit in weite Ferne.

Nach dem Saunagang trocknete sie sich ordentlich ab und setzte sich zum Nachschwitzen in den Ruheraum. Dort standen ein paar klassische Bambussessel, die sie zusammen mit dem Haus erworben hatte. Sie gefielen ihr sehr gut, besonders wegen der Bezüge mit dem englischen Jagdmotiv. Ein paar Pferde mit Reitern in roten Mänteln galoppierten über die Rückenlehnen.

Anki schloss die Augen. Hatte sie auch an alles gedacht? Alles erledigt? Osk und Austri standen wieder im Stall, sie hatte sie vollständig versorgt. Jetzt durfte sie nur noch an sich selbst denken. Vielleicht löste sie noch das heutige Kreuzworträtsel in der *Dagens Nyheter*. Das war eine knifflige Aufgabe und würde sie vielleicht von ihren düsteren Gedanken ablenken.

Fest wickelte sie sich in den Bademantel und ging die Treppe hinauf. Bald würde die Dämmerung einsetzen. Vor dem Fenster war alles still. Im Pfarrhof, wo für gewöhnlich in den meisten Fenstern Licht brannte, herrschte Dunkelheit. Catharina hätte es verdient, ein glückliches Leben und eine glückliche Ehe zu führen, das Haus gefüllt mit einer großen Familie. Anki hätte sie es definitiv nicht nachmachen sollen, die unzählige Jahre einer lieblosen Ehe geopfert hatte. Immerhin war sie mit ihrem Beruf als Lehrerin überglücklich gewesen, ohne den hätte sie das gar nicht durchgestanden. Damals lebte und atmete sie durch ihre Schüler. Wenn ihre eigenen Kinder doch endlich begriffen, wie unendlich schwer ihr das gefallen war. Aber welchen Nutzen hätte es, Christers ewige Affären jetzt noch hinauszuposaunen? Und ihre idiotische Schnüffelei, die doch nur hauptsächlich ihrer Beschäftigung diente. Sie kicherte. All diese Albernheiten. Heute nannte man das wohl Stalking. Sie legte die leere Bierdose in den Recyclingbehälter. Viele Rätsel rund um Christers sonderbares Verhalten hatte sie über die Jahre gelöst. Da stellten diese beiden Morde auch keine größere Herausforderung dar. Aufgeben war keine Option.

Zum Abendessen bereitete Anki ein Risotto zu. Kochen übte eine beruhigende Wirkung auf sie aus, hatte fast etwas Philosophisches. Das Rezept leitete sie in deutlich voneinander abgegrenzten Arbeitsschritten durch die Zubereitung, die alle mit klingenden, italienischen Bezeichnungen versehen waren. *Soffritto, tostatura, evaporare il vino, incorporare il brodo, finitura con formaggio*. Die Wörter glichen feiner Poesie, und das ständige Rühren bescherte ihr viel Zeit zum Nachdenken. Sie schwitzte die Zwiebeln in Öl an, röstete dann den Reis und löschte ihn mit Wein ab. Nun war es an der Zeit, die Brühe anzufertigen, die etwas später zugegeben wurde. Als das Risotto bereits fünfundvierzig Minuten auf kleiner Flamme vor sich hin köchelte, schnitt sie Champignons in Scheiben und schmeckte das Ganze mit Trüffelöl ab. Schließlich ließ sie das Risotto noch eine Weile auf kleiner Flamme stehen, bis sie es vom Herd nahm und geriebenen Parmesan unterrührte.

Dazu gab es diesmal ein Glas Weißwein, Sancerre. Ein Luxus, den man am besten zu einem besonderen Anlass mit jemandem teilte, aber darauf legte sie schon lange keinen Wert mehr. Man durfte das nicht zu eng sehen, sonst konnte man sich über kurz oder lang gar kein Glas mehr gönnen.

Langsam und genussvoll kostete sie ihr Risotto, das immer das gleiche Gefühl in ihr auslöste. Sie fühlte sich gut, wenn sie es aß. Nachdem sie den Teller leer gekratzt hatte, blieb sie noch einen Moment sitzen, genoss das satte Gefühl, bevor sie abräumte und sich ins Arbeitszimmer zurückzog.

Auf ihrem Schreibtisch lagen die Notizen, die sie zusammen mit Tryggve angefertigt hatte. Viel weiter waren sie seither nicht gekommen, obwohl die Dinge jetzt noch viel schlimmer lagen und es ein zweites Opfer gab. Sie trank einen Schluck Wein und zog die Kappe von ihrem Filzstift. Auf ein neues

Blatt schrieb sie das Wort »Opfer« und kreiste es ein. Dann zeichnete sie mehrere Linien, die von diesem Kreis wegführten. An die Enden schrieb sie »verdächtig« und in den Kreis: *Barbro Lundin*. Mit ihr musste alles angefangen haben. Anki nippte an ihrem Wein und grübelte vor sich hin. Schrieb die Namen derer auf, die seit ihrer Jugend in Mullvald wohnten. Rigmor, Solveig, Agneta, Britta, und mit der letztgenannten gesellte sich auch Ragnar dazu. Wie aber passte die Pfarrerin ins Bild? Sie begutachtete ihre Skizze, ohne auch nur einen Schritt voranzukommen. Catharina war neu im Ort und gehörte einer ganz anderen Generation an. Das Gleiche galt für Håkan, der in Visby in Untersuchungshaft saß. Er kam aus Rättvik, wenn Anki sich recht erinnerte. Wieso war er ausgerechnet nach Mullvald gezogen? Gab es eine Verbindung?

Sie stand auf, ging in die Küche und ließ kaltes Wasser über ihren Teller laufen, bevor sie ihn in die Spülmaschine stellte. Dann verharrte sie einen Moment und starrte durch das Fenster hinaus. Gab es in ihrem Freundeskreis jemanden, der sich mit Ahnenforschung auskannte? Jemanden, der sich mit seinen Wurzeln auseinandersetzte? Natürlich! Ingegerd! Sie hatte bei verschiedenen Gelegenheiten davon geschwärmt, wie spannend sie es fand, nach ihren Verwandten zu suchen. Anki rief sofort bei ihr an. Nach wenigen Freitönen meldete sie sich.

»Sicher genießt du gerade ein Glas Wein«, sagte Anki ohne Umschweife und ohne sich mit den üblichen Begrüßungsfloskeln aufzuhalten. »Aber jetzt musst du erst mal einer alten Freundin helfen.«

»Anki! Wie schön, dass du anrufst. Du klingst, als hättest du gerade keine Zeit zum Plaudern. Was soll ich tun? Zu dir kommen und ausmisten helfen?«

Als sie Ingegerds Stimme hörte, überkam Anki sofort eine leise Sehnsucht nach Stockholm und ihren Freundinnen.

»Nein, kein Ausmisten, es geht um Ahnenforschung. Würdest du mir einen Gefallen tun und so viel wie möglich über eine bestimmte Person herausfinden?«

»Ich kann es zumindest versuchen«, antwortete Ingegerd. »Um wen handelt es sich denn?«

»Er heißt Håkan Hemlin«, sagte Anki. »Geboren in Rättvik.«

»Welche Personennummer?«

Ingegerd klang so effizient wie eine Sekretärin. Anki konnte förmlich sehen, wie sie mit Stift und Papier dasaß und alles Wichtige notierte.

»Personennummer? Keine Ahnung. Ich weiß nur, dass er vor ein paar Jahren von Rättvik hergezogen ist.«

»Gut, vielleicht finde ich ja trotzdem etwas über ihn. Wie alt ist er denn ungefähr?«

»Schätzungsweise um die vierzig.«

»Ich mach mich auf die Suche«, sagte Ingegerd, »und melde mich, sobald ich etwas gefunden habe.«

»Toll, tausend Dank! Du darfst auch gern mitten in der Nacht anrufen«, erwiderte Anki und legte auf.

Sie schenkte sich von dem Wein nach, ging zurück ins Arbeitszimmer und setzte sich noch einmal an ihre Aufzeichnungen. Neben Catharina Svenssons Namen kritzelte sie eine Kirche.

In ihrer Funktion als Pfarrerin verfügte sie mit Sicherheit über Informationen, die sie nicht mit der Öffentlichkeit teilen konnte. Sie hatte selbst darauf hingewiesen, dass sie kein Wort darüber verlieren durfte, was sie während einer Beichte erfuhr. Nicht einmal, wenn es dabei um Mord ging. Aber konnte der Täter sich dessen sicher sein? Vielleicht war im Laufe ihrer letzten Tage irgendetwas vorgefallen. Möglich, dass Catharina etwas erfahren hatte und deshalb zum Schweigen gebracht werden musste. Anki drehte und wendete den Gedanken, versuchte etwas zu finden, das dagegensprach, fand aber nichts. Sie war definitiv auf der richtigen Spur.

Bevor Tryggve vorbeikam, schlüpfte sie noch schnell in einen bequemen Jogginganzug. Er kam mit dem Fahrrad, Putte hatte er diesmal zu Hause gelassen.

»Ich habe mir im Gewächshaus schon meinen Samstagswhisky gegönnt«, erklärte er. »Da kann ich den Wagen nicht mehr nehmen, man weiß schließlich nie, wo die Kollegen stehen.«

»Da sagen Sie was«, stimmte Anki zu. »Ich bin denen kürzlich vor dem Dorfladen in die Finger geraten und musste natürlich pusten.«

»Was Sie sicher mit Bravour gemeistert haben.«

»Selbstverständlich. Heute Abend sähe das jedoch ganz anders aus. Ich habe mir in der Sauna ein Bier gegönnt und noch ein Glas Sancerre zum Essen.«

Sie bot ihm etwas von dem Risotto an, das er nur zu gern annahm und bei ihr am Schreibtisch verspeiste. Währenddessen erläuterte sie ihm die Skizze.

»Sie kennen sich damit sicher besser aus«, sagte sie, »und vielleicht ist es auch gar nicht von Bedeutung. Aber Catharina hat mir einmal gesagt, dass sie nichts weitererzählen darf.«

»Das gilt für die Beichte«, sagte Tryggve. »Es muss manchmal wirklich die Hölle sein. Auf der anderen Seite ist das aber auch ein gutes Angebot für die Menschen, die ihr Gewissen erleichtern wollen.«

Er aß mit gutem Appetit und spülte alles mit einem Glas Wein hinunter.

»Was meinen Sie?«, fragte Anki. »Wollen wir uns mal beim Kantor danach erkundigen?«

»Einen Versuch ist es auf jeden Fall wert«, erwiderte Tryggve.

39

Anki trieb Tryggve zur Eile, und schon begaben sie sich hinaus in den herbstdunklen Samstagabend. Hasses Haus stand ein Stück die Landstraße hinunter, hinter dem Pfarrhof. Es war ein kleineres, weißes Kalksteinhaus, ein typisches Beispiel für die Häuser der frühen Selbstversorger, die auf dieser Insel siedelten. Ein Kuhstall gehörte ebenfalls dazu, doch den nutzte Hasse vermutlich nicht.

»Da drin hat Hasse ein regelrechtes Musikstudio«, sagte Tryggve und deutete auf den Kuhstall, als könnte er Ankis Gedanken gelesen.

»Hoffentlich ist er zu Hause«, sagte sie. »Es muss schrecklich für ihn sein. Stellen Sie sich doch nur einmal vor, welche Schuldgefühle ihn quälen müssen!«

»Er ist zu Hause«, erwiderte Tryggve. »Ich habe ihn durchs Fenster gesehen, als ich vorhin mit dem Fahrrad hier entlanggekommen bin. Im ganzen Haus herrschte Festbeleuchtung, wahrscheinlich hält er es alleine im Dunkeln nicht aus. Nicht nach allem, was er durchgemacht hat.«

Anki klopfte an die Haustüre und wartete. Kein Ton. Sie klopfte noch mal, und bald darauf hörten sie schlurfende Schritte, dann öffnete sich langsam die Tür.

Hasse sah blass aus, schrecklich blass und ausgezehrt. Unter den Augen lagen dunkle Ringe, die Haare waren fettig.

»Ach, Sie sind es«, sagte er ausdruckslos. »Was wollen Sie denn so spät hier?«

»Hasse, wir würden Sie gern etwas fragen«, erklärte Anki. »Dürfen wir reinkommen?«

Er leistete keinen Widerstand, und schon bald saßen sie zu dritt in seiner kleinen Küche. Anki schaute sich um. Auf der Spüle standen dreckige Teller und ein paar leere Flaschen. Hasse folgte ihrem Blick.

»Es war ein so großer Schock …«

Anki nickte verständnisvoll.

»Haben Sie schon gegessen?«, wollte sie wissen.

Er schüttelte den Kopf und murmelte, dass er keinen Appetit habe. Das alles sei ein einziger Albtraum. Er saß mit hängendem Kopf da und fuhr abwesend mit dem Zeigefinger über den Tisch.

»Das ist ja nur zu verständlich«, sagte Tryggve und räusperte sich. »Hören Sie, es gibt da etwas, wobei Sie uns behilflich sein könnten.«

Hasse hielt in der Bewegung inne.

»Wie könnte ich Ihnen schon behilflich sein? Ich glaube, ich kann Ihnen nicht folgen.«

Tryggve räusperte sich erneut.

»Am Freitag … dem Tag, als Sie Catharina gefunden haben. Wissen Sie, ob sie da tagsüber allein in der Kirche war?«

Hasse dachte nach.

»Normalerweise habe ich keine Ahnung, mit wem Catharina ihre Gespräche führt. Aber das war vermutlich auch gar kein solches Gespräch.«

Anki sah ihn gespannt an. Jetzt bloß nicht drängen. Aber er sprach so langsam, und sie war so ungeduldig.

»Es hat sie jedenfalls jemand besucht«, sagte er zögerlich. »In der Kirche.«

»Und wer?«, fragte Anki und trommelte unaufhörlich mit dem Mittelfinger gegen die Tischkante.

Selbst genervt von dem Geräusch, setzte sie sich auf ihre Hände, richtete den Blick ins Nirgendwo und zählte langsam von zehn bis null. Zehn, neun, acht, sieben …

»Ragnar«, fuhr Hasse fort. »Ich traf ihn am Kirchenportal, dachte mir aber nichts weiter dabei, schließlich ist er der Hausmeister und geht in der Kirche ein und aus.«

Aber das wusste Anki doch. Sie atmete aus.

»Und weiter?«, fragte Tryggve. »Das klingt, als sei die Geschichte noch nicht vorbei.«

Hasse kratzte sich am Kopf und faltete die Hände.

»Ragnar verhielt sich irgendwie auffällig, so förmlich. Sagte, dass er etwas abliefern müsse, fragte, ob die Pfarrerin in der Kirche sei. Und er fragte nicht nach Cattan, wie er sie sonst immer scherzhaft nannte, sondern hochoffiziell nach der Pfarrerin.«

»Wissen Sie, was er ihr geben wollte?«

»Er hatte einen weißen Umschlag dabei. Catharina kam gerade aus der Sakristei, und ich sah an ihrem Gesicht, dass auch sie plötzlich so … förmlich war. Ja, anders kann ich es nicht nennen. Die beiden setzten sich in die vorderste Bank, ganz dicht zueinander, und redeten. Und ich bin zurück zur Orgel, habe mich um meine Angelegenheiten gekümmert.«

»Sie haben aber nicht zufällig mitbekommen, worüber die beiden sprachen?«, fragte Tryggve.

»Nein.«

»Und was dann mit dem Umschlag passiert ist, wissen Sie vermutlich auch nicht?«, hakte Anki nach.

»Nein. Sie hatte ihn jedenfalls nicht mehr in der Hand, als sie die Kirche verließ. Ich vermute, sie hat ihn irgendwo in der Sakristei gelassen. Oder er steckte in ihrer Tasche. Glauben Sie, dass Ragnar … Nein, der ist kein Mörder.«

»Wir glauben gar nichts«, sagte Tryggve, »trotzdem wird er der Letzte gewesen sein, der Catharina lebend gesehen hat, und das könnte wichtig sein.«

»Nein, das war ich«, sagte Hasse, und sein Blick wurde leer. »Sie hat noch mit mir gesprochen, bevor sie ging. Stand neben mir an der Orgel. Da war Ragnar sicher schon seit einer Viertelstunde unterwegs nach Hause.«

»Woher wissen Sie, dass er nach Hause gegangen ist?«, fragte Tryggve.

Hasse hob kurz die Arme.

»Das weiß ich natürlich nicht sicher. Aber er hatte die Kirche verlassen.«

»Wieso sind Sie nicht zusammen mit Catharina gegangen?«, fragte Anki. »Mittlerweile ist es doch schon so früh dunkel, und Feierabend hatten Sie doch sicher auch längst.«

Hasse konnte die Tränen nicht länger zurückhalten. Leise kullerten sie ihm über die Wangen.

»Ich musste noch üben«, sagte er. »Nur noch ein bisschen. Aber dann wollte ich nachkommen. Wenn ich dieses Stück von Bach nicht noch einmal gespielt hätte, würde sie vermutlich noch leben.«

Sie standen auf, und Anki musterte Hasse besorgt.

»Gibt es denn niemanden, der herkommen kann, damit Sie nicht so allein sind?«

Er zog die Nase hoch und wischte sich mit dem Ärmel übers Gesicht.

»Doch, doch, meine Schwester nimmt gleich morgen die Fähre. Ich weiß nicht, ob es wirklich helfen wird, aber es tut sicher gut, nicht allein zu sein. Beim Verhör hatte ich das Gefühl, dass die Polizei mir nicht glaubt. Aber ich habe sie nicht umgebracht, es muss Håkan gewesen sein, oder? Sie haben ihn ja schließlich verhaftet.«

Tryggve klopfte ihm auf die Schulter.

»Danke, Hasse, Sie waren uns eine große Hilfe. Passen Sie auf sich auf.«

»Was für ein Unglück«, sagte Anki, als sie schon ein gutes Stück zwischen sich und Hasses Haus gebracht hatten. »Der arme Kerl! So ein junger, hoffnungsfroher Mann, erst ist er verliebt, und dann werden all seine Träume auf so brutale Art zerstört.«

»Das musste ich leider schon häufiger erleben«, erwiderte Tryggve. »Sehr tragisch. Wir teilen die Aufgaben unter uns auf, oder?«

»Selbstverständlich«, sagte Anki. »Ich knöpfe mir Ragnar vor. Das wird sicher kein Vergnügen, aber ich mache es trotzdem.«

40

Anki holte ihr Rad aus dem Schuppen und brach auf nach Udden. Der Wind frischte auf, noch dazu nieselte es, und Anki hatte große Mühe, den zahllosen Schlaglöchern auszuweichen.

Als sie ankam, fand sie Ragnar beim Holzhacken. Es war schon spät am Abend, aber die Außenbeleuchtung war eingeschaltet. Wie gewöhnlich kam er ihr sofort zu nahe. Sie machte ein paar Schritte zurück und grüßte reserviert.

»Ich muss einer der Letzten gewesen sein, der sie lebend gesehen hat.«

Sie hob die Augenbrauen. Genau das hatte sie ihn fragen wollen, es überraschte sie, dass er ihr gleich die Antwort präsentierte.

»Ein paar Stunden bevor der Mord geschah, war ich mit einem Umschlag bei ihr.«

»Einem Umschlag?«

Er kam noch näher, lehnte sich vor und flüsterte ihr ins Ohr.

»Er enthielt die Wahrheit. Solveigs Wahrheit. Ich wusste sofort, wie wichtig er war.«

Ragnar wagte es doch tatsächlich, sie mitten in dieser Tragödie anzuflirten. Sie hoffte inständig, dass er ihr deutlich ansah, was sie davon hielt.

»Solveigs Wahrheit? Wie sind Sie denn an ein so wichtiges Dokument gekommen?«

Geräuschvoll zog er die Nase hoch und rotzte auf den Boden. Anki wich einen Schritt zurück, hielt ihn eine Armlänge auf Abstand. Der Kerl hatte wirklich keine Manieren!

»Sie hat ihn Britta gegeben, und die hielt ihn versteckt, aber ich bin ihr auf die Schliche gekommen. Meine Frau ist eine ziemliche Geheimniskrämerin, müssen Sie wissen.«

Nur mit Mühe und Not gelang es Anki, nicht loszuprusten. Dass Britta etwas für sich behielt, war völlig abwegig. Wollte man, dass etwas im ganzen Ort die Runde machte, wandte man sich vertrauensvoll an Britta. So war das nämlich.

»Also haben Sie den Umschlag an sich genommen und sind damit zu Catharina gegangen?«

»Genau. Als Britta unterwegs war, hab ich im Tiefkühlfach nachgesehen.«

»Im Tiefkühlfach?«

»Genau. Und da lag er. Steckte in einer Plastiktüte. Nicht gerade ein sicheres Versteck.«

»Und was stand darin?«, fragte Anki.

»Das finden Sie mal schön selbst heraus, ich habe ihn nicht geöffnet.«

Das konnte Anki sich nur schwer vorstellen, sagte aber nichts weiter dazu.

»Wo ist der Umschlag jetzt?«, fragte sie stattdessen.

Er grinste dümmlich.

»Keine Ahnung. Woher soll ich das wissen? Aber wenn Sie ihn finden, lösen Sie vermutlich den Fall.«

»Das werde ich. Da können Sie Gift drauf nehmen«, sagte Anki, nahm ihr Fahrrad und stellte einen Fuß auf die Pedale.

»Immerhin bekommen wir jetzt vielleicht wieder einen Pfarrer«, sagte Ragnar. »Mit einer Frau ist es einfach nicht das Gleiche.«

Anki konnte ihn nur wütend anstarren. Am liebsten hätte sie ihm das Knie in den Schritt gerammt.

Bevor sie wieder aufs Rad stieg, warf sie noch einen Blick über die Schulter zum Wohnhaus. Die Gardine im Küchenfenster fiel gerade zurück. Sicher hatte Britta sie die ganze Zeit beobachtet.

Tryggve rief Mats Myrstedt an. Es war zwar schon spät an diesem Samstagabend, aber es musste sein. Schließlich ging es um Mord, da ließ man alles andere stehen und liegen.

Nach dem vierten Klingeln hob er endlich ab.

»Myrstedt.«

»Fridman hier«, sagte Tryggve. »Entschuldige, dass ich so spät noch störe, aber du hast wahrscheinlich sowieso noch nicht Feierabend.«

Der Kollege quittierte den Kommentar mit einem hohlen Lachen.

»Noch lange nicht«, sagte er. »Bei zwei Morden so kurz hintereinander kann man lange auf den Feierabend warten. Und dabei wollte ich doch kürzertreten und mich mit so etwas nicht mehr befassen.«

»Das war wohl nix.«

»Das kannst du laut sagen. Die Arbeit reicht dicke für Klintvall und mich. Ich bin auf dem Revier und puzzle alle Informationen zusammen. Aber du hast Glück, gerade mache ich Kaffeepause.«

»Was gibt es Neues von Hemlin?«, fragte Tryggve. »Hat er gestanden?«

»Håkan Hemlin, Hufschmied und versierter Salbenmischer. Sonderbarer Typ, hat irgendwas zu verbergen. Außerdem war…«

»…er der Liebhaber unserer geschätzten Pfarrerin«, beendete Tryggve den Satz.

Myrstedt pfiff durch die Zähne.

»Das weißt du schon, du Fuchs? Und ich dachte, ich kann dir hier richtig saftigen Tratsch auftischen.«

»Für wen hältst du mich denn?«, erwiderte Tryggve und verschwieg wohlweislich, dass er die Information von Anki hatte.

»Wie dem auch sei«, fuhr Myrstedt fort, »wir setzen ihn auf freien Fuß. Ist vielleicht ganz gut, wenn du darüber Bescheid weißt. Klintvall und Persson haben ihn verhört, aber was wir haben, reicht nicht, um ihn länger festzuhalten.«

»Die Theorie ›verschmähter Liebhaber tötet Herzdame‹ ist also nicht aufgegangen?«

»Diesmal nicht«, antwortete Myrstedt. »Soweit ich das verstanden habe, hat sie ihm nicht den Laufpass gegeben. Und an der Beziehung war eigentlich nichts auffällig, sie wollten nur verhindern, dass sich die Leute im Ort das Maul zerreißen, bevor sie für sich klären konnten, wie ernst sie es miteinander meinten. Religion scheint ihn nicht wirklich zu interessieren, um es mal so zu sagen.«

»Da hast du sicher recht. Ich melde mich, wenn wir hier draußen etwas herausfinden.«

»Wir?«, fragte Myrstedt. »Wer ist wir?«

»Schon gut«, antwortete Tryggve. »Ich wünsche dir einen schönen Abend.«

41

Anki und Tryggve standen im Herbstwind vor dem Kirchenportal. Das Flatterband war zwar fort, trotzdem fühlte es sich verboten an, mitten in der Nacht diesen heiligen Ort zu betreten. Morgen fand ein Gottesdienst statt, und der Dekan hatte versprochen, ihn zu halten. War die Kirche schon gut gefüllt, wenn Catharina predigte, so würde sie morgen sicher überquellen. Nicht nur die Bewohner Mullvalds wollten ihrer Pfarrerin die letzte Ehre erweisen und den Gottesdienst besuchen. Auch die der umliegenden Ortschaften hatten Interesse angemeldet. Catharina war in weiten Teilen der Insel beliebt gewesen.

Tryggve reckte sich nach dem Schlüssel auf dem kleinen Vorsprung oberhalb der Tür.

»Nach Ihnen«, sagte er galant, und schon tauchten sie ein in das Dunkel der Kirche.

Beide trugen Stirnlampen und bewegten sich nur vorsichtig vorwärts. Aber Tryggve kannte sich durch die vielen Jahre als Küster gut aus. Anki blieb ihm dicht auf den Fersen.

»Also«, sagte er. »Den Schlüssel zur Sakristei hätten wir hier.«

Er beugte sich hinunter, griff mit gestrecktem Arm unter eine antike, wunderschön verzierte Chorbank, und schon hielt er einen großen, altertümlichen Schlüssel in die Höhe.

»Ist doch praktisch, wenn man sich auskennt«, sagte er.

Die Tür zur Sakristei öffnete sich quietschend, sie gingen die paar Stufen hinunter und schauten sich um. Wo sollten sie mit der Suche beginnen? Wo in Gottes Namen hätte Catharina einen so wichtigen Umschlag versteckt? Wenn er denn überhaupt hier war.

Ankis Blick fiel auf den Tresor.

»Da!«, sagte sie im Brustton der Überzeugung. »Da würde ich ihn auf jeden Fall verwahren. Oder ihn wie Britta einfach ins Tiefkühlfach stecken.«

Tryggve schnaubte.

»Der Tiefkühler ist absolut kein sicherer Ort«, sagte er. »Gewohnheitsdiebe kennen dieses Versteck nur zu gut und bezeichnen es auch gern als Tresor.«

»Ist das so?«, fragte Anki erstaunt.

Vor langer Zeit hatte sie mal ein Bündel Geldscheine im Tiefkühler versteckt und sich für überaus pfiffig gehalten, weil sie auf so ein geniales Versteck gekommen war.

»Aber was diesen Tresor angeht, bin ich durchaus Ihrer Meinung«, sagte Tryggve. »Dann müssen wir jetzt nur noch den entsprechenden Schlüssel finden. Wo der sich versteckt, weiß ich leider auch nicht.«

Sie zogen die Schubladen auf, wühlten unter Briefumschlägen und Andachtsbüchern, öffneten den Schrank, in dem die Klingelbeutel verwahrt wurden, tasteten jeden Beutel sorgfältig ab. Sie durchsuchten die Ablage, hoben Tauf- und Trauungsurkunden an. Aber von einem Schlüssel keine Spur.

Anki nahm die Stirnlampe ab und leuchtete einmal langsam durch den gesamten Raum. An der einen Wand stand ein kleiner Altar, daneben ein ausgehöhlter Stein, der einem Waschbecken ähnelte. Sie ging näher heran, leuchtete hinein und sah ein Loch am Boden des Beckens.

»Tryggve, was ist das hier?«, fragte sie.

»Was denn?«

Er kniete vor dem Schreibtisch und durchsuchte die unterste Schublade.

»Dieses Waschbecken.«

Tryggve griff nach der Schreibtischkante und kam auf die Beine.

»Das ist die Piscina«, erklärte er.

»Aha«, kommentierte Anki. »Und was genau soll das sein?«

»Da gießt man Weihwasser, übrig gebliebenen Wein vom Abendmahl oder Taufwasser aus. Also alle geweihten Flüssigkeiten, sie sollen in die Erde zurückfließen, die der Herr geschaffen hat.«

Sein Wissen imponierte Anki, aber ein Versteck für den Schlüssel war das sicher nicht. Sie suchte weiter, öffnete zwei riesige Schranktüren und richtete das Licht auf den Inhalt, der im Schein der Lampe nur so glitzerte und funkelte.

»Wie schön!«, entfuhr es ihr. Vorsichtig strich sie über eins der Messgewänder. »Aber sollten die einfach so hier hängen?«

Tryggve, der einen schmalen Schrank durchsuchte, wandte sich zu ihr um.

»Das sind wirklich feine Gewänder«, sagte er. »Und unfassbar teuer. Und nein, sie sollten eigentlich liegend verwahrt werden. Aber der Kirchenrat konnte sich der Sache bisher nicht annehmen.«

Anki dachte nach und zählte. In voller Pracht hingen fünf Gewänder vor ihr. Sie füllten den ganzen Schrank aus. War es möglich … Aufmerksam tastete sie die Seitenwand von innen ab. Nichts. Sie wechselte zur anderen Seite und strich auch dort über das Holz. In immer größeren Kreisen. Wieder nichts. Dann schob sie die Hand vorsichtig hinter die kostbaren Gewänder und blieb an etwas hängen. Einem Haken. Mit einem Schlüssel.

»Wie wäre es mit dem hier?«, fragte sie und hielt triumphierend einen langen Schlüssel mit gezacktem Bart in die Höhe.

»Sehr gut, Miss Marple«, sagte Tryggve. »Den probieren wir gleich aus.«

Er steckte den Schlüssel in den Tresor, drehte ihn um und griff beherzt nach der Klinke. Die Tür schwang auf und gab den Blick auf einen leicht verknitterten Umschlag frei.

»Lesen Sie ihn«, sagte er und gab ihn Anki.

»Nein, lieber nicht«, erwiderte sie. »Das ist Ihre Aufgabe.«

Mit zitternden Händen öffnete er vorsichtig den Umschlag. Dann holte er seine Brille heraus und las im Schein der Stirnlampe. Anki versuchte, ihm über die Schulter zu schielen. Als er alles gelesen hatte, ließ er das Blatt sinken und schaute Anki an. Trauer lag in seinen Augen.

»Es geht um Barbro«, sagte er. »Solveig wusste …«

»Was wusste sie?«, fragte Anki und hüpfte fast vor Ungeduld.

»Dass jemand für Barbros Tod verantwortlich ist«, sagte Tryggve. »Dieser Jemand hat ihr Schnaps eingeflößt, damit das Pferd steigt und sie tottrampelt.«

»Das ist ja schrecklich, Tryggve. Steht da auch, wer es war?«

Er schüttelte den Kopf.

»Verdammt noch mal!«, entfuhr es Anki. »Aber vielleicht hat sie es Catharina ja erzählt?«

»Ja …«

»Und der Täter ahnte etwas«, fuhr sie fort. »Oder aber die Pfarrerin hat sich verplappert.«

»Und verraten, was sie in einer Beichte erfahren hat?«, fragte Tryggve. »Nein, das kann ich mir absolut nicht vorstellen.«

»Und wenn sie jemand zusammen gesehen und es dann mit der Angst bekommen hat?«, beharrte Anki.

»Und dann ermordet der Täter Catharina, weil sie den Umschlag hat«, spann er die Theorie weiter und schlug leicht mit dem Handrücken gegen den Brief.

»Die Pfarrerin war die Frau, die zu viel wusste«, sagte Anki. »Klassischer Fall.«

42

Sonntag, 12. Oktober

Am nächsten Morgen war Anki sehr früh auf den Beinen. Sie schlüpfte in den Bademantel und warf die Kaffeemaschine an. Appetit verspürte sie keinen, sie war nach der intensiven Suche gestern Abend einfach todmüde. Viel zu spät erst war sie ins Bett gekommen.

Entgegen ihrer Gewohnheit, sich gesund zu ernähren, holte sie heute die Blechdose mit dem Rosenmuster hervor, in der sie Rigmors Gebäck verwahrte. Anki nahm sich Zeit bei der Auswahl. Diesmal griff sie nicht nach Scharfschützen oder Marmeladenplätzchen, sondern nach einer gezuckerten Gotlandbrezel und einem Waffelröllchen. Mit schlechtem Gewissen kroch sie zurück ins Bett, neben sich ein Tablett mit Kaffee und den Plätzchen ihrer Wahl. Eine Tageszeitung hätte diesen Moment noch vergoldet, aber sonntags gab es nun mal keine. Deshalb gab sie sich ganz ihren Gedanken hin. Und dem Gebäck.

Sie biss in die leckere Brezel und dachte dabei an Rigmor und Britta, an ihre Diskussion, wie man die leckersten Brezeln backte. Viel Butter gehörte in den Teig, sogar ein bisschen Sahne, und wenn man den Teig ausgerollt hatte, musste man nur noch lange Streifen mit dem Teigrad abtrennen und zu Brezeln verknoten. Ein nützliches Werkzeug, dachte sie. Sie biss noch ein Stück von der Brezel ab, legte den Rest auf das

Tablett und betrachtete es. Lauschte den Stimmen in ihrem Kopf. *Man gibt dem Teig gewissermaßen die Sporen, schneidet zuverlässiger…*

»Guter Gott!«, flüsterte Anki leise. »Oh mein Gott!«

Sie hielt sich die Hand vor den Mund, und trotzdem kam ein Geräusch heraus, vergleichbar wohl am ehesten mit einem Wimmern. Hastig stürzte sie einen Schluck Kaffee hinunter und griff dann zum Telefon. Es war gerade mal zwanzig nach sechs. Aber daran war nichts zu ändern, sie musste mit ihm sprechen.

Fünf-, sechsmal klingelte es. Schließlich hörte sie seine belegte Stimme.

»Anki? Sie rufen aber zeitig an. Besonders wenn man bedenkt, wie lange wir gestern noch unterwegs waren.«

Sie hielt sich nicht mit einer Entschuldigung auf.

»Tryggve, ich weiß es jetzt!«, flüsterte sie, obwohl das gar nicht nötig war. »Die Brezel, es war die Brezel!«

Einen kurzen Moment lang herrschte Stille am anderen Ende.

»Brezel?«, fragte er dann, und dem Wort folgten mindestens drei Fragezeichen.

»Die Mordwaffe«, sagte sie.

»Sind Sie wirklich wach?«, fragte er. »Eine Brezel? Das wäre schon erstaunlich, durch ein Gebäckstück zu sterben. Es sei denn, es wurde präpariert. Mit Gift. Aber als Waffe?«

Anki wedelte abwehrend mit der Hand, obwohl er das ja gar nicht sehen konnte. Leider holte sie viel zu weit aus und stieß schwungvoll die Kaffeetasse samt Inhalt zu Boden.

»Verdammt noch mal!«, fluchte sie.

»Wie bitte?«, fragte Tryggve.

»Die Kaffeetasse ist auf den Boden geflogen«, erklärte sie. »Aber das ist jetzt auch egal, die Sauerei wische ich gleich auf. Ich meine keine gewöhnlichen Brezeln, ich habe über das Teigrad nachgedacht, das man verwendet, um Brezeln zu machen!

Und dann wusste ich es. Sie sind wie Sporen. Wie richtige, echte Sporen. Spitze Sporen.«

Plötzlich klang seine Stimme anders. Klarer. Wacher.

»Stiefelsporen?«

Er begriff schnell, kombinierte, zog seine Schlüsse. Was für ein tüchtiger Knabe.

»Ganz genau! Ich habe ein Paar im Stall gefunden, als ich den Schrank aufgeräumt habe. Ich wollte sie später mitnehmen, um sie zu polieren, aber dann überschlugen sich die Ereignisse, und ich habe sie schlichtweg vergessen.«

»Und dann?«

»Vor ein paar Tagen ging ich noch einmal an den Schrank, irgendetwas fehlte, aber ich kam nicht darauf, was es war. Jetzt ist es mir wieder eingefallen: die Sporen!«

»Aber …«

»Diese Sporen sind die Mordwaffe, Tryggve! Sie sind extrem scharf!«

Er pfiff durch die Zähne.

»Jetzt, wo Sie es sagen. Die gehörten Barbro. Sie hat sie mir einmal gezeigt, das waren Kindersporen. 19. Jahrhundert, schätze ich.«

Er klang noch aufgeregter als sie.

»Das kann schon stimmen, sie sahen sehr alt aus«, bekräftigte Anki.

»Ich glaube, Sie sind auf der richtigen Spur. Die Wunden passen dazu. In welchem Zustand waren die Sporen?«, drängte Tryggve.

»Dreckig und verrostet«, antwortete sie.

»Ja, das ist klar, aber ich meine die Rädchen. Haben die sich noch gedreht?«

»Die Rädchen? Nein, die waren völlig verrostet.«

»Sehr gut!«, sagte Tryggve.

»Gut?«

»Wenn die Rädchen noch funktionierten, hätte ich es für

unwahrscheinlich gehalten, dass die Sporen wirklich die Mordwaffe sind. Aber wenn sie wirklich eingerostet sind, dann kann man mehr Kraft ausüben und damit genau so einen fürchterlichen, ausgefransten Schnitt verursachen.«

Es kribbelte ganz unheimlich in Ankis Bauch. Ihre Gedanken gingen mit ihr durch. Silber. Mit kleinen türkisfarbenen Edelsteinen.

»Und sie sind noch immer verschwunden?«, fragte er.

»Soweit ich weiß, schon. Es ist so viel anderes passiert. Ich hatte sie einfach nicht mehr auf dem Schirm.«

»Denken wir mal weiter«, sagte er. »Wenn also jemand diese Sporen genommen hat, rein hypothetisch ...«

»Dann muss er sich den Opfern von hinten genähert, sie an der Stirn festgehalten und den Kopf nach hinten gebogen haben«, beendete Anki den Satz.

»Und dann ratsch«, sagte Tryggve. »Wie wir schon vermutet haben. Catharina war recht klein, sie stellte also keine wirkliche Herausforderung dar. Solveig hingegen war größer, aber wird man von hinten überrascht ...«

»Sie meinen, durch den Überraschungseffekt ist der Täter klar im Vorteil, er muss also nicht zwingend groß und stark sein«, überlegte Anki.

»Genau. Das könnten sogar Sie bewerkstelligen.«

Es entstand eine Pause. Anki schob die Brezel beiseite, biss stattdessen in das Waffelröllchen und verfluchte sich für den verschütteten Kaffee.

Sie schluckte. »Es kann also ein Mann oder eine Frau gewesen sein. Und wer weiß, wo die Sporen sind, wird damit weitere Morde begehen.«

»Ganz genau. Ich bin in zwanzig Minuten bei Ihnen«, sagte Tryggve. »Wir müssen überlegen, wo der Täter sie versteckt haben könnte.«

Sie beendeten das Gespräch. Ihr Handy zeigte eine neue SMS von Ingegerd an. Mit zitternder Hand tippte sie auf das Display und las die Nachricht. Sofort lief ihr ein eisiger Schauer über den Rücken. Jetzt wusste sie, wo sie nach den Sporen suchen mussten.

43

Nur wenig später stiegen sie an der Lichtung aus dem Wagen, auf der Anki die Beerdigungsmusik gehört hatte. Håkan war definitiv hier gewesen, Catharina vielleicht auch. Anki widerstrebte der Gedanke, dass der sympathische Håkan ein Mörder sein sollte. Aber wenn doch, bot sich dieser Ort perfekt als Versteck für die Mordwaffe an. Im Auto hatte sie für Tryggve kurz zusammengefasst, was sie wusste und was sie annahm. An Ingegerds SMS gab es allerdings nichts zu deuteln. Der gutmütige Hufschmied hütete ein dunkles Geheimnis:

Hallo, Privatdetektivin! Hemlin, geboren am 13.03.1973, leibliche Mutter Agneta von Pers, Vater unbekannt, bereits als Neugeborenes von einer Familie in Rättvik adoptiert. Ich hoffe, die Information hilft weiter. Drück Dich – und pass auf Dich auf! Ingegerd

Seine Mutter hatte nichts von ihm wissen wollen. Agnetas Freundinnen, die sie bereits ihr Leben lang kannten, wussten wahrscheinlich Bescheid, vermutlich hatte Agneta ihnen verboten, darüber zu sprechen. Und als Barbro damit drohte, die Wahrheit aufzudecken, brachte man sie raffiniert zum Schweigen. Sicher hatte Håkan versucht, Kontakt zu seiner Mutter aufzunehmen, sie aber begegnete ihm mit Kälte. Das traf ihn tief, so tief, dass er Coin vergiftete, so tief, dass er sie ermorden wollte, aber die Falsche erwischte. So tief, dass er eine krankhafte Eifersucht auf Hasse entwickelte. Sich einbildete, dass Catharina Hasse ihm vorzog. Er konnte es nicht ertragen, dass ihn noch eine Frau zurückwies. Tryggve hatte nur ab und an gebrummt, während er ihrer Theorie lauschte, und sie konnte nicht sagen, ob er dachte, dass ihre Fantasie nun endgültig mit ihr durchging, oder ob er von ihren Schlussfolgerungen beeindruckt war.

Sie blieben zwischen den Gebäuden auf der Lichtung stehen und schauten sich um, Putte wartete im Kofferraum auf sie.

»Von da kam die Beerdigungsmusik«, sagte Anki und zeigte auf die Hütte. »Höchst eigenartig, wenn Sie mich fragen.«

»Das kann man wohl sagen«, stimmte Tryggve ihr zu. »Ich frage mich, wer dieses Holzfällergehöft wohl gebaut hat.«

Er ging zu dem Brennholzverschlag und sah hinein.

»Wo würden Sie denn die Mordwaffe verstecken, wenn das Ihre Hütte wäre?«

»Ich? Keine Ahnung.«

»Schalten Sie Ihre Fantasie ein, wie Sie das sonst immer tun.«

Anki näherte sich der Hütte. Legte den Riegel an der Tür um und drückte sie auf. Wartete, bis ihre Augen sich an die Dunkelheit gewöhnten. Sie sah eine schmale Pritsche, einen klobigen Tisch und einen kleinen, niedlichen Herd als Feuerstelle.

»Da vielleicht«, sagte sie und deutete auf den Herd.

»Zu offensichtlich«, erwiderte Tryggve. »Wer von dieser Hütte weiß, sucht dort zuerst.«

»Auf dem Abort?«, fragte sie beim Verlassen der Hütte und deutete auf ein gräuliches Gebäude, das einem Wachhäuschen glich.

»Möglich«, sagte Tryggve und nickte. »Unten in der Tonne vielleicht. Wollen Sie da mal nachsehen?«

Anki musste trotz der Anspannung lachen.

»Nie im Leben!«, sagte sie. »Da gebe ich lieber den Kriminaltechnikern einen entsprechenden Tipp.«

Tryggve verstummte und schaute angestrengt in den Wald. Seine Denkerfalte auf der Stirn hatte sich vertieft. Anki störte ihn lieber nicht.

»Dort drüben gibt es einen Sumpf«, sagte er. »Auch hinter diesen Gebäuden. Nicht groß, eigentlich eher ein Flachmoor. Da suche ich öfter mal Trompetenpfifferlinge. Noch ein mögliches Versteck.«

Also machten sie sich auf, die Stelle zu untersuchen. Und schon lagen grüne Moosstellen vor ihnen, umgeben von Wasser. Das Moor an sich war nicht größer als acht, vielleicht zehn Quadratmeter. Anki schaute von ihren Turnschuhen zu Tryggve und zurück. Er stand am Rand des Moores und schaute sich das vor ihm liegende Gelände genau an. Dann trat er ein paar Schritte zur Seite, ging etwas näher heran und suchte den Boden ab.

»Dort«, sagte er und zeigte auf eine Stelle mitten im Sumpf. »Am besten gehen Sie nachsehen, Anki, Sie sind die Leichtere von uns beiden. Wenn Sie einsinken, hole ich Sie raus.«

Sie seufzte und schluckte einen Kommentar über ihr ungeeignetes Schuhwerk herunter. Sie würde die Schuhe nach dieser Aktion zum Trocknen aufhängen müssen. Langsam näherte sie sich der von Tryggve angezeigten Stelle.

»Einen Versuch ist es wert«, sagte der noch, »wenn ich falschliege, suchen wir uns einen neuen Strohhalm, an den wir uns klammern.«

Anki zog den Ärmel ihrer Jacke hoch und versenkte ihre rechte Hand im Wasser. Nachdem sie mehrere Stellen abgetastet hatte, ging auch Tryggve die Zwecklosigkeit des Unterfangens auf.

»Wir finden hier nichts«, sagte er. »Aber ich bleibe trotzdem dabei, dass man an dieser Stelle sehr gut etwas verstecken könnte. Dann müssen die Kollegen eben mit ihren Spürhunden herkommen.«

»Schade, dass wir nichts gefunden haben«, sagte Anki und griff dankbar nach Tryggves Hand, als sie am Rande des Moores anlangte.

»Trotzdem gut gemacht«, lobte Tryggve. »Schließlich sind Sie überhaupt erst auf die Sporen gekommen.«

»Danke. Jetzt haben wir nicht nur die Antworten auf die Frage nach dem Wo, Wann, Wie und Warum. Jetzt wissen wir sogar, wer es war«, sagte Anki, während sie zurück zu Tryggves Wagen eilten. »Vielleicht schlägt er noch einmal zu. Gerade deshalb ist es lebenswichtig, dass wir diese Waffe finden.«

Tryggve warf ihr einen betrübten Blick zu.

»Ganz egal, ob wir die Waffe finden oder nicht, man kann auf viele Arten töten. Denken Sie doch nur an das Pferd. Håkan kennt sich sehr gut mit Kräutern aus.«

Sie starrte ihn an.

»Sie meinen, dass er wieder jemanden mit Bergahorn vergiftet?«, fragte sie. »Das ist natürlich möglich.«

»Ungeachtet der Mordmethode«, sagte Tryggve, »ist Eile geboten. Agneta von Pers schwebt in großer Gefahr.«

Anki trocknete sich notdürftig die Hand an der Jeans ab, bevor sie sich mit schmatzenden Schuhen auf den Beifahrersitz setzte.

Langsam fuhr Tryggve über den Waldweg zurück, während Anki tief in Gedanken versunken dasaß. Noch einmal ließ sie die Ereignisse Revue passieren. Zum wievielten Mal vermochte sie gar nicht mehr zu sagen.

Erst Agneta von Pers' Pferd. Ein Warnschuss? Oder wollte der Täter das Pferd wirklich töten? Dann Solveig, da wurde es ernst. Aber fing das alles wirklich erst mit Coin an? Was war mit Barbro?

Agneta von Pers, Solveig Sjödahl und Barbro Lundin, Freundinnen seit Kindertagen. Alle drei besuchten als Kinder regelmäßig die Reitlager auf der Insel, und Agneta hielt bestimmt schon damals die Zügel in der Hand. Die anderen machten genau das, was sie verlangte. Die unterwürfige Solveig. Barbro, die erst mit einem Nervenleiden und dann mit Alkoholproblemen kämpfte. Trotzdem blieben sie Freundinnen. Ihr Leben lang verband sie ein starkes Band der Loyalität.

Wieder dachte sie an die Sporen. Jedes Mal kehrten ihre Gedanken zum Stall zurück. Dort musste alles seinen Anfang genommen haben.

»Ganz genau!«, murmelte sie halblaut.

»Haben Sie etwas gesagt?«, fragte Tryggve.

Sie schüttelte den Kopf. Sie brauchte noch einen Moment für sich.

In Ankis Reitstall hatte es früher eine Gruppe von Mädchen gegeben, die Angst und Schrecken verbreitete. An einem dunklen Herbstabend vor vielen, vielen Jahren wurde sie selbst unfreiwillig Zeugin ihrer Methoden.

Sie hatten ein kleines Mädchen an den Zöpfen über den Stallboden gezogen und sie mit dem Gesicht brutal in Pferdeäpfel gedrückt. Pferdeäpfel, die Anki noch nicht weggeschafft hatte. Sie schämte sich noch heute, wenn sie daran dachte. Das kleine Mädchen hatte sich geweigert, für eine der aufgeblasenen Wichtigtuerinnen Platz zu machen, die Chefpflegerin. Die anderen beiden Mädchen nannten sich Vizepflegerin und Vizevizepflegerin. Die Hackordnung war eindeutig. Es stand ihr so klar vor Augen. Die teuren Reithosen, die blank geputzten Stiefel, die sich sonst niemand leisten konnte. Die Art, wie sie andere herumkommandierten.

Wie war die Sache damals ausgegangen? War sie dem Mädchen jemals wieder begegnet? Anki erinnerte sich nicht. Diesem Mädchen vermutlich nicht, aber einem anderen.

»Was bin ich doch für eine Idiotin!«, stieß sie hervor, als Tryggve auf ihren Hof einbog. »Ein Prachtexemplar von einer Idiotin!«

»Wovon sprechen Sie?«, fragte Tryggve und schielte zu ihr hinüber.

Anki nickte.

»So hängt das alles zusammen.«

»Was zur Hölle ist denn mit Ihnen los?«, fragte Tryggve, und da endlich schaute sie ihn an.

»Tryggve, wir sind dem Falschen auf der Spur. Håkan ist unschuldig!«

44

Tryggve öffnete die Fahrertür, er und Anki stiegen gleichzeitig aus. Eilig ging er vorn ums Auto.

»Würden Sie sich die Mühe machen, einem alten Bullen, der offenbar nicht so schnell kombiniert wie Sie, Ihren Gedankengang zu erläutern?«

Anki erklärte es ihm mit wenigen Worten und ausladenden Gesten.

»Britta soll das gewesen sein?«, fragte Tryggve und kratzte sich am Kopf. »Wenn man bedenkt, was ich durch Mats über ihre Vergangenheit erfahren habe, dann könnten Sie allerdings recht haben.«

»Natürlich habe ich recht!«, sagte Anki und lief aufgeregt auf und ab. »Ich muss nur noch eine Kleinigkeit herausbekommen.«

Tryggve hielt sie am Arm fest.

»Jetzt laufen Sie mir bitte nicht davon, ohne mir zu sagen, was Sie vorhaben. Das kann gefährlich werden, Anki! Überlassen Sie den Rest der Polizei, wenn Sie sich so sicher sind.«

Anki riss sich los. Der Polizei? Das würde viel zu lange dauern. Außerdem musste sie Beweise sammeln, damit die sie endlich ernst nahmen.

»Ich habe mich geirrt, was Solveig angeht. Es war keine Verwechslung. Britta hatte es wirklich auf sie abgesehen«, stieß

Anki hervor. »Ich habe es jetzt endlich begriffen, und Sie müssen ihr nächstes Opfer warnen, Tryggve, bevor es zu spät ist.«

Hastig schwang sie sich auf ihr Fahrrad und trat kräftig in die Pedale.

Das Herz schlug ihr bis zum Hals, doch sie würde nicht umkehren und aufgeben. Unter keinen Umständen. Tryggve sollte denken, was er wollte. Außerdem hatte er eine entscheidende Aufgabe zu erfüllen. Dass sie nicht eher darauf gekommen war! Sie hätte einen Mord verhindern können, vielleicht sogar beide. Ihr Gehirn arbeitete einfach zu langsam, erst jetzt war ihr endlich ein Licht aufgegangen, und alle Puzzleteile hatten sich perfekt zusammengefügt.

Sie beschleunigte und versuchte, ihre Gedanken zu ordnen. Sie und Tryggve waren einer falschen Fährte gefolgt. Håkan war kein Mörder. Er hatte weder seine Freundin auf dem Gewissen noch Solveig statt seiner leiblichen Mutter umgebracht. Die Wahrheit sah ganz anders aus.

Als sie sich dem Haus näherte, wurde sie langsamer, blieb ein paar Sekunden vor dem Gartentor stehen, um wieder zu Atem zu kommen. Beherzt schob sie das Fahrrad auf das Haus zu, stellte es ab und stieg die Stufen zur Veranda hinauf. Sie hob die Hand, klopfte und trat ein.

In der Einfahrt zu Ankis Hof stand Tryggve, die Hände hinter dem Rücken verschränkt. Er sah noch immer in die Richtung, in die Anki davongerauscht war. Was hatte sie da gesagt? Es war gar nicht dumm gewesen, im Gegenteil, trotzdem stimmte irgendetwas nicht. Aus Mats' Unterlagen ging hervor, dass zwei Personen auf ähnliche Erfahrungen zurückblickten. Anki hatte ihre Schlüsse gezogen, aber war sie mit ihrer Verdächtigung etwas vorschnell gewesen? Tryggve brach der kalte Schweiß aus, als ihm bewusst wurde, was da ins Rollen gekommen war. Er holte sein Handy heraus und wählte die Nummer von Mats Myrstedt.

»Ich glaube, wir sind dem Mörder auf der Spur«, sagte er, als sein ehemaliger Kollege abhob. »Ihr müsst so schnell wie möglich herkommen. Verdammt, es ist ernst. Schick mir eine SMS, wenn ihr an der Kirche seid. Wir haben auch herausgefunden, um welche Mordwaffen es sich handelt.«

»Mordwaffen? Es sind mehrere?«

»Genau, ein Paar. Schon mal was von Reitsporen gehört?«

»Ach, du Schande!«, entfuhr es Myrstedt. »Pass auf dich auf, wir fahren sofort los.«

Wie gut, dass sie Myrstedt noch nicht ausgemustert hatten, dachte Tryggve. Einem neuen, unbekannten Kollegen hätte er wohl kaum so klare Anweisungen geben können, aber bei Mats war das kein Problem. Eine lange und vertrauensvolle Freundschaft verband eben doch. Hastig tippte er eine weitere Nummer ein und atmete erleichtert auf, als sie bereits nach zweimal Klingeln dranging.

»Sie müssen unbedingt im Haus bleiben«, mahnte er. »Schließen Sie alle Türen ab und lassen Sie niemanden herein. Ich melde mich wieder.«

Tryggve legte auf und öffnete den Kofferraum, in dem Putte die letzte Stunde zugebracht hatte.

»Komm, Putte«, sagte er. »Aussteigen. Wir müssen Anki finden, und zwar schnell.«

Tryggve zögerte einen Moment und schaute unsicher zur Kirche. Warum hatte er sie nicht aufgehalten, war ihr nachgerannt? Und wo sollte er sie jetzt suchen? Er lief los, Putte folgte ihm auf dem Fuße. Doch nach wenigen Schritten änderte er seine Meinung und machte kehrt.

»Ich muss etwas finden«, murmelte er. »Etwas Brauchbares, und das verdammt schnell.«

Er rüttelte an Ankis Haustüre. Abgeschlossen, natürlich.

»Wo versteckt diese starrköpfige Frau wohl den Schlüssel?« Er schaute sich um. Fuhr mit der Hand am Balken direkt unter dem Verandadach entlang. Nichts. Auf dem Fensterrahmen rechts von der Tür vielleicht? Ja! Hier wurde er fündig. Die Hände zitterten ihm vor Aufregung, als er die Tür aufschloss und in den Flur trat. Aus unerfindlichen Gründen spürte er zwischen all der Tragik und Anspannung so etwas wie freudige Erregung. Endlich waren sie dem Mörder auf der Spur.

In einem Korb mit Handschuhen und Schals fand er, was er suchte. Er entschied sich für ein dunkelblaues Halstuch. Anki trug es bei ihren Ausritten, das war ihm aufgefallen. Oder ein sehr ähnliches. Als Kopftuch. Es roch jedenfalls nach ihr, sodass Putte die Spur aufnehmen konnte.

»Also, Putte«, sagte er und eilte hinaus. »Wir müssen Anki finden, bevor es zu spät ist. Aber ich habe eine Ahnung, wo wir hinmüssen. Einen alten, erfahrenen Bullen führt man nicht so leicht an der Nase herum.«

45

Das hat ja ganz schön gedauert, finde ich.«

Ganz ruhig stand sie in der Küche und hackte mit einem grausigen Gerät Hühnerfilets in Stücke. Ein scharfes Beil mit geradem Griff.

»Finden Sie?«, fragte Anki, um irgendetwas zu erwidern.

Anki wusste nicht, wo sie ansetzen sollte. Wie formulierte man so eine Frage? Sie war weit weniger tough, als sie nach außen vermittelte.

»Ja, ich habe damit gerechnet, dass Sie es schneller kapieren. Sie sind ja nicht gerade auf den Kopf gefallen.«

Anki starrte sie an. Langsam dämmerte es ihr, dass sie einen Fehler gemacht hatte. Einen riesigen Fehler.

»Und jetzt sind Sie stumm wie ein Fisch«, sagte die Frau.

»Sie waren das?« Anki brachte die Frage kaum über die Lippen. Alles in ihr zog sich zusammen. »Und ich dachte …«

Die Frau lachte auf und hackte weiter auf das Fleisch ein.

»Da sind Sie mir schön auf den Leim gegangen! Neugierig waren Sie, ja. Aber nicht neugierig genug.«

»Zwei Menschen sind tot«, sagte Anki.

Jetzt lächelte die Frau, ihre Augen glänzten regelrecht.

»Ja, genau. Ich habe mir Zeit gelassen, lange im Voraus geplant. Einfach abgewartet.«

Eine kleine graue Maus; ein Mädchen, das es liebte, sein

Lieblingspferd Stunde um Stunde zu bürsten, gab es in jedem Reitstall. Ein Mädchen, das, ganz gleich wie klein es auch war, jedes noch so große Pferd dazu brachte, den Huf zu heben, um ihn auszukratzen. Ein junges Ding, das sich sofort aus der Box zurückzog, sobald die Chefpflegerin zischte, es solle verschwinden.

Fünfzig Jahre lang wuchs das Gefühl der Erniedrigung, war groß und dunkel geworden, hatte ihr Seelenheil nachhaltig gestört und sie zur Mörderin gemacht. Das, was Tryggves Kollege über sie ausgegraben hatten, bestätigte es. Mehrere Male war sie im Krankenhaus gelandet. Ein paarmal sogar in der geschlossenen Abteilung. Anki hatte nur eine vage Vorstellung davon, wie sich dieser Ort auf den Genesungsprozess eines Menschen auswirkte. Ankis Freundin Gunilla hatte als junge Frau eine Zeit lang in der Psychiatrie ausgeholfen und viel davon erzählt. Dort trafen aggressive Jungs auf Männer mit bipolaren Störungen, verwirrte Frauen auf verzweifelte Mädchen, die sich ritzten und Drogen nahmen. Eine richtig kranke, abgeschottete Welt, wo Aggression und Gewalt immer schnell bei der Hand waren, und ging jemand zu weit, bekam er ein Beruhigungsmittel und wurde am Bett fixiert. Wie sollte man in so einer Umgebung gesund werden? Heute war das natürlich alles ganz anders, aber damals …

»Das muss mittlerweile über fünfzig Jahre her sein«, flüsterte Anki. »Konnten Sie denn niemanden um Hilfe bitten?«

Die Frau legte das Beil beiseite, nahm die Schürze ab und hängte sie in aller Seelenruhe an den Haken, bevor sie sich wieder Anki zuwandte.

»Um Hilfe bitten? Wen denn? Damals gab es noch keine Anlaufstellen. Kein Vergleich zu heute und all der Unterstützung, die Kinder und Jugendliche bekommen können.«

Anki wusste nichts dagegenzuhalten. Sie hatte schließlich recht. Wer damals gehänselt wurde, musste selbst damit klarkommen. Auch Anki hatte dem Mädchen aus ihrem Reitstall nicht geholfen. Es war für sie zu einer finsteren Erinnerung geworden.

Wieder zog sich alles in ihr zusammen. Die Frau griff nach dem Beil. Was würde sie als Nächstes tun? Sie musste Zeit gewinnen. Tryggve hatte sicher längst die Kollegen verständigt. Die Polizei suchte bestimmt schon nach ihr. Sie musste das hier so lange wie möglich hinauszögern.

»Wie wäre es mit einem Kaffee?«, fragte sie. Das war zwar recht einfallslos, aber vielleicht funktionierte es ja. »Wir könnten uns hinsetzen und uns bei einer Tasse unterhalten. Nur Sie und ich.«

Sie erntete ein hohles Lachen.

»Ja, das würde Ihnen gefallen, nehme ich an. Nein, nein. Ich werde hier nicht in aller Ruhe mit Ihnen Kaffee trinken, während Sie versuchen, Zeit zu schinden. Sie haben sicher längst die Polizei eingeschaltet.«

»Habe ich nicht«, beteuerte Anki. »Ich bin Hals über Kopf aufgebrochen, ohne zu sagen, wohin.«

Die Frau schüttelte den Kopf.

»Und das soll ich Ihnen glauben? Nein, ich habe etwas anderes mit Ihnen vor, als über einer Tasse Kaffee zu klönen.«

Sie packte Anki kräftig und schob sie vor sich her zur Haustür hinaus. In der Hand hielt sie noch immer das messerscharfe Beil. Wenn die Frau sie richtig am Kopf zu fassen bekam, würde sie ihr problemlos den Hals aufschlitzen können.

»Ich bestimme, wohin wir gehen. Sonst kommt dieses wunderbare Werkzeug zum Einsatz. Damit funktioniert es vermutlich sowieso viel besser als mit den verrosteten alten Dingern.«

»Den Sporen«, flüsterte Anki.

Die Mörderin lachte leise.

»Aha, das haben Sie also auch herausgefunden. Ja, das ging gut, und schnell noch dazu. Die hatten keine Chance, weder

Solveig noch Catharina. Allerdings wird der Schnitt mit dem Ding hier sicher viel sauberer.«

Sie hielt Anki das Beil unter die Nase, sodass sie es beide sehen konnten, und begutachtete die Klinge. Anki erschauderte, versuchte aber, sich nichts anmerken zu lassen. Stattdessen hielt sie sich an die Anweisungen dieser Frau und folgte ihr durch das Gartentor bis zu einem Haus, an dem sie schon einige Male vorbeigeritten war. Das Hexenhaus. Alle Fenster waren verrammelt und verriegelt, das kleine, von Efeu überwucherte Häuschen sah aus, als läge es im Dornröschenschlaf.

Die Frau zog einen Schlüssel aus der Tasche und schloss auf. Dann drückte sie Anki das Beil in den Rücken und zwang sie in das dunkle Innere. Was würde passieren, wenn Anki versuchte, ihr das Beil aus der Hand zu schlagen? Nein, sie wagte es nicht. Einfach weiter mitspielen und versuchen, Ruhe zu bewahren. Alle Kraft heraufbeschwören, die sie in sich trug. Ein paarmal hatte sie in ihrem Leben vor absolut unmöglichen Schülern gestanden und gelernt, beruhigend auf sie einzuwirken. Diesmal würde sie sich nicht aus der Affäre ziehen können, aber vielleicht gelang es ihr, das Unvermeidbare herauszuzögern.

»So!«, sagte die Frau. »Rein mit Ihnen ins Hexenhaus! Hier wird Sie niemand suchen, und ich komme darum herum, Sie eigenhändig töten zu müssen. Das überlasse ich einfach dem Lauf der Natur. Mich wird nämlich niemand schnappen, dass Ihnen das klar ist!«

Die Tür stand halb offen, noch fiel Licht herein.

Anki dachte fieberhaft nach.

»Aber wieso das Ganze? Warum sind Sie zur Mörderin geworden?«, fragte sie und gab sich größte Mühe, beherrscht zu klingen.

Die Frau machte einen Schritt auf Anki zu und hielt ihr das Beil unter das Kinn.

»Was maßen Sie sich eigentlich an? Sie wollen wissen, was

Grund genug ist?«, fauchte sie. »Sie haben ja keine Vorstellung davon, was ich durchmachen musste!«

Da hatte sie selbstverständlich recht.

»Die habe ich definitiv nicht«, wimmerte Anki. »Ich habe das gar nicht so gemeint… Mir ist klar, dass Sie etwas Furchtbares erlebt haben müssen.«

Die Frau schwankte leicht, blinzelte ein paarmal, fing sich dann aber wieder.

»Sie hätten Ihre Nase besser nicht in diese Angelegenheit gesteckt«, zischte sie. »Hätten besser gar nicht erst angefangen mit Ihrer Schnüffelei. Ich werde die Letzte von ihnen auch noch töten, sobald ich mit Ihnen fertig bin. Das können Sie mir glauben.«

46

Nur eins noch, bevor Sie gehen«, flehte Anki und versuchte es ein letztes Mal.

Die Frau starrte sie nur an. Das Beil noch immer in der Hand, bereit, es jeden Moment einzusetzen, wenn nötig.

»Dann mal los. Aber Beeilung«, fauchte sie.

Anki schluckte und nahm allen Mut zusammen.

»Erzählen Sie mir, was passiert ist. Ich komme schließlich nicht von hier, wie Sie alle nur zu gerne betonen. Da können Sie mich auch einweihen.«

Sie fühlte sich nicht halb so kühn, wie sie vorgab. Die Mörderin wischte sich mit dem Handrücken den Schnodder ab, ihre Nase lief.

»Sie haben mich festgehalten. An Armen und Beinen. Alle drei.« Ihre Stimme wurde ganz leise. »Ich trat um mich, wollte loskommen. Nachdem sie mich mit Pferdeäpfeln eingeseift und mir einen in den Mund gedrückt hatten, haben sie …«

»Haben sie was?«

Anki hielt den Atem an. Unweigerlich dachte sie an die Szene mit dem kleinen Mädchen von damals zurück.

»Sie haben mich einfach da liegen lassen. Und dann kam dieser Reitlehrer, dieser widerliche Kerl.«

Es war also noch viel schlimmer, als sie gedacht hatte. Angespannt wartete sie darauf, dass sie fortfuhr.

»Was war das für einer?«, fragte sie.

Die Frau presste die Lippen aufeinander, sie fand nicht die richtigen Worte. Vielleicht gab es dafür keine Worte. Plötzlich nahm ihr Gesicht fast kindliche Züge an.

»Er war … ein kleiner, hässlicher Kerl … «

»Mein Gott!«

Sie nickte.

»Ja, das kann man wohl sagen. Ich war vierzehn und er fast vierzig. Ich war genau die Richtige für ihn. Er bekam mich auf dem Silbertablett serviert, fackelte also nicht lange. Ich habe sie gesehen, wie sie hinter der Stalltür standen, als er mir die Kleider vom Leib riss, und dann sind sie einfach weggelaufen. Können Sie sich das vorstellen?« Ihre Stimme überschlug sich. »Es war widerwärtig!«

»Pädophilie«, flüsterte Anki und empfand Mitleid mit der Frau, die ihr gegenüberstand, selbst wenn sie eine Mörderin war. »Heutzutage hätte er seine gerechte Strafe dafür bekommen.«

Die Frau verstummte und verlor sich für eine Weile in Gedanken. Anki schob vorsichtig die Hand in die Hosentasche. Tastete nach ihrem Handy, wagte aber nicht, es herauszuholen.

»Dieser Teufel hat mir wehgetan, und das war ihre Schuld«, brüllte sie plötzlich. »Was glauben Sie, wie es mir ging, als ich danach allein im Dunkeln nach Hause laufen musste?«

Anki brachte kein Wort heraus, aber sie ließ die Frau nicht aus den Augen. War auf der Hut und zugleich schmerzlich berührt von ihrer Schilderung.

»Zu Hause versuchte ich, das Geschehene zu verbergen«, fuhr sie fort. »Blieb an dem Abend ewig in der Wanne und schrubbte mich, mein Gott, wie ich mich schrubbte! Aber es half nicht.«

Der Wind hatte aufgefrischt und pfiff um das Haus. Anki hörte, wie die Wellen hart ans Ufer schlugen.

»Was ist dann passiert?«, fragte Anki.

Sie schnaubte.

»Na, was glauben Sie denn, Sie blauäugige Kuh? Ich war schwanger.«

Ein Kind, das ein Kind bekommt.

»Aber Sie waren doch erst vierzehn.«

»Ganz genau! Ich war erst vierzehn. Natürlich flog ich von der Schule. Wer sich nicht beherrschen konnte und herumhurte, hatte kein Recht, etwas zu lernen.«

»Dabei traf Sie keine Schuld...«

Die Mörderin lachte trocken.

»Anki, Sie sind wirklich schrecklich naiv. Zu der Zeit kam niemand auf die Idee, bei jemand anderem als mir die Schuld zu suchen. Ich war die Schlampe.«

»Und dann?«, flüsterte Anki.

»Mein Vater setzte mich vor die Tür, und meine Mutter brachte mich bei ihren frommen Verwandten in Norrland unter. Dort brachte ich das Kind zur Welt. Ich war viel zu jung und noch gar nicht richtig entwickelt. Es war schwer und tat höllisch weh.«

»Was wurde aus dem Kind?«

Sie sackte völlig in sich zusammen. Hatte sie vergessen, dass sie eine lebensgefährliche Waffe in der Hand hielt? Anki versuchte, den Blickkontakt mit ihr zu halten, ohne das Beil aus den Augen zu lassen. Vorsichtig tastete sie erneut nach dem Handy.

»Mit der Kleinen stimmte irgendetwas nicht«, erklärte sie tonlos. »Sie hat die Geburt nicht überlebt. Ich selbst kam nur knapp durch. Kinder konnte ich danach keine mehr bekommen.«

»Wie schrecklich.«

Die Frau zuckte mit den Achseln, ihre Augen wurden schmal.

»Mein Leben wurde zerstört, und Schuld daran trägt diese verdammte Agneta!«, schrie sie plötzlich. »Und Solveig und Barbro! Sie haben bekommen, was sie verdienen.«

Anki fiel nichts mehr dazu ein, es war eine entsetzliche Geschichte. Nichtsdestotrotz hatte die Frau getötet, und Anki würde bald ganz oben auf der Liste der Opfer stehen. Sofern es ihr nicht gelang, sie weiter ins Gespräch zu verwickeln, bis endlich Rettung nahte.

»Barbro musste als Erste dran glauben. Geschickt eingefädelt, finden Sie nicht?«

Die Mörderin grinste.

»Das hat sie sich selbst eingebrockt«, schnaubte sie. »Man geht nicht angetrunken zu einem Pferd in die Box. Das ist lebensgefährlich.«

Anki bekam das Handy in der Hosentasche zu fassen. Wenn es ihr nur gelänge, den Notruf zu wählen. Sie musste nur die Eins und die Null treffen.

»Das wussten Sie also? Mit den Tieren und dem Alkohol?«

»Natürlich. Der perfekte Mord. Es gab keinen Schuldigen. Eigentlich war das auch kein Mord, finde ich. Es war ihre eigene Dummheit. Sie hatte eine Schwäche für Alkohol, es war nicht schwer, sie zu einem Schluck zu überreden.«

»Und Solveig?«

Anki tippte auf das Handy, in der Hoffnung, nicht entdeckt zu werden.

»Ein Versehen, das gebe ich zu. Eigentlich sollte erst Agneta dran glauben, aber ich habe mich vertan. Fiel mir erst auf, nachdem ich ihr den Hals aufgeschlitzt hatte. Diese verdammten Steppwesten, sehen von hinten alle gleich aus.«

»Und dann schoben Sie mir die Schuld dafür in die Schuhe«, sagte Anki. »Sie nahmen es sogar auf sich, die Leiche in meiner Laube abzulegen. Ein ziemlich großes Risiko, oder etwa nicht?«

Die Frau lachte.

»Alle hier im Ort saßen in ihrer Sauna oder gönnten sich irgendeinen anderen Feierabendquatsch. Hat doch kein Schwein mitbekommen, als ich sie wegkarrte.«

»Und wenn Sie jemanden getroffen hätten?«

»Habe ich aber nicht, Fräulein Naseweis. Und jetzt halten Sie endlich die Klappe. Sie sind schrecklich neugierig, hat Ihnen das schon mal jemand gesagt? Sie geben wohl nie auf.«

Das war doch alles krank. Wann ging sie endlich, damit Anki Hilfe rufen konnte?

Da bemerkte sie ihren Blick. Sie hatte es gesehen.

»Das Handy! Sofort her damit!«

Anki zögerte.

»Her damit!«, brüllte sie, packte das Beil fester und drückte Anki die Klinge an den Hals. Die zog widerwillig das Telefon aus der Tasche, wollte es ihr aber nicht geben. Die Frau griff nach ihrem Handgelenk. Packte zu. Fest. Verdrehte ihr den Arm, bis sie das Telefon nicht mehr halten konnte und es zu Boden fiel. Die Frau trat dagegen, sodass es zur Tür rutschte. Die Schlacht war verloren.

»Dann haben Sie jetzt ein bisschen Zeit, sich Gedanken darüber zu machen, ob es sich lohnt, so verdammt neugierig zu sein!«

Sie schnappte sich das Handy und schloss die Tür hinter sich ab. Anki blieb allein in der Dunkelheit zurück.

47

Putte lief im Zickzack den Weg entlang. Tryggve führte ihn an der langen Leine und folgte ihm, so gut es ging. Noch verfügte er über eine einigermaßen gute Kondition, was er wohl den vielen Spaziergängen mit Putte zu verdanken hatte. Hin und wieder schlug ihm ein Ast ins Gesicht. Verfolgten sie wirklich die richtige Spur?

Unvermittelt blieb der Hund stehen. Witterte, umrundete schnüffelnd ein Gebüsch, lief ein Stück weiter und blieb wieder stehen.

In etwa zwanzig Metern Entfernung sah Tryggve das von Efeu überwucherte Ferienhäuschen.

»Das Hexenhaus«, sagte er atemlos.

Damit hatte er nicht gerechnet. Hoffentlich kam er nicht zu spät. So leise wie möglich rief er nach Putte und zog sich mit ihm an den Rand einer Baumgruppe zurück.

»Sehr gut gemacht, Putte«, flüsterte er und gab ihm ein paar Leckerli. »Jetzt sei schön leise, wir gehen gleich hinein.«

Er holte sein Handy hervor und schickte Mats Myrstedt eine SMS. *Putte hat das Objekt gefunden. Die efeubewachsene Hütte am Strand. Befahrbarer Weg bis fast vor die Tür.*

Es war vollkommen still. Tryggve dachte an dic Hcxc, dic vor ein paar hundert Jahren auf dem Scheiterhaufen verbrannt worden war. Sie hatten ihr einen Beutel mit Schießpulver um den Hals gehängt, damit es schneller ging. Tryggve hoffte inständig, dass der Mörder die Geschichte nicht kannte.

Putte war aufgedreht und wollte weiter, doch Tryggve hockte sich neben ihn und legte ihm die Hand an den Hals.

»So, mein Feiner. Beruhig dich«, flüsterte er und kraulte ihm den Hals.

Um Anki war es pechschwarz. Sie tastete sich langsam voran, stolperte gegen einen Stuhl, bekam die Tischkante zu fassen und setzte sich erst mal. Sie knetete den tauben Zeh, den sie sich am Stuhl gestoßen hatte, und fluchte leise. Wenn sie wenigstens einen Kerzenstummel oder eine Taschenlampe fände, aber diese Verrückte hatte vermutlich sichergestellt, dass sich nichts dergleichen im Haus befand. Sollte Anki hier lebend herauskommen, nahm sie sich vor, immer, immer, immer eine kleine Taschenlampe bei sich zu tragen. Man wusste ja nie, wann sie mal nützlich wurde.

Nach einer Weile hatten sich ihre Augen so weit an die Dunkelheit gewöhnt, dass sie einzelne Möbel ausmachen konnte. Ein paar Stühle, den großen Tisch, an dem sie saß, ein paar Betten. Sie war müde, trotzdem würde sie sich niemals in ein Bett legen, das sie nicht bei Tageslicht inspiziert hatte. Wer konnte schon ahnen, was sich in diesem Haus befand? Gut möglich, dass die Mäuse bereits eingezogen waren. Kaum hatte sie das gedacht, hörte sie schon das charakteristische Kratzen hinter den Fußleisten, der typische Aufenthaltsort für diese Biester.

Ihr blieb nichts übrig, als am Tisch sitzen zu bleiben, den Kopf auf die Hände zu stützen und nachzudenken. Was, wenn sie hier nicht mehr herauskam? Tastend bahnte sie sich den Weg zu einem der Fenster. Es ließ sich öffnen, nur die Läden nicht. Sie waren von innen und außen vernagelt. Und die Tür? Vorsichtig tastete sie sich zurück zum Tisch und von dort aus weiter bis zum Eingang. Abgeschlossen, natürlich. Wie dumm von ihr, es überhaupt zu versuchen. Entmutigt suchte sie den

Weg zurück zu ihrem Platz am Tisch. Sie würde hier sterben, das war das wahrscheinlichste Szenario. Qualvoll verhungern, sofern die Verrückte ihre Meinung nicht änderte, zurückkam und sie mit ihrem schrecklichen Beil zerhackte. Sie konnte sich nicht entscheiden, welches Ende sie vorzog.

Während sie noch so dasaß und abwog, welchen Tod sie bevorzugte, machte sich jemand an der Tür zu schaffen. Jetzt, dachte sie, jetzt kommt sie doch zurück, um mich zu töten.

Licht fiel herein, im Türrahmen stand die Mörderin, das Beil in der erhobenen Hand. Anki zog die Schultern hoch, duckte sich. Riss die Hand schützend zum Hals. Konnte sie noch irgendwie Zeit gewinnen? Sie zum Weitererzählen bewegen? Noch hatte sie nicht alle Antworten auf ihre Fragen.

»Das Blut in der Kirche«, sagte sie hastig und richtete sich wieder auf. »War das auch Ihr Werk?«

Die Frau ließ das Beil sinken. Lag da ein Lächeln auf ihren Lippen? Im Gegenlicht konnte sie unmöglich etwas erkennen, aber dass sie näher kam, wollte sie auch nicht, nicht mit dieser Waffe in der Hand.

»War doch gut gemacht, oder? Sie alle haben die Sache mit den Satanisten doch geglaubt. Ihr Dummköpfe!«

»Aber wozu?«, fragte Anki. »Was sollte die Verwüstung in der Kirche?«

»Eine falsche Fährte natürlich.«

»Sie haben das inszeniert? Damit es so aussah, als wäre jemand von außerhalb hergekommen, um hier wilde Sau zu spielen?«

Die Frau machte einen Schritt auf sie zu und hob das Beil.

»Sieh an, so dumm sind Sie ja gar nicht. Gut geraten!«

Anki verspannte sich. Keinen Schritt näher. Sie durfte einfach keinen Schritt näher kommen.

»Und das vergiftete Pferd? Das Sie in meinen Stall gebracht haben?«

Anki ließ die Waffe nicht aus den Augen. Die Tür stand sperrangelweit offen.

»Sie waren gerade erst hergezogen. In so kleinen Ortschaften bietet es sich geradezu an, den Zugezogenen die Schuld in die Schuhe zu schieben. Es war fast zu leicht.«

»Und wieso haben Sie das Pferd vergiftet?«

Ohne sie aus den Augen zu lassen, tastete die Mörderin nach der Tür und schob sie ein Stück weit zu. Dann ging sie auf Anki zu. Anki wollte aufstehen, ihr die Waffe aus der Hand schlagen, einfach aus der Hand schlagen.

»Sitzen bleiben!«, forderte sie.

Also sank Anki zurück auf den Stuhl.

Sie unternahm einen letzten Versuch. »Das Pferd. Warum wollten Sie es vergiften?«

»Um Agneta von Pers einen gehörigen Schrecken einzujagen, natürlich. Diese verdammte Hexe kann man gar nicht genug quälen.«

Sie musste das Gespräch in Gang halten, ihren Tod noch ein bisschen hinauszögern.

»Und Catharina? Sie haben noch nicht erklärt, warum ausgerechnet die Pfarrerin sterben musste.«

Die Frau zuckte zusammen, mit einem Mal wirkte sie erschrocken.

»Ach, das tat mir leid«, sagte sie und wiegte sich hin und her. »Sehr leid. Aber das hatte sie sich selbst zuzuschreiben, sie wusste einfach zu viel. Hat Solveigs vermaledeiten Schrieb geöffnet. Den hätte sie gar nicht erst annehmen, geschweige denn lesen sollen.«

Die Frau stand nun direkt hinter ihr. Legte ihr grob die Hand auf die Stirn, zog den Kopf brutal zurück. Jetzt war es vorbei. Es gab keine Hoffnung mehr.

Die Tür flog sperrangelweit auf, und die Oktobersonne badete den Raum in warmem Licht. Durch die Tür stürmte Putte herein, dicht gefolgt von Tryggve. Noch nie war Anki so froh gewesen, die beiden zu sehen. Tryggve stürzte sich auf die Mörderin und entwand ihr mit einem gekonnten Griff das Beil, sie konnte nicht mal mehr zucken.

»Es ist aus, Rigmor«, sagte er und hielt sie fest. »Dein Rachefeldzug endet hier.«

48

Anki streichelte Putte und schaute Rigmor hinterher, die von zwei Polizisten abgeführt wurde. Eine tragische Figur, verzehrt von lebenslangem Hass. Einem Hass, der jeden ihrer Schritte bestimmt hatte. Es war ihr zur Lebensaufgabe geworden, ihre Dämonen von der Erdoberfläche zu verbannen. Agneta, Solveig und Barbro. Chefpflegerin, Vizepflegerin und Vizevizepflegerin während eines Reitlagers in den Sechzigern.

Anki war aufgewühlt und dankbar, dass sie den Beifahrersitz im Streifenwagen in Beschlag nehmen durfte. Tryggve würde sie damit nach Hause fahren.

»Wie sind Sie darauf gekommen, dass es Rigmor war?«, fragte sie.

»Ich habe Ihnen noch ein wenig nachgeschaut, nach Ihrem überstürzten Abgang. Dann dachte ich über das nach, was über Britta und Rigmor in den Akten stand, und da begriff ich, dass Sie zwar auf der richtigen Fährte waren, aber nicht so, wie Sie dachten. Meine berühmte Bullenspürnase, Sie wissen schon.«

Er sah sie an und lächelte verdrossen.

»Und ich bin äußerst dankbar für diese Bullenspürnase«, sagte Anki. »Ich war mir so sicher, dass Britta die Täterin ist, und wollte mir nur noch ein paar Informationen von Rigmor einholen.«

»Und dann sind Sie ihr direkt in die Arme gelaufen.«

»Genau. Ich begriff erst, als ich schon längst bei ihr im Haus war, dass sie die Täterin ist.«

»Sie standen Auge in Auge mit der Mörderin«, sagte Tryggve. »Das hätte wirklich übel ausgehen können.«

Anki erwiderte darauf nichts, es gab nichts zu erwidern, er hatte recht.

Tränen brannten ihr in den Augen.

»Ich habe dem Mädchen damals im Reitstall nicht geholfen«, flüsterte sie. »Ich hätte etwas tun müssen.«

»Wovon sprechen Sie?«, fragte er. »Wollen Sie darüber reden?«

Stotternd gab sie das Erlebte wieder. Tryggve stellte den Motor ab, lehnte sich in seinem Sitz zurück und hörte einfach zu.

Die Reitlehrer waren schon nach Hause gegangen, nur Ursula saß noch im Aufenthaltsraum und würde bald abschließen. Anki lehnte sich an ihr Lieblingspferd Tonic und summte leise *She Loves You* von den Beatles, und alles fühlte sich genau richtig an. Sie musste nur noch den Mist wegschaffen, der in der Rinne vor den Boxen lag, und dann würde sie durch die Herbstdunkelheit nach Hause gehen müssen, um sich an die todlangweiligen Hausaufgaben zu setzen. Zwei Boxen weiter drückte sich noch jemand vor dem Abschied und dem Lernen. Wer genau, wusste Anki nicht.

Anki streichelte Tonic noch einmal über das Maul, lehnte an seinem warmen Körper und schloss die Augen. Das Geräusch der kauenden Pferde hatte etwas sehr Beruhigendes. Anki hätte nur zu gern in Tonics Box übernachtet, wenn man es ihr erlaubt hätte.

Das Knarren der Stalltür unterbrach die friedliche Stille. Schritte näherten sich über die Stallgasse. Das war sicher Ursula, die sie hinausscheuchen wollte, um endlich abzuschließen. Allerdings … klang es nach mehreren Paar Stiefeln. Anki streichelte Tonic weiter, sie konnte sich einfach nicht loseisen.

»Was machst du da?«

Sie erkannte die Stimme des Mädchens nicht wieder, sie wusste nur, dass jemand ein paar Boxen weiter stehen geblieben war. Jemand, der stinksauer war und keine Antwort bekam.

»Verschwinde! Ich bin die Chefpflegerin von Fantasy!«

Das Wort *Chef* betonte sie dabei ganz besonders.

»Genau. Und ich bin die Vizepflegerin. Und meine Freundin hier ist die Vizevizepflegerin«, meldete sich eine andere Stimme.

Von einer Sekunde zur nächsten waren Ruhe und Frieden wie weggefegt. Vorsichtig wagte Anki sich bis zur Trennwand vor und beobachtete die Clique aus ihrem Versteck heraus. Ein großes, schlankes Mädchen in heller Reithose und hohen, spiegelblanken Reitstiefeln stand mitten in der Stallgasse. Anki hatte sie schon einmal gesehen, kannte sie aber nicht näher. Sie trug ein nigelnagelneues blaues Maurerhemd, der letzte Schrei, was die Stallmode betraf, und ihre dunklen Haare waren zu einem Pferdeschwanz zusammengefasst. Neben ihr standen zwei Mädchen, die eine hell-, die andere dunkelhaarig, auch sie trugen schweineteure Reithosen, bei deren Anblick wohl so mancher vor Neid erblasste. Allerdings mussten sie mit Reiterstiefeln aus Gummi vorliebnehmen. Anki konnte nur die von ihrer Mutter genähte Hose mit den Polstern an der Seite und ganz gewöhnliche Gummistiefel vorweisen. An Maurerhemden war nicht zu denken.

Das Mädchen mit dem Pferdeschwanz ging in die Box und versuchte, das kleinere Mädchen wegzuschieben. Es hatte die aschblonden Haare zu zwei Zöpfen oberhalb der Ohren zusammengefasst. Es wehrte sich, wollte nicht nachgeben. Was dachte sie sich denn, war sie nicht ganz bei Sinnen? Man wurde der Chefpflegerin gegenüber nicht frech, darauf stand fast die

Todesstrafe. Sie sollte sich lieber so schnell wie möglich verkrümeln! Aber davon abgesehen brach das ältere Mädchen selbst eine Menge ungeschriebener Regeln. Man ging nicht auf Jüngere los, vor allem nicht im Stall, noch weniger in einer Box. Schließlich konnte sich das Pferd erschrecken und dann beißen oder austreten.

Für einen Moment überlegte Anki, ob sie hinausgehen und die Mädchen warnen sollte, aber sie war in ihrem Versteck wie festgefroren. Sie hatten Anki bisher nicht bemerkt. Glaubten, sie wären allein. Fantasys Chefpflegerin schubste das kleine Mädchen in die Stallgasse und hielt es zusammen mit ihren Freundinnen an den Armen fest. Drei gegen eine, das war absolut feige und ein weiterer Verstoß gegen die ungeschriebenen Regeln.

»Du eklige kleine Laus«, zischte die Anführerin. »Du hast gefälligst auf das zu hören, was die Chefpflegerin sagt!«

Sie drehte dem Mädchen den Arm auf den Rücken und zwang sie auf den Betonboden. Ihre Freundinnen grinsten. Das kleine Mädchen biss ihr kräftig in die andere Hand, worauf die Chefpflegerin vor Schmerz schrie. Als Reaktion auf ihre Gegenwehr packten die drei sie an den Zöpfen und schleiften sie daran durch die Mistrinne. Anki wich tiefer in die Box zurück, sie durften sie nicht sehen. Guter Gott, sie würden doch nicht …? Das kleine Mädchen, das bislang keinen Ton von sich gegeben hatte, wimmerte leise. Mehr nicht. Anki sollte eingreifen, damit sie aufhörten. Das Mädchen hatte doch gar keine Chance ganz allein gegen drei. Sie musste vor Angst außer sich sein. Die glaubten, sie könnten sich alles erlauben.

»Du hast den Boden noch nicht sauber gemacht«, sagte die Chefpflegerin und näherte sich dem Misthaufen vor Tonics Box, den Anki noch nicht weggeschafft hatte. »Was für ein Pech für dich. Wer sich um Pferde kümmern will, muss alles perfekt sauber halten.«

Anki wich noch weiter zurück. Vielleicht wehrte sich das

Mädchen, man konnte nichts verstehen, der Protest klang so schwach.

»Da«, sagte die Ältere und drückte das Gesicht der Kleineren fest in den Haufen. »Kannste deine eigene Scheiße mal probieren. Ich hab dir doch gesagt, du sollst sauber machen.«

Anki bekam Angst. Panische Angst. Was, wenn das Mädchen erstickte? Trotzdem stand sie wie gelähmt da, unfähig einzugreifen.

Die drei rissen das Mädchen unsanft am Arm hoch. Eine von ihnen verpasste ihr einen heftigen Tritt in den Hintern, sodass sie hart auf den Boden schlug. Sofort rappelte sie sich auf und verschwand schluchzend Richtung Ausgang, begleitet von höhnischem Gelächter. Ihr Gesicht war mit Pferdemist beschmiert, Blut lief ihr aus der Nase und Tränen der Demütigung über die Wangen.

Die Chefpflegerin ging mit ihrem Anhang in Fantasys Box, und Anki sah ihre Chance, unbemerkt zu entkommen. Sie streichelte Tonic schnell über die Flanke und schlich sich hinaus. In der Stallgasse stieß sie auf Ursula.

»Feierabend für heute«, sagte diese knapp. »Ich schließe gleich zu.«

Anki blieb stehen, rechnete damit, dass die Reitlehrerin noch etwas sagte. Dass da draußen ein in Tränen aufgelöstes Mädchen wartete. Dass sie sich fragte, wer so gemein zu ihr gewesen war. Aber weit gefehlt. Ursula tat, als hätte sie nichts gesehen.

»Wie es mit diesem Mädchen weiterging, weiß ich nicht«, sagte Anki, »aber für Rigmor, die etwas ganz Ähnliches erlebt hat, wurde es nur noch schlimmer. Sie hat mir alles erzählt.«

»Inwiefern schlimmer?«, fragte Tryggve.

»Nur so viel: Agneta von Pers hat mehrere gute Gründe, sie um Verzeihung zu bitten.«

Tryggve sah sie traurig an, bevor er den Motor startete. Er

stellte den Schalthebel auf D und fuhr langsam den schmalen Weg entlang, fort von dem überwucherten Hexenhaus.

»Eigentlich habe ich genau das Gleiche getan wie Ursula, die Reitlehrerin«, seufzte Anki. »Ich habe auch so getan, als hätte ich nichts gesehen.«

Tryggve bog in die Einfahrt des alten Pfarrhauses ein.

»Und dann?«, fragte er. »Was ist dann passiert?«

Anki schnallte sich ab.

»Mein Interesse an Pferden ließ allmählich nach. Stattdessen hörte ich die Beatles und schwärmte für süße Jungs. Ich habe erst heute begriffen, wie schlimm das Leben für ein paar der Mädchen im Stall war. Und das, was ich da mit angesehen habe…«

»Ja?«

»Das geht mir wie in Dauerschleife wieder und wieder durch den Kopf. Schon mein ganzes Leben lang.«

49

Montag, 13. Oktober

Es war nicht gerade eine homogene Gruppe, die sich im Fischrestaurant am Hafen versammelte. Gerhard hatte sie zu Bier und Wein eingeladen, und einige Dorfbewohner nutzten die Gelegenheit, gleich auch noch etwas zu essen, es war schließlich Mittagszeit.

Britta, die sonst eher mitteilsam war, saß schweigend neben ihrem Mann. Anki musterte sie heimlich. Britta, die so deutlich ihre Abneigung gegenüber Agneta von Pers zum Ausdruck gebracht hatte. In Mats' Bericht stand, dass Britta in jungen Jahren vom rechten Weg abkam, sie hatte mit Drogen gehandelt und sogar ein Jahr in Hinseberg gesessen. Außerdem kannte sie sich mit Pferden aus. Anki hatte nur eins und eins zusammengezählt, danach war sie davon überzeugt gewesen, dass Britta die Schuldige sein musste.

An einem anderen Tisch saß Håkan, der Hufschmied, der seine Herzdame verloren, dafür aber seine leibliche Mutter gefunden hatte. Anki war froh darüber, dass sie mit ihrem ersten Impuls, nämlich, dass Håkan unschuldig war, richtiggelegen hatte.

Der Kantor Hasse saß neben Agneta, und am gleichen Tisch saß eine Frau, bei der es sich vermutlich um Hasses Schwester handelte. Ihre Ankunft zeigte Wirkung, seine Haare waren gewaschen und gekämmt. Außerdem sah er nicht mehr ganz so blass aus wie bei ihrem letzten Treffen.

Alle Blicke richteten sich erwartungsvoll auf Tryggve und Anki. Unter ihrem Tisch lag Putte, der auf Sondererlaubnis von Gerhard an der kleinen Versammlung im Restaurant teilnehmen durfte.

Anki konnte verstehen, dass die Dorfbewohner endlich mehr erfahren wollten. Die albtraumhaften Wochen in ihrem sonst so friedlichen Fleckchen Erde waren endlich vorbei. Jeden hier interessierten die Umstände und Hintergründe. Sie mussten darüber reden. Zwei Menschen hatten ihr Leben verloren, und der Schock über die Umstände der Tat und die Täterin saß tief.

Tödliches Drama in der Kirche, Fall gelöst lautete eine der Schlagzeilen. *Mord in Mullvald aufgeklärt* titelte eine andere Zeitung. Anki hatte die Berichte noch nicht gelesen, sie konnte einfach nicht. Aber sie kaufte die Zeitungen dennoch und verwahrte sie, bis sie ein wenig Distanz zu den schrecklichen Ereignissen gewonnen hätte.

»Jetzt erzählen Sie schon«, sagte Britta, die es nicht länger aushielt.

Tryggve schob seinen Teller beiseite und verschränkte die Arme vor der Brust.

»Schlussendlich verdanken wir Anki die Lösung des Falls«, sagte er. »Da ist eine pfiffige Dame zu uns in den Ort gezogen.«

Anki wehrte ab.

»Quatsch, das war ich doch nicht allein«, sagte sie. »Kein Grund für Selbstbeweihräucherung.«

Verdammter Tryggve, was dachte er sich denn! Sie derart herauszustellen. So würden die anderen sie nie in die Dorfgemeinschaft aufnehmen. Sie wollte schließlich nicht auf ewig als die Zugezogene gelten.

»Stimmt es, dass sie es auch auf Frau Karlsson abgesehen hatte?«, fragte Hasse.

Anki nickte und erzählte so knapp wie möglich von den fürchterlichen Minuten, die sie in der efeubewachsenen Hütte zugebracht hatte. In allen Einzelheiten wollte sie jedoch nicht von Rigmors tragischem Schicksal berichten.

»Wenn Tryggve nicht rechtzeitig aufgetaucht wäre ... Ich will mir das gar nicht ausmalen«, sagte sie stattdessen. »Ein Glück, dass Putte meine Spur so schnell gefunden hat, er ist der wahre Held.«

Als er seinen Namen hörte, sprang Putte auf und lief zu Anki, die ihn streichelte und ihm versicherte, was für ein feiner und cleverer Hund er war.

»Den Mord an Catharina«, sagte Britta und zögerte. »Den muss sie begangen haben, kurz nachdem ich aufgebrochen war. Ich hatte ihr im Gemeindehaus geholfen, und bevor ich mich auf den Weg machte, sprachen wir noch darüber, dass die Pfarrerin in der Kirche sei. Und kurz darauf ist Rigmor einfach hingegangen und hat sie getötet. Unfassbar!«

»Und ich saß in der Kirche und habe geübt«, sagte Hasse und wurde ganz blass um die Nase. »Dass sie sich das getraut hat! Ich hätte sie ja sehen können.«

»Stimmt das wirklich, was in den Zeitungen steht?«, wollte Britta wissen. »Dass sie ihnen den Hals mit alten Sporen aufgeschlitzt hat?«

»Leider ja«, sagte Tryggve. »Richtig abscheulich, und das sage ich, der in seinen langen Dienstjahren eine ganze Menge zu Gesicht bekommen hat. Die Spürhunde haben sie gefunden. Ehrlich gesagt hielt Rigmor sie nicht gerade an einem originellen Ort versteckt. Als die Polizei Rigmor abgeführt hatte, durchsuchten sie mit den Spürhunden das Hexenhaus. Und die zeigten fast unmittelbar die Sporen an, die bei den Mülleimern lagen.«

Bei diesen Worten fing Anki an zu zittern. Sie hätte das dritte Opfer dieser Sporen werden können, wenn Rigmor nicht schon das Beil in den Händen gehalten hätte. »Wenn man bedenkt, dass sie seit zwei Jahren für die Kirche arbeitete …«, warf Ragnar ein. »Als meine Kollegin. Sie hätte alles Mögliche anrichten können, die Suppe vergiften, zum Beispiel. Oder die Brezeln.«

Am Nebentisch lachte der Hufschmied trocken auf. Ragnar wandte sich um und schaute ihn missgünstig an.

»Sie müssen schon entschuldigen«, sagte Håkan, »aber so viel verstand sie auch nicht von Kräutern. Das mit dem Bergahorn kann jeder im Internet nachlesen, alles darüber hinaus erfordert ein mehrjähriges Studium.«

»Sie hat ja jetzt eine Menge Zeit, weil sie für Jahre ins Gefängnis kommt«, sagte Ragnar. »Wenn Sie sich in dem Bereich weiterbildet, werden das künftig spannende Mittagessen.«

Der Scherz des Hausmeisters fiel nicht gerade auf fruchtbaren Boden, stattdessen entstand eine peinliche Pause. Nicht einmal seine Frau verzog eine Miene. Da näherten sich Schritte. Anki atmete auf. Der Dekan Martin Helgesson betrat das Fischrestaurant.

»Lassen Sie sich nicht stören«, sagte er und setzte sich an einen der Tische. »Ich möchte nur zuhören und vielleicht etwas beitragen, sofern es nötig ist. Mich interessiert allerdings besonders, welches Motiv Rigmor für den brutalen Mord an Catharina hatte.«

»Der Umschlag«, setzte Tryggve an. »Rigmor hatte beobachtet, wie Ragnar Catharina einen Umschlag übergab. Und sie befürchtete, dass sich darin etwas über sie verbarg, das sie als Täterin entlarvte.«

»Aber da stand doch nichts dergleichen«, sagte Britta. »Oder, Ragnar?«

Ihr Mann saß gebeugt auf seinem Stuhl, die Hände im Schoß gefaltet.

»Nein, da stand nur, dass Solveig gesehen hatte, wie jemand Barbro am Abend ihres Todes Alkohol anbot. Aber ein Name stand da nicht.«

Martin Helgesson nickte stumm. Anki empfand Mitleid mit ihm und allen anderen, die Catharina so sehr gemocht hatten. Es war so offensichtlich, dass es für ihren Tod keinen vernünftigen Grund gab. Nur eine Annahme von Rigmor.

Gerhard nahm ein paar Bestellungen auf, dann sprachen sie das Motiv für die schrecklichen Taten an.

»Man hat Rigmor brutal gehänselt, mehr als das«, setzte Anki an und schielte zu Agneta. »Sie hat mir in dem Haus alles erzählt. Ihre Geschichte hat mich tief berührt.«

Agneta von Pers tupfte sich mit der Serviette die Mundwinkel ab und stand auf.

»Moment«, meldete sie sich zu Wort. »Mir ist bewusst, dass wir uns ihr gegenüber fürchterlich verhalten haben. Ich kann gern weitererzählen. Wir wussten es damals nicht besser. Vor über fünfzig Jahren konnte doch niemand ahnen, dass eines Tages Menschenleben auf dem Spiel stehen würden, wegen einer Hänselei.«

Niemand erwiderte etwas darauf, alle starrten stumm vor sich auf den Tisch. Anki hatte Mitleid mit ihr.

»Jeder verfügt über die Macht, sich zu ändern«, sagte der Dekan. »Jedem kann verziehen werden. Selbst Ihnen und Rigmor.«

»Danke.« Agneta von Pers spielte an ihrer Perlenkette. »Danke für diese Worte.«

Alle Blicke richteten sich erneut auf sie, aber niemand sagte etwas.

»Ich muss damit leben«, fuhr sie fort. »Trotzdem möchte ich einiges ändern.«

Sie schwieg und ließ den Blick über die Dorfbewohner wandern.

»Ich kann unmöglich hierbleiben«, sagte sie. »Das ist mir klar geworden.«

Tryggve lehnte sich vor, wollte etwas sagen, hielt sich dann aber zurück.

»Ich habe Coin«, erklärte Agneta, »und noch ein paar andere gute Pferde. Ich ziehe nach England. Dort kann ich viel häufiger an Turnieren teilnehmen, wovon ich schon lange träume. Und man sollte sich seine Träume erfüllen, nicht wahr, Anki?«

Anki lächelte.

»Und ich begleite Agneta«, sagte Håkan und stand auf. »Zumindest für eine gewisse Zeit, bis wir so einiges geklärt haben.«

Britta Jakobsson sah überrascht auf. Jetzt kamen bei der alten Tratschtante die Gedanken ins Rollen, dachte Anki. Sicher würde es sie eine Weile beschäftigen, sich auszumalen, welche Verbindung zwischen dem hiesigen Hufschmied und der Freiherrin bestand.

Anki schenkte Håkan einen aufmunternden Blick. Die beiden würden sich ein paar Wochen Zeit nehmen müssen, und England war sicher ein guter Ort, um alte Wunden heilen zu lassen.

Agneta von Pers nahm die grüne Steppweste von der Stuhllehne und zog sie über.

»Wir werden jetzt gehen«, sagte sie. »Ohne uns fällt euch dieses Gespräch sicher leichter.«

Anki folgte ihnen in den Vorraum.

»Viel Glück!«, sagte sie und meinte es so. »Für dies und das, für alles.«

Der Hufschmied nahm sie fest in den Arm, und Agneta nickte ihr kurz zu, bevor die Tür hinter den beiden zufiel.

Agneta von Pers sollte recht behalten. Scharfsinnig war sie, anders konnte man es nicht sagen, nach ihrem Abgang ging ein Aufatmen durch den Raum.

»Können Sie uns auch etwas über die Verwüstung in der Kirche sagen?«, fragte der Dekan.

»Übernehmen Sie das ruhig, Anki«, sagte Tryggve.

»Ebenfalls Rigmors Werk«, erklärte sie. »Sie sorgte dafür,

dass sie selbst das Chaos entdeckte. Genau wie im Fall von Catharina. Alles, um den Verdacht gleich von sich wegzulenken.«

»Ich verstehe trotzdem nicht, wieso sie das getan hat«, sagte der Dekan. »Wozu das Ganze?«

»Ein Warnschuss«, sagte Anki.

»Und das Blut?«, fragte Britta. »Dürfen wir erfahren, wessen Blut das war?«

»Lammblut«, antwortete Anki.

»Lamm?«

»Genau. Es gibt einen biblischen Bezug, und es eignet sich vortrefflich für Blutpfannkuchen. Das kann hier buchstäblich jeder kaufen, gibt es im Dorfladen in der Tiefkühltruhe.«

50

Samstag, 18. Oktober

Anki betrat das Gewächshaus mit den grünen Fensterrahmen. Das Häuschen fügte sich ganz wunderbar in den Garten. Noch immer wuchsen darin leuchtend grüne Pflanzen, und die Luft war frisch. Seit sie die Mörderin entlarvt hatten, war kaum eine Woche vergangen. Am Vormittag waren fast alle Dorfbewohner zum Beerdigungsgottesdienst in die Kirche gekommen. Sie alle erwiesen Solveig Sjödahl die letzte Ehre. Die Asche von Pfarrerin Catharina Svensson hatte man bereits aufs Festland überführt, um sie in ihrer heimischen Kirchengemeinde in Västergötland beizusetzen.

Nach dem Kaffee im Gemeindehaus war Anki nach Hause geeilt und hatte sich ausgiebig um Osk und Austri gekümmert. Anki hatte die beiden in den letzten Tagen der Ermittlungen vernachlässigt, und das wollte sie wiedergutmachen. Danach hatte sie ausgiebig geduscht und sich dann in eine Jeans und ein funkelnagelneues Oberteil geworfen, um zu Tryggve zu radeln.

Auf dem altmodischen grünen Gartentisch im Gewächshaus standen zwei Weinrömer und eine Flasche Champagner in einem Eiskübel. Außerdem noch zwei Teller mit je einer Scheibe Toast und einer ordentlichen Portion Maränenkaviar. Die Kerzen flackerten. Anki versuchte, sie zu zählen. Es mussten mindestens zwanzig, vielleicht sogar dreißig Kerzenständer sein, die sich über das Gewächshaus verteilten. Mag sein, dass er zwischenzeitlich mürrisch war, dieser Tryggve Fridman, aber wenn es darum ging, es sich in seiner kleinen Oase gemütlich zu machen, handelte er mit Bedacht.

»Wie schön Sie es haben, Tryggve!«, sagte Anki voller Bewunderung. »Wirklich schön!«

Er war gerade mit dem Korken der Champagnerflasche beschäftigt, schaute aber kurz auf und lächelte sie an. Dann goss er das prickelnde Getränk in die klobigen Weingläser und reichte ihr eins.

»Hübsch«, sagte sie.

Er zuckte mit den Schultern.

»Nicht direkt für Champagner gedacht, eigentlich für Weißwein, aber sie passen hier gut her, finde ich.«

Putte lag wie gewöhnlich bei ihnen und klopfte träge mit dem Schwanz auf den Boden. Schampus war nicht sein Ding, er leistete ihnen einfach nur Gesellschaft.

»Prost«, sagte Tryggve und hob das Glas. »Gott sei Dank, es ist endlich vorbei.«

»Prost! Das wäre fast ins Auge gegangen da in dem alten Haus. Wie kann man nur so sehr von Hass zerfressen sein? Die arme Rigmor.«

»Ja, das ist traurig. So etwas ist mir allerdings im Laufe meiner Arbeit häufiger begegnet. Auch wenn es ein schönes Gefühl ist, einen Fall zu lösen, bleibt doch ein fader Beigeschmack. Widersprüchliche Gefühle sind das.«

Anki saß da und grübelte. Was verleitete die Menschen zu einem Mord? Eifersucht, tiefer Hass oder Gier? Manchmal, wenn sie früher einer Liebhaberin von Christer hinterherspionierte, hatte auch sie den Stich der Eifersucht verspürt. Aber nie so tief, dass sie deshalb gemordet hätte. Sie hatte weder Christer noch die Frauen töten wollen. Allerdings hatte sie sich oft gewünscht, dass sich ihr Mann in einen kraftlosen

Waschlappen verwandelte. Und dieser Wunsch war ihr dann auf drastische Weise erfüllt worden.

»Und sie hat Ihnen das alles einfach so erzählt?«, fragte Tryggve.

»Ja. Und da hatte ich auch endlich begriffen, dass es nicht nur um eine einfache Hänselei ging. Es ging noch viel weiter. Die drei haben sich gegenseitig angespornt, sie verprügelt und auf das Schlimmste gedemütigt. Sie kannten den Reitlehrer und wussten, wozu er fähig war, trotzdem haben sie Rigmor wehrlos dort zurückgelassen.«

»Und das konnten Sie ihr alles entlocken?«

»Das war keine besondere Leistung. Ich musste Zeit gewinnen, deshalb habe ich Fragen gestellt. Und dann redete sie plötzlich wie ein Wasserfall. Wie schrecklich das war, als sie zum letzten Mal in den Stall ging. Dieses eine Mal, als Agneta, Solveig und Barbro es viel zu weit trieben und damit Rigmors Leben zerstörten.«

Tryggve schüttelte betrübt den Kopf und nahm das Foto von Barbro in die Hand.

»Ihr ging es auch nie wirklich gut. Agneta hielt sie alle an der kurzen Leine. Ich glaube, dass sie deshalb so viel trank.«

»Ja«, sagte Anki und nippte am Champagner. »Wie es jetzt wohl mit Agneta weitergeht?«

Tryggve lehnte sich zurück, und der Rattansessel knackte.

»Sie wird genauso weitermachen wie bisher. Nur eben in England. Den Reiterhof zu verlassen, ihr Familienerbe, das war sicher keine leichte Entscheidung. Aber sie wird definitiv neue Waffenträger finden. Ich glaube, es gab unter den letzten Kursteilnehmerinnen schon Interessentinnen.«

»Es tut mir trotzdem leid um sie«, sagte Anki. »So verwöhnt und einsam, wie sie ist. Vielleicht kann Håkan ihr etwas Halt geben.«

»Sie ist eine erfolgreiche Frau«, sagte Tryggve. »Vergessen Sie das nicht. Es geht ihr wesentlich besser als den meisten.«

Ein paar gelbe Blätter lösten sich von der Eiche vor Tryggves Gewächshaus und schwebten langsam zu Boden. Die Nachmittagssonne stand tief, schon bald würde sich der Himmel rosa und lila verfärben. In ein paar Wochen waren sicher alle Blätter gefallen und die gefährlichen Samen der Bergahornbäume vor der Kirche verrottet. Nebel und Schwermut würden heranrollen und sich über die Insel legen. Und Anki und Tryggve würden in ihren Häusern sitzen und sich die Zeit vertreiben. Er mit seinen Kreuzworträtseln und Büchern, sie mit ihren Pferden.

»Vielleicht besuchen wir uns ja mal gegenseitig«, sagte Tryggve, als hätte er ihre Gedanken gelesen. »Ich lade Sie gerne ab und zu mal auf ein Essen in der Dämmerung ein.«

Er machte eine ausladende Geste, die alles einschloss, auch die Natur, über die sich gerade die Dämmerung legte.

»Darauf freue ich mich schon jetzt«, sagte sie und prostete ihm zu. »Ich revanchiere mich gern mit Tee aus blau-weißen Tassen und mit Scones. Die wollte ich sowieso mal ausprobieren.«

Dann verfielen beide in Schweigen. Ein Schweigen, das sie teilten, obwohl niemand etwas sagte. Die Lichter flackerten und spiegelten sich in den Glasscheiben. Tryggve zeigte zum Strand hinunter.

»Eine sehr elegante Aufmachung«, sagte er.

Da war sie voll und ganz seiner Meinung. Agneta von Pers saß in einem langen dunkelgrünen Seidenrock und einer schwarzen Jacke auf einem Pferd. Auf dem Kopf trug sie einen schwarzen Hut mit Schleier. Das Pferd war Anki wohlbekannt, es hatte drei Socken und eine schmale Blesse. Coin hatte sich endlich erholt.

»Alte Sünden …«, murmelte Tryggve.

»Wie bitte, was haben Sie gesagt?«, fragte Anki und wandte den Blick von der Reiterin ab.

Tryggve erhob sein Glas.

»Alte Sünden werfen lange Schatten, nicht wahr, Anki?«

Danksagung der Autorin

Wenn Sie auf Gotland nach Mullvald suchen, sollten Sie nach dem Gebiet Ardre auf der Osthälfte der Insel Ausschau halten. Sie werden dort keinen Ort mit dem Namen Mullvald finden, es gibt nur eine Wiese und einen schönen Waldstrand mit diesem Namen. Mullvald habe ich mir ausgedacht, mich dabei aber von Östergarn und Ala inspirieren lassen.

Selbst wenn ich aus meiner Jugend noch über ein paar Pferdekenntnisse verfüge, so habe ich trotzdem in unterschiedlichen Stadien des Schreibens Unterstützung in einigen Bereichen in Anspruch genommen. Im Falle des Bergahorns, der hochgiftig für Pferde ist, hat Gittan Gröndahl von der Staatlichen Veterinärmedizinischen Anstalt sehr offen ihr Wissen mit mir geteilt. Nina Morge und ihre Islandpferde haben mir Einblicke in den Alltag im Reitstall ermöglicht, und meine geliebte Tochter Karolina Lundström war mir bei Polizeifragen behilflich. Außerdem hat sie mir den Kontakt zu Maria Kleemo vermittelt, die sehr geduldig meine Fragen beantwortete. Evert Lindkvist hat ein paar Details bezüglich der gotländischen Kirchenarchitektur bekräftigt, und ein gewisses Dienstauto der Schwedischen Kirche betreffend war Pia Toftenius mit ihrer Kamera sehr hilfreich. Ann-Britt Torsek stand mir beim Thema Ahnenforschung Rede und Antwort, und Leif

Hasselgren beim Thema Musik. Ulla Britta Dahlström hat einen gotländischen Ausdruck beigesteuert. Elisabeth Sigurdson war unermüdlich und hat mit ihrem Rotstift Dinge entdeckt, die mir selbst niemals aufgefallen wären. Lisa Liljeberg half mir, meine Kapelle zu streichen, nachdem es gebrannt hatte, und verschaffte mir damit Zeit zum Schreiben.

Danke an alle bei Lind & Co: Wie schön, dieses neue Projekt mit euch allen anzugehen!

Danke für eure Großzügigkeit!

Kapelle in Kajpe Kviar im Mai 2015
Marianne Cedervall

I

Freitag, 6. November

Der Pfarrer der Gemeinde Mullvald, Oskar Bergsten, stand in der Novembersonne auf der Treppe zum Pfarrhof und begrüßte seine beiden Gäste. Ihm war es kaum gelungen, rechtzeitig zu frühstücken, so früh hatten die beiden Frauen das Treffen angesetzt. Aber sie hatten auf diese Uhrzeit bestanden, schließlich wollten sie den Besuch auf dem Pfarrhof hinter sich bringen, man hatte ja noch anderes zu tun.

»Dieser ganze Bereich steht uns für den Markt zur Verfügung«, sagte Pfarrer Bergsten und machte eine ausladende Geste, die den großen Park einschloss. »Was meinen Sie, ist das nicht ein schöner Platz für unser Trüffelfestival?«

Sara Hansson zog sich die rosafarbene Baseballkappe tiefer ins Gesicht, damit die tief stehende Sonne sie nicht länger blendete.

»Das wird schon gehen«, antwortet sie, und es war schwer zu sagen, ob sie zufrieden war oder nicht. »Wir könnten die Marktstände dort entlang aufbauen.«

Sie deutete auf den Kiesweg, der eine große Rasenfläche in zwei teilte.

»Ja, mit Ständen zu beiden Seiten wird das einer echten Marktgasse ähneln«, sagte Oskar. »Was meinen Sie, Gull-Britt?«

Gull-Britt Hansson gehörte nicht gerade zu den Menschen,

die sofort zu allem Ja und Amen sagten. Alles musste erst einmal sorgfältig durchdacht und abgewogen werden, bevor sie ihr Urteil fällte. Der Pfarrer betrachtete sie aus dem Augenwinkel. Gull-Britt war eine elegante Dame. Heute trug sie einen tief ausgeschnittenen, schwarzen Pullover, der ihre ausladende Oberweite betonte, und eine schwarze Hose. Ihre lilafarbene, grob gestrickte Jacke war ein längeres Modell und kaschierte so, dass sie etwas kräftiger gebaut war. Um den Hals baumelte ihr eine Kette mit großen, lilafarbenen Kugeln. Die Dame hatte Geschmack, so viel war klar. Und ein Vermögen, denn es war nicht zu übersehen, dass Kleidung und Schmuck von höchster Qualität waren. Bloß die Haare entsprachen nicht ganz Oskars Geschmack. Sie waren extrem blondiert und die Frisur irgendwie wild und ganz aus der Fasson. Außerdem trug Gull-Britt blauen Lidschatten. Man konnte nicht gerade behaupten, dass der Pfarrer sich in Sachen Make-up sonderlich gut auskannte, aber Astrid, seine liebe Ehefrau, schminkte sich für gewöhnlich jeden Tag, und blauen Lidschatten hätte sie vermutlich als sowohl unmodern als auch geschmacklos bezeichnet.

Gull-Britt ging ein Stück Richtung Kiesweg und drehte sich – offenbar nachdenklich – hin und her, bevor sie wieder zu Sara und Oskar stieß.

»Das wird hervorragend«, sagte sie. »Mit wie vielen Ständen rechnen wir?«

Der Pfarrer räusperte sich.

»Zunächst einmal mit Ihnen beiden. Sie, Gull-Britt, wollen ja Ihre Trüffel präsentieren, und Sara wird Werbung für das Restaurant machen.«

»Genau«, sagte Sara. »Micke plant ein vorzügliches Menü für den Samstagabend. Sechs Gänge, Gotlandtrüffel in jedem einzelnen.«

Gull-Britt zwang sich zu einem Lächeln, das aber nicht ihre Augen erreichte.

»Ich finde, ihr solltet auch welche von meinen italienischen Trüffeln kaufen, die schmecken einfach noch eine Spur kräftiger. Ich will natürlich nichts gegen die gotländischen sagen.«

»Wie bitte?«, fragte Sara in scharfem Tonfall. »Das ist doch das gotländische Trüffelfestival, oder etwa nicht?«

Oskar schaute von der einen Frau zur anderen. Besser wechselte er das Thema, bevor die beiden sich noch an die Gurgel gingen. Viel schien dazu nicht mehr zu fehlen.

»Lotta und David bringen außerdem die Hunde mit, nicht wahr, Gull-Britt?«, fragte er.

Sie nickte wohlwollend. Da sie Lottas Mutter war, sollte sie das wissen. Lotta und David Storms Vorführung auf dem Markt hatte durchaus Potenzial, zum beliebtesten Programmpunkt des Festivals zu werden. Sie würden ihre außerordentlich pfiffigen Trüffelhunde Buttle und Alva ausstellen.

»Ja, das machen sie«, sagte Gull-Britt und spielte mit den Kugeln an ihrer Kette. »Wir werden alles zeigen, was mit Trüffeln zu tun hat. Von der Suche bis zum Servieren.«

»Ach, apropos«, sagte Oskar. »Die Naturschutzbehörde wird ebenfalls einen Vertreter vorbeischicken.«

»Wozu denn das?«, fragte Sara. »Was haben die denn hier zu suchen?«

»Die Naturschutzbehörde möchte vor Ort über das Jedermannsrecht besonders in Hinblick auf Trüffel informieren«, meldete Gull-Britt sich zu Wort. »Mein Mann hat den Kontakt hergestellt. Das Jedermannsrecht gilt nämlich nicht bei der Trüffelsuche.«

»Was endlich geändert werden sollte«, murmelte Sara.

»Was hast du gesagt?«

Gull-Britts Stimme hatte in eine schrille Tonlage gewechselt.

»Ach, nichts«, erwiderte Sara und schaute mit unschuldiger Miene zu den Baumkronen der hohen Eschen, die den Pfarrhof säumten.

Pfarrer Oskar Bergsten hielt es für das Beste, das Gespräch

wieder zurück auf das bevorstehende Festival zu lenken und räusperte sich erneut.

»Der Handarbeitskreis hat auch einen Stand angemeldet. Sie werden Topflappen anbieten, die man ja bekanntlich zum Kochen sehr gut brauchen kann. Darüber hinaus auch Handschuhe und Strümpfe, die kaum mit der Trüffelsuche in Verbindung gebracht werden können. Aber bei so einer Veranstaltung müssen wir den Frauen einfach die Gelegenheit geben, dabei zu sein.«

Die beiden Damen protestierten nicht. Für den Moment schien sich der schnell aufgekeimte Ärger zwischen den beiden gelegt zu haben.

»Und Sie«, sagte Sara und betrachtete Oskar fragend, »wollten Sie nicht ein altes Auto vorführen?«

Oskar lachte, obwohl ihn Saras bohrender Blick verunsicherte. Eigentlich hatte sie ein süßes Gesicht, aber ihre schroffe Art machte ihre Züge hart.

»Ja, genau. Ich fahre meinen alten Ami-Schlitten vor, einen alten Chevrolet aus den Fünfzigern, damit man sich den mal näher ansehen kann«, antwortete er.

»So was mögen die Leute«, sagte sie. »Dass Sie schrauben, meine ich, also auch noch was anderes machen als predigen.«

Oskar nickte. Das Schrauben am Auto war eine Aufgabe für die Hände, bei der er für gewöhnlich einen völlig freien Kopf bekam. Manchmal fügte sich allerdings auch eine komplette Sonntagspredigt fast wie von selbst in seinem Kopf zusammen, wenn er unter der Motorhaube hing.

»Wird es auch Musik geben?«, fragte Gull-Britt.

»Ja«, bestätigte Oskar. »Ein Trio. Musiker aus Burs. Akkordeon und Geigen.«

»Und ich werde schweineteuren Apfelsaft von der Mosterei reichen«, sagte Gull-Britt. »Der ist so lecker, der wird selbst die härtesten Brocken dazu bringen, bei uns stehen zu bleiben. Und darum geht es ja. Also darum, dass die Besucher mal stehen bleiben, innehalten.«

Sara holte ihr Handy hervor und warf einen Blick aufs Display.

»Ich muss los«, sagte sie. »Wir haben noch eine ganze Menge im Plogbillen zu tun. Super, dass du beim Markt mitmachst, Gull-Britt!«

Oskar hörte zwar Saras freundliche Worte, aber ihm fiel auf, dass da keinerlei Wärme in ihrer Stimme lag. Gespannt wartete er auf Gull-Britts Reaktion.

»Natürlich mache ich mit«, antwortete Gull-Britt. »Es gibt doch kaum jemanden in dieser Gemeinde, der mehr von Trüffeln versteht als ich, oder?«

Saras Lächeln gefror ihr auf den Lippen. Sie drehte sich um und ließ die beiden anderen zurück.

»Micke und ich werden auch schweineteuren Apfelsaft reichen!«, rief sie, als sie bei der Gartenmauer angelangt war. »Nur dass du's weißt, Gull-Britt!«

Hoffentlich hatte nur Oskar das mitbekommen, Gull-Britt war bereits in die andere Richtung unterwegs.

Ob Gull-Britt nun am meisten von Trüffeln verstand oder nicht, wurde heute zumindest nicht geklärt. Über die verschiedenen Trüffelsorten, die Bodenbeschaffenheit und die Wuchsformen wusste sie eine ganze Menge, aber sie konnte niemals so feine Gerichte zaubern wie Micke Hansson, der neue Wirt des Restaurants Plogbillen in Kajpe Kviar, davon war Oskar Bergsten vollkommen überzeugt.

Die Tür des ehemaligen Pfarrhauses, direkt gegenüber dem Pfarrhof gelegen, öffnete sich, und seine Besitzerin trat auf die Veranda. Sie war zweckmäßig gekleidet, trug Stiefel, Jeans und eine Steppweste und war bestimmt unterwegs in den Stall. Als sie Oskar bemerkte, winkte sie ihm zu. Er hob die Hand und erwiderte den Gruß. Anki Karlsson war eine absolut vortreffliche und nette Nachbarin.

2

Anki Karlsson unterdrückte ein Gähnen, bevor sie sich den Aufgaben im Stall zuwandte. Gestern war es spät geworden. Die Fähre hatte erst eine halbe Stunde nach Mitternacht in Visby angelegt, und bis ihre Freundinnen an Land waren, ihr Gepäck und dann sich selbst im Wagen verstaut hatten und sie alle die vierzig Kilometer bis Mullvald gefahren waren, hatten sich die Zeiger der Uhr schon auf halb zwei vorgeschoben. Glücklicherweise hatte Anki bereits vorher sämtliche Betten bezogen, sodass sie sich einfach nur hineinfallen lassen konnten. Gunilla und Ingegerd teilten sich das eine Gästezimmer, und Lena hatte ein Zimmer ganz für sich, was aber allen Freundinnen entgegenkam, schließlich war Lena Weltmeisterin im Schnarchen, und wer ein Zimmer mit ihr teilen musste, bekam nie wirklich viel Schlaf.

Anki schleppte einen Heuballen auf die Weide und löste mit einem Messer die Schnüre. Dann lockerte sie mit der Heugabel die trockenen Halme auf und verteilte sie für ihre Islandpferde. Schließlich ging sie wieder in den Stall und öffnete beide Boxen. Mittlerweile kannten Osk und Austri den Ablauf und wussten, welchen Weg sie einschlagen mussten, um zu ihrem Frühstück zu kommen. Anfangs hatte Anki sie noch am Halfter hinübergeführt, aber das war nicht länger nötig.

»Dann mal los mit euch!«, rief Anki und schlug Osk gegen die Flanke. »Das Frühstück wartet.«

In die fuchsfarbene Stute kam Leben, spielerisch schnappte sie nach Austris weißer Mähne, der sich wiederum nicht lange bitten ließ und liebevoll neckend zurückzwickte. Sie knufften sich gegenseitig, weil jedes zuerst durch die Tür wollte. Austri gewann, was Osk mit einem enttäuschten Wiehern quittierte, aber sie folgte ihm schnell auf dem Hufe. Anki ging langsam hinter ihnen her und hakte den Elektrozaun am Pfosten ein.

»Guten Hunger, meine Lieben!«, sagte sie und kehrte zurück in den Stall, um die Boxen auszumisten.

»Schönen guten Morgen!«

Anki schaute von ihrer Arbeit auf, als sie Ingegerds nur zu bekannte Stimme hörte, und stützte sich mit den Armen auf die Mistgabel.

»Na, bist du auch schon wach? Guten Morgen.«

Ingegerd schlang sich die Arme um den Oberkörper und massierte sich die Schultern.

»Mittlerweile schlafe ich morgens nicht mehr sonderlich lang. Aber wenn ich sagen müsste, ich wäre nach der Überfahrt in Topform, würde ich lügen.«

»Ja, das ist ziemlich spät geworden gestern«, stimmte Anki zu. »Die Fähren haben einen wirklich sonderbaren Fahrplan.«

Ingegerd schüttelte den Kopf.

»Ach, dann hole ich den Schlaf ein andermal nach. Kann ich dir helfen? Ich dachte, wenn ich mit anpacke, wird mir vielleicht warm.«

Anki deutete zu der Wand, an der Mistgabeln und Schaufeln hingen, und schon machte Ingegerd sich eifrig in Box Nummer zwei zu schaffen.

»Schlafen unsere Freundinnen noch?«, fragte Anki über die Trennwand.

»Nein«, antwortete Ingegerd und richtete sich auf. »Lena und Gunilla sind auch schon wach, aber die gehen den Tag etwas gemütlicher an. Und ich könnte mir gut vorstellen, dass sie genau dann hier auftauchen, wenn wir die Pferde gesattelt und gestriegelt haben und sie nur noch aufsitzen müssen.«

Anki lachte. »Eindeutig keine Stallmädchen.«

»Gunilla ist ja noch immer auf dem heimischen Hof aktiv, aber Lena hat bestimmt seit unserer Jugend keinen Stall mehr betreten. Aber sie machen Brote und Kaffee, damit wir was zum Frühstücken mit in die Natur nehmen können.«

Auf dem Rückweg von der Fähre hatte Anki eher aus Spaß vorgeschlagen, dass sie einen Frühstücksausritt mit Picknick machen könnten. Sie hatte nicht damit gerechnet, dass sie beim Wort genommen würde, aber beste Freundinnen waren nun mal beste Freundinnen.

»Das mit dem Reiten wird Lena schnell wieder lernen«, versicherte Anki. »Meist reichen ein paar Minuten auf dem Pferderücken, und schon kommt alles zurück. Als ich vor einem Jahr hergezogen bin, war ich schließlich auch ewig nicht geritten, und trotzdem war alles Wissen noch da. Sowohl im Kopf als auch in den Schenkeln.«

»Wie beim Radfahren also«, sagte Ingegerd. »Wohin kommt denn der Mist?«

Anki zeigte zu einer Hintertür, und schon verschwand Ingegerd mit der Schubkarre hindurch, während sie selbst neue Sägespäne holte und in den Boxen verteilte. Das Ausmisten war eine angenehme Beschäftigung, die sie in Bewegung und somit auch fit hielt. Mist zusammenzuharken und dann mit der Schubkarre wegzubringen war leichtes Krafttraining. Und sobald die Pferde versorgt waren, konnte Anki zu ihrem Kaffee und der Tageszeitung zurückkehren, um sich einen gemütlichen, ausgedehnten Morgen zu gönnen. Aber natürlich kostete es manchmal auch Kraft, so früh in den Stall zu müssen.

Fröhliches Gelächter hob vor dem Stall an, und schon kamen zwei unverschämt muntere Frauen herein. Die kurze Nacht hatte keinerlei sichtbare Spuren bei diesen Rentnerinnen hinterlassen, oder aber sie hatten diese schnell wie der Blitz unter Make-up versteckt. Auch Anki achtete auf ihr Aussehen, selbst wenn sie an manchen Tagen nicht weiter als bis zum Stall ging. Sie legte stets Wert darauf, sich hübsch zu machen. Nicht um irgendeinem Mann zu gefallen, falls das jemand glauben sollte, nein, sich selbst zuliebe wollte sie sich einfach nicht gehen lassen.

»Dann werden wir heute also ausreiten«, sagte Gunilla. »Wie lustig!«

»Bei mir ist das schon eine Weile her«, gestand Lena und biss sich auf die Lippe, »aber ich will es versuchen. Wie lösen wir denn das Problem, dass wir zu viert sind, aber nur zwei Pferde haben?«

»Islandpferde sind doch stark«, lachte Gunilla. »Du setzt dich einfach hinter mich.«

Da Lena nur noch erschrockener aussah, musste Gunilla schnell hinzufügen, dass sie bloß einen Scherz gemacht hatte.

»Zuallererst können wir uns ja dabei abwechseln, die Pferde zu striegeln«, erwiderte Anki. »Beide sind staubig, und nach der Nacht im Stall müssen die Mähnen und Schweife ausgebürstet werden. Wenn wir damit fertig sind, reiten Ingegerd und ich los. Lena, weil du dich erst wieder daran gewöhnen musst, reitest du zurück. Den Weg laufen die Pferde von allein. Ihre Losung ist definitiv: Zu Hause ist es am schönsten.«

»Und wo treffen wir uns? Beziehungsweise, wie kommen wir dann dorthin?«, fragte Gunilla. »Also wir, die nicht reiten?«

»Ihr könnt den Wagen nehmen. Ich habe schon eine Idee, wo wir schön frühstücken könnten«, sagte Anki. »Bis dorthin sind es nur vielleicht vier Kilometer. Dann tauschen wir, und ihr könnt zurückreiten. Ich zeige euch auf der Karte, wie ihr fahren müsst.«

»Vier Kilometer?«, fragte Gunilla. »Das können wir doch auch zu Fuß gehen, oder, Lena? Wird uns guttun.«

Da stimmte ihre Freundin durchaus zu.

»Wenn es für Anki und Ingegerd in Ordnung ist, dass auch sie spazieren gehen, statt zurückzufahren, dann bin ich einverstanden«, antwortete sie.

»Das klingt doch vernünftig«, fand Ingegerd. »Die Bewegung wird mir sicher helfen, wenn ich ganz steif vom Pferd steige, weil ich die Belastung nicht mehr gewöhnt bin.«

»Und ich freue mich einfach, mal wieder Gesellschaft zu haben«, sagte Anki. »Ich bin hier schließlich fast immer allein unterwegs.«

Nachdem die Pferde gestriegelt und gesattelt waren, saßen Anki und Ingegerd auf. Zunächst begleiteten sie Gunilla und Lena ein Stück, doch schon bald wollten sowohl Reiterinnen als auch Pferde das Tempo steigern.

»Herrlich!«, rief Ingegerd, als sie schon ein Stück im weich wogenden Tölt hinter sich gebracht hatten. »Was für ein tolles Tier!«

Anki hatte Ingegerd den hübschen Austri überlassen. Sein schwarzes Fell glänzte nur so, und die weiße Mähne flatterte, weil er die Vorderbeine zum Tölten so hochzog.

»Ich wusste, dass er dir gefallen würde«, rief Anki zurück. »Wollen wir noch einen Zahn zulegen?«

Sie trieben die Pferde an, und schon galoppierten sie nebeneinander über den Weg. Osk und Austri waren begeistert, stachelten sich gegenseitig an und wurden in ihrem kleinen Wettkampf von sich aus immer schneller, um bloß vorn zu bleiben.

Nach einer Weile drosselte Anki das Tempo wieder, und Ingegerd folgte ihrem Beispiel. Sie bogen auf einen Weg ab, der in den Wald führte, und nach ein paar hundert Metern offenbarte sich die Lichtung, die Anki für das Picknick auserkoren hatte, inmitten eines Naturreservats mit einer alten Wallburg.

»Wer kommt denn da?«, fragte Ingegerd und stieg ab.

Ein großer Hund hielt direkt auf sie zu. Schnell sprang Anki ebenfalls vom Pferd, umklammerte fest die Zügel und hob eine Hand.

»Stopp!«, rief Anki, während Osk erschrocken wieherte und zu steigen drohte.

»Stopp!«, wiederholte Anki, und tatsächlich setzte sich der Hund auf die Hinterbeine.

Mit großen Schritten kam ein Mann aus der gleichen Richtung, aus der auch der Hund gekommen war.

»Behalten Sie Ihren Hund an der Leine!«, schimpfte Anki. »Sie sind nicht allein im Wald!«

Der Mann antwortete nicht, griff nur nach dem Halsband seiner Bestie und zog sie mit sich.

»Puh«, sagte Anki und atmete auf. »Das war knapp. Wie geht es dir?«

»Gut«, antwortete Ingegerd. »Was ist denn das für ein Idiot, und warum hat er seinen Hund nicht unter Kontrolle?«

Anki zuckte mit den Schultern.

»Er ist neulich erst hergezogen, und sein Hund ist ihm schon ein paar Mal abgehauen. Er beißt, hab ich gehört. So verantwortungslos. Seit sie hier wohnen, ist es nicht mehr so sicher, in dieser Gegend zu reiten.«

»Da haben wir noch mal Glück gehabt«, sagte Ingegerd. »Den Halter sollte man anzeigen.«

Sie banden die Pferde an einem Informationsschild fest und setzten sich dann an den öffentlichen Picknicktisch, um auf ihre Freundinnen zu warten. Die Sonne stand noch tief, aber bahnte sich trotzdem allmählich ihren Weg durch die Kiefernzweige und erreichte die beiden.

Es dauerte nicht sonderlich lange, bis Lena und Gunilla schnellen Schritts heranspaziert kamen. Lena hielt ihr iPhone vor sich, und ihr heiteres Lachen war nicht zu überhören.

»Hier seid ihr!«, rief Lena. »Wie gut, dass das GPS funktioniert, das ist ja nicht unbedingt üblich so weit ab vom Schuss.«

»Jetzt freue ich mich auf Kaffee und Brote!«, sagte Gunilla.

»Aber es war gut, dass wir zuerst ein Stück gegangen sind, so verbrennt man mehr Kalorien, und das habe ich sehr nötig. Ihr teilt diese Sorge sicher gar nicht.«

Sie zwinkerte ihren Freundinnen zu, und schon entspann sich eine angeregte Diskussion darüber, welche Diät am besten funktionierte. Anki, die – Gott sei Dank – keine überflüssigen Pfunde angesetzt hatte, schenkte derweil Kaffee aus und verteilte die Brote, während die anderen angeregt sprachen.

Als die Käseschnitten aufgegessen und vom Kaffee nur noch ein paar Tröpfchen übrig waren, fand Anki, dass sie lange genug über Glyx und 5:2 geredet hatten.

»Hört mal, hier habe ich übrigens schon eine ganze Menge Trompetenpfifferlinge gefunden«, sagte sie und deutete zur Böschung direkt neben ihnen.

Das langweilige Fastengespräch hörte sofort auf.

»Wir könnten ein paar suchen, bevor wir uns auf den Rückweg machen«, fuhr sie fort. »Dann können wir vielleicht unser Mittagessen noch etwas aufpeppen.«

»Meinst du, es gibt noch welche?«, fragte Gunilla. »Schließlich haben wir schon November.«

»Der Herbst war ungewöhnlich mild, zeitweise sogar recht feucht. Es schadet jedenfalls nicht, mal zu schauen.«

Die Freundinnen erhoben sich und begaben sich auf die Suche.

»Streicht mit den Händen über das Gras, damit ihr auch den Boden sehen könnt«, erklärte Anki. »Wenn ihr einen gefunden habt, sind meist noch viele weitere in der Nähe.«

Es dauerte nicht lange, bis Ingegerd erfreut aufschrie. Die anderen richteten sich auf und schauten zu ihr hinüber.

»Hast du einen Pilz gefunden?«, fragte Gunilla.

»Einen?«, rief Ingegerd zurück. »Hier sind weit mehr als nur einer. Kommt her und helft mir beim Einsammeln.«

Eine ganze Weile lang hockten und pflü ckten sie alle an der Stelle, an die Ingegerd aus purem Zufall direkt geraten war.

Die Pferde grasten selig am Informationsschild und schienen es ebenfalls nicht eilig zu haben. Noch gab es Gras im Überfluss, man musste sich so viel wie eben möglich davon einverleiben, solange man konnte.

Anki gab als Erste auf. Sie ging zum Tisch und holte den Picknickkorb, damit sie etwas hatten, worin sie die Pilze einigermaßen wohlbehalten nach Hause bringen konnten. Thermoskanne und Tassen mussten mit der Plastiktüte vorliebnehmen, in der Lena und Gunilla die Brote verpackt hatten.

»Wisst ihr was, Mädels?«, sagte Anki mit einem Blick auf die reichhaltige Ernte. »Wir müssen mal aufhören. Die Pilze müssen ja noch gewaschen werden, das dauert eine ganze Weile.«

Und so kamen die Freundinnen mit dem, was sie noch in den Händen hatten, zu ihr und ließen alles in den Korb purzeln.

»Was gibt es denn Gutes zu den Pilzen?«, fragte Ingegerd. »Hast du noch das eine oder andere Stück Fleisch im Tiefkühler, Anki?«

»Selbstverständlich«, antwortete sie. »Vielleicht sogar Lammfilet. Gucken wir gleich mal, und falls nicht, gehen wir eben schnell in den Laden in Mullvald. Dort gibt es richtig gutes Fleisch.«

Gemeinsam packten sie die Reste ihres Frühstücks zusammen und machten sich zum Aufbruch bereit.

»Ich fürchte, vom Reiten tut mir schon der Hintern ein bisschen weh«, beichtete Ingegerd und massierte sich die eine Pobacke. »Ein Spaziergang nach Hause kommt mir ganz gelegen.«

»Man sollte es nicht gleich am Anfang des Reitlagers so übertreiben«, lachte Gunilla. »Wir werden jetzt zwei Wochen lang das *country life* genießen, da gilt es, die Kräfte zu schonen.«

»Ich muss Fotos machen«, sagte Ingegerd. »Dann können

wir daraus ein eigenes Buch basteln – oder sogar einen Kalender. Das geht im Internet ganz leicht.«

Lena nahm die Bank zur Hilfe, um auf Osk zu steigen. Gunilla fiel das Aufsitzen leichter, wobei auch sie nicht gerade auf Austris Rücken schwebte. Aber man konnte sehen, dass sie durchaus noch Übung hatte.

»Wisst ihr was?«, fragte sie, als sie oben saß, das Knie in vertrauter Manier vorgeschoben, damit sie auch vom Pferderücken aus den Steigbügel verstellen konnte. »Das ist so schön mit euch, es kommt mir vor, als wären wir schon längst Teil eines Buchs.«

»Du musst über uns schreiben«, witzelte Lena. »Du machst das schließlich beruflich und hast schon Erfahrung. Mit Ingegerds Bildern wird das ein Bestseller. Vielleicht gibt es ja sogar einen Gotlandpreis dafür, bestes Lifestyle-Buch oder so.«

Gunilla hatte viele Jahre lang Pferdebücher für Mädchen geschrieben, und das war richtig gut gelaufen. Lenas Vorschlag war vielleicht gar nicht unklug.

»Aber am Samstag machen wir doch diese Trüffelsafari mit«, warf Anki ein. »So was Extravagantes haben die Heldinnen unserer Jugend nicht erlebt.«

»Nein, wir haben uns hochgearbeitet«, sagte Gunilla und nahm die Zügel auf. »Das wird bestimmt richtig lustig. Komm, Lena, jetzt geht's zurück zur Ranch.«